Photos de couvertures : droits réservés

Du même hauteur : « **Les sacrifiés de l'an 40** ».
Edition BoD, septembre 2021.

© 2022, Guadagnini, Bruno
Édition : BoD – Books on Demand,
12/14 rond-point des Champs-Élysées, 75008 Paris
Impression : BoD - Books on Demand, Norderstedt, Allemagne
ISBN: 9782322412020
Dépôt légal : Février 2022

INTRODUCTION

(Résumé du premier tome « Les sacrifiés de l'an 40 »)

Août 1939, Pierre Malet, ce jeune homme doté d'une mémoire phénoménale, sportif accompli, joueur de rugby, coureur de 400 m, promis sous l'impulsion de sa sœur Jacqueline, au plus grand avenir dans la médecine, voit sa vie basculer avec le déclenchement de la seconde guerre mondiale. De la faculté de médecine, il décide de s'engager, pour sauver des vies dans l'armée. Le destin en décide autrement, il se retrouve télégraphiste au service du « Chiffre ».

Après une formation à Montargis et une mutation au 147ᵉ RIF à Sedan, il rencontre l'amour de Monique Marcy, avant que l'invasion allemande ne les sépare. Pendant la débâcle, il perd ses quatre plus proches compagnons et se voit condamner à un lit d'hôpital pendant de longues semaines. Pierre, avec tous les sacrifices consentis ne peut accepter l'armistice du 21 juin 1940, demandé par le Maréchal Pétain...

Comme dans l'ouvrage précédent, afin d'éviter toute ambiguïté, sur des propos ou des situations imaginaires, les personnes physiques décrites dans ce roman ayant vécu ces événements, sont marquées d'un *.

CHAPITRE 1 : LA VIE CONTINUE.

Après la signature de l'armistice le 22 juin 1940, dans la forêt de Retonde, le cessez-le-feu devient effectif, le 25 juin. Jacqueline et moi finissons le mois à l'hôpital Bethléem de Compiègne. Puis ma sœur retrouve son établissement d'origine début juillet à Argenteuil, pendant que j'entame ma convalescence dans le pavillon de mes parents à Colombes.

La confusion règne en ce début d'été et je me rends rapidement à la Gendarmerie du secteur pour donner des nouvelles du « Sergent Malet ». Le Maréchal des Logis de permanence qui me reçoit, m'indique qu'il ne peut rien pour moi. Néanmoins, il tape consciencieusement un rapport à la machine, avant de griffonner un pli à l'attention de la Kommandantur de Saint Germain en Laye. Pour finir, il me demande de m'y rendre le plus rapidement possible.

N''ayant pas l'habitude de discuter les ordres et encore moins dans cette période trouble, j'emprunte un véhicule au garage de mon père, pour me rendre le 15 juillet, au pavillon Joffre de Chabrignac, réquisitionné depuis peu par l'armée allemande. Pour l'occasion, je considère qu'il vaut mieux faire pitié qu'envie et je me trimbale avec ma béquille, en prenant soin d'être vêtu en civil, pour plus de discrétion.

L'Haupfeldwebel *(Sergent-Chef)*, qui me reçoit, parle un excellent français. Après avoir lu le pli du gendarme, il examine mon livret militaire, avec attention, sous toutes les coutures. Ensuite il me lance froidement : « Suivant les accords d'armistice, vous êtes en zone occupée, donc considéré comme prisonnier de guerre ! » Je reste sans voix devant sa réponse, que je prends comme un uppercut en plein visage. Puis plus détendu il reprend : « Ne vous faites pas de souci, je ne pense pas que dans votre état, il soit nécessaire d'encombrer un peu plus les stalags ! » Il rédige une sorte d'ausweis, qu'il tamponne des deux côtés, me le tend et me recommande de ne pas m'absenter de mon domicile, sans prévenir la gendarmerie.

Sous l'effet de surprise, je ne sais même plus si j'ai pris le temps de le remercier. Je me dis que je suis un sacré veinard. Pensez donc, dans mes papiers tout indiquait que je faisais partie des transmissions et du « chiffre », il pouvait parfaitement me faire incarcérer pour un interrogatoire plus poussé. Sans doute le fait que je me sois présenté, diminué et spontanément, a joué en ma faveur. Je ne présente plus à ses yeux, sans doute, un quelconque danger pour le Reich.

De retour à Colombes, je fais part de ma satisfaction et de mon soulagement à ma famille. Mon père me conforte, en prétendant que mon ordre de démobilisation ne devrait pas tarder. Il me propose de venir l'aider au garage pour la partie administrative et comptable. Sans emploi et dans une situation physique encore précaire, je lui donne mon accord avec enthousiasme.

Dans les jours suivants outre mon nouveau travail, je me rends régulièrement à l'hôpital d'Argenteuil, pour continuer la rééducation de ma jambe. Je n'ai plus besoin de béquille néanmoins je traîne encore fortement la patte. Il n'est pas question pour moi de reprendre le footing et j'avoue que l'absence d'activité physique me manque.

Je suis surpris de l'animation au garage. Les particuliers ne donnent pas beaucoup de travail, la plupart de leurs véhicules ont été réquisitionnés. Néanmoins nous retrouvons à l'atelier voitures et camions de l'administration et même de l'occupant ! Un comble, je travaille aujourd'hui indirectement pour le régime du Maréchal Pétain et pour les allemands que je combattais, un mois avant.

Tout cela me met mal à l'aise. Lorsque je m'en ouvre à mon père, lui l'ancien combattant de la grande guerre, hausse les épaules et me fait remarquer, que nous n'avons pas le choix pour vivre. Finalement, François Malet, le militant S.F.I.O prêt à pourfendre, les atteintes aux libertés, rentre dans le rang. Fin de nos passes d'armes pendant les repas au grand soulagement de « Maman Greta ».

Côté vie privée, le temps n'est plus au beau fixe. Ma sœur Jacqueline, vient d'apprendre que Marcel, son fiancé est incarcéré au stalag X II-D à Trèves, parmi ses compagnons de captivité figure Jean Paul Sartre. Avec Monique, j'ai parfois l'impression que nous formons déjà un vieux couple. Les passions des semaines sedanaises, se sont éteintes. Toutes les qualités que je lui trouvais, ses prises d'initiatives, son exubérance, finissent par se retourner contre elle. À contrario, Jacqueline et Monique se rapprochent de plus en plus, la rivalité du début de leur relation a disparu. Mademoiselle Marcy, vient d'obtenir sa mutation à Crépy en Valois, pour la rentrée scolaire de Septembre. Faute d'avoir pu trouver un appartement, elle vit toujours chez son oncle, alors que ses parents sont retournés sur Sedan. Avec tous ces changements, je n'ai pas oublié Mathilde Seigneur, l'infirmière de mes premiers soins à Reims. Nous échangeons une correspondance fournie et régulière. Son fiancé a été tué sur la Somme mi-juin, sans sa collègue antillaise Marie Thérèse, elle sombrait dans la dépression. Mathilde, ne manque pas de me rappeler que je lui dois toujours un repas.

J'ai cherché également à entrer en contact avec la famille de mes compagnons disparus. Impossible pour Julien « alias jus de pomme », issu de l'assistance il n'avait pas de famille.

Pour René « Le Dogue », trouver une adresse sur Saïgon relève d'une mission impossible. Par contre, je n'ai eu aucune difficulté pour joindre dans les Vosges Nicole, l'épouse de François « le Bûcheron », ainsi que les parents de Fabrizio « le Rital » sur Nice. Ils m'en sont tous reconnaissants, néanmoins je ne peux toujours pas me disculper de la disparition de mes amis.

En politique les changements sont aussi d'actualité. Bordeaux se trouvant en zone occupée, le gouvernement toujours sous la houlette du « Maréchal » a déménagé à l'hôtel du Parc à Vichy depuis le 1er juillet. Pierre Laval, banni par les radicaux en juin 1936, fait un retour en grâce comme numéro 2 du régime. Son entente avec Pétain laisse dubitatif. Les surnoms ne manquent pas : « Le Louis XI de grande banlieue », plus déplaisant encore le « maquignon de Châteldon », pour Léon Blum. Ex paria de la SFIO, Laval reste avec Paul Faure, la cible préférée de mon père. Curieusement aucun commentaire, ne sort de sa bouche depuis sa nomination. Dans cette atmosphère, un consensus semble se faire autour du Maréchal. L'attaque qui s'en suit de la flotte française par les anglais à Mers-el-Kébir, donne un peu plus de crédibilité au mouvement britannique, tuant de fait l'alliance franco-anglaise. Le 10 juillet, l'Assemblée Nationale donne les pleins pouvoirs à Philippe Pétain.

Une semaine s'est écoulée depuis ma première visite à la Kommandantur, quand je reçois une convocation à m'y rendre une deuxième fois. Jacqueline se veut rassurante. Elle me fait remarquer avec justesse, qu'ils auraient pu venir m'arrêter au garage, ou au domicile de nos parents avec deux gendarmes, sans plus de précaution.

Je suis reçu par le « Leutnant Müller », un officier de l'Ahbwer. La logique s'en trouve respectée, le contre-espionnage s'occupe d'un sous-officier de renseignement. L'homme, qui parle le français avec un fort accent prononcé, se montre particulièrement courtois :

- Sergent Malet, *fous fous troufiez* à Sedan le 10 mai dernier avec le 147e RIF ?

- Oui mon Lieutenant !

- Quels types de *renseignements, afez fous traités* ? Je marque un temps d'hésitation, puis décide de le jouer sur le ton de la plaisanterie.

- Vous savez mon Lieutenant tout en reculant rapidement devant la progression de votre armée, il m'était difficile de faire deux choses en même temps. D'autant que la 55ᵉ D.I, dans son repli stratégique de Fond Dagot a détruit les codes de chiffrage (*historique*). L'officier, baisse la tête pour essayer de garder son sérieux, j'ai trouvé le ton juste.

- Je *fois* ! Dans votre dossier *ficure une plessure,* dans la région de l'*Arconne* ?

- Rassurez-vous mon lieutenant, vos troupes n'y sont pour rien, avec mes hommes, nous avons probablement sauté sur une mine égarée par l'armée française ! Cette fois Müller ne se contient plus et pouffe sans retenue.

- Ach, si les guerres *ze cagnaient* à l'humour, vous les *franzais,* vous seriez *impatables* ! Sur cet entre fait, un soldat entre dans le bureau et vient parler à l'oreille de Müller.

- Auf gut ! (*Ah bon !*), l'officier réagit à l'intervention de son interlocuteur.

- Sergent Pierre Malet vous êtes *pien* le fils de François Malet, *caragiste* à Bois-Colombes ? Je ne vois pas où il veut en venir.

- Tout à fait mon Lieutenant !

- *Fous foyez,* nos services sont parfaitement renseignés ! Le *carage* entretient une partie de nos *féhicules* !

Bien que je ne comprenne pas grand-chose de l'allemand, je crois deviner qu'il se montre satisfait de notre discussion et qu'il va bientôt y mettre un terme. Il griffonne quelques mots sur une feuille de papier et la tend à son subordonné.

- Bitte tippen sie dieses dokument ein und leiten sie an die Gendarmerie von Colombes weiter ! (*Veuillez taper ce document et le transmettre à la Gendarmerie de Colombes !*)

- Ja Herr Leutenant ! Müller me fait ensuite un second Ausweis, tout aussi tamponné que le premier.

- *Foilà* Sergent, vous devriez recevoir votre ordre de *démopilisation* prochainement ! Il me raccompagne à la porte de son bureau.

- Ce fut un plaisir pour moi Herr Malet !

- Pour moi aussi lieutenant Müller ! En partant je ne peux m'empêcher de penser, tout ça pour ça ! Il suffit d'entretenir quelques véhicules de l'armée allemande, pour ne plus passer pour suspect.

Si pour l'instant l'occupation allemande semble bien paisible, il n'en n'est pas de même des premières mesures prises par Vichy. Les communications faites au journal officiel, commencent toujours par la même formule :

« Nous, Philippe Pétain maréchal de France, Chef d'État français, le Conseil des ministres entendu, décrétons... » Les décisions les plus expéditives, concernent les juifs avec une déchéance de la nationalité française et la confiscation des biens des personnes ayant quitté la France depuis le 10 mai dernier. Dans l'esprit du vieux Maréchal, il s'agit probablement d'une interprétation martelée par son gouvernement : « Travail, Famille, Patrie ».

Je suis invité pour le week-end à venir à Crépy en Valois par l'oncle et la tante de Monique. Faute d'avoir pu faire connaissance de ses parents, je vais pouvoir découvrir au moins une partie de sa famille. L'avantage avec le garage c'est que je bénéficie de certains passe-droits. Je peux me procurer un véhicule facilement pour me déplacer et l'approvisionnement de nos cuves de carburant, ne présente pour l'instant aucun problème, compte tenu des relations qu'entretient mon père avec l'occupant.

Pour ne pas arriver les mains vides j'ai naturellement acheté des fleurs et j'apporte une bouteille d'un grand cru de Saint Emilion, un Château Cheval Blanc de 1936. Pour la provenance, je n'ai pas demandé d'explication à mon père, il récupère de temps en temps ce genre de denrée via l'occupant.

En arrivant sur place, je suis atterré par le spectacle de désolation qu'offre la ville. De nombreuses habitations, partant de la « porte de Paris » et débouchant sur le centre-ville sont partiellement détruites, par les combats de la mi-juin. J'apprends que la bijouterie de l'oncle de Monique, a été pulvérisée par des obus. L'habitation principale en périphérie n'a subi aucun dégât, néanmoins je ne peux m'empêcher d'avoir une peur rétrospective et je m'en ouvre auprès de « Moma » :

- Pourquoi tu ne m'en as pas parlé ? Vous n'avez pas cherché à fuir ? Son visage affiche la douleur.

- Mais enfin Pierre, pendant ce temps tu souffrais sur ton lit d'hôpital ! Et puis fuir, nous n'avions aucun endroit où partir ! Pour toute réponse, je me contente de la serrer dans mes bras.

La famille Marcy se montre particulièrement agréable avec moi, même si la table reste frugale compte tenu des restrictions, le tonton apprécie particulièrement le Bordeaux. L'après-midi, nous arpentons avec « Moma » les rues de Crépy, comme nous le faisions moins de trois mois plus tôt à Sedan. Je découvre ces ruelles anciennes, l'imposante ceinture de remparts, dans laquelle se fond le prieuré de l'Abbaye Saint-Arnould. Devant la collégiale Saint Thomas de Canterbury, Monique me précise que les mutilations de l'édifice, n'ont rien à voir avec les événements récents, mais datent du 19e siècle.

Nous finissons notre journée par le Château de Geresme, qui nous ramène à la triste réalité du moment. Son accès et les vingt et un hectares de son parc, sont interdits, squattés par l'occupant. La promenade m'a fatigué, ma jambe me rappelle à son bon souvenir.

Le lit que nous partageons le soir, me fait penser étrangement à celui de l'appartement de Monique à Sedan. Pas plus de 120 centimètres de large, facilitant les contacts. Entre deux câlins, « Moma », ne peut pas s'empêcher de parler.

- Pierrot comment vois-tu notre avenir ? La question me désarme, en fait je ne me vois pas finir mes jours avec Monique.

- Avec la guerre ? comment veux-tu faire des projets d'avenir ?

- En tout cas, je suis bien contente d'avoir obtenu ma mutation à l'école Sainte Marie, nous pourrons nous voir régulièrement le week-end ! Si j'ai botté, une première fois en touche, je suis partagé et je n'ai pas envie de rompre.

- Bien sûr mon cœur, je te propose de commencer dès le week-end prochain, tu viens à Colombes, mes parents et Jacqueline seront enchantés de te voir. Je sais vous allez trouver mon attitude pas très fair-play, mais que voulez-vous je ne suis qu'un homme, avec ses doutes, ses incertitudes sur ses propres sentiments.

Je n'espère qu'une chose, que le recul du temps me permette de voir un peu plus clair dans mon esprit et mes pensées. En rentrant le dimanche sur Colombes, je me fais arrêter deux fois. Une première fois à Compiègne par la police, une seconde fois sur Pontoise par la Feldgendarmerie. Dans les deux cas, mon précieux Ausweis, me permet de me libérer rapidement.

Le week-end suivant ne ressemble en rien au précédent. Jacqueline et Monique sont tellement contentes de se retrouver qu'elles n'arrêtent pas de papoter entre elles. Finalement je passe au second plan. Les repas n'ont également rien à voir, entre les combines du garage et le marché noir qui se met en place, la table se montre plutôt bien garnie. L'alimentation devient bientôt le principal sujet de discussion et de polémique. Ma sœur ouvre le feu :

- Avant-guerre, les repas à l'hôpital n'étaient déjà pas terribles, aujourd'hui la nourriture que nous distribuons n'est pas faite pour remettre les malades sur pied ! Monique abonde dans son sens.

- Beaucoup trop de gens ne trouvent plus de quoi s'alimenter, c'est pire dans les grandes villes que dans les campagnes ! Mon père cherche à se défendre.

- Écoutez les filles ce n'est pas parce qu'un certain nombre de personnes, n'ont rien à manger, que nous devons nous abstenir par solidarité ! Puis invariablement le débat bascule sur la politique du moment.

Un certain nombre de responsables de Vichy, Pierre Laval en premier rendent coupable le gouvernement de Paul Reynaud, d'avoir plongé la France dans la guerre et le chaos. Des paroles aux actes, le 8 août, soit 48 heures plus tôt, Edouard Daladier, Léon Blum, Georges Mandel et Général Gamelin ont été arrêtés. Papa n'a pas un mot pour Blum, pendant que Maman pour une fois intervient :

- Et toi Pierre, tu ne dis rien, tu es pourtant le mieux placé pour en parler.

- Écoutez, qu'un certain nombre de politiques français se soient fourvoyés et que notre état-major ait manqué de discernement, avec une armée mal préparée ne fait plus de doute. Mais je suis sûr d'une chose, l'Allemagne voulait en découdre et la guerre aujourd'hui ou demain devenait inévitable. Maintenant si vous me demandez, comment nous allons pouvoir nous en sortir, je n'ai pour l'instant pas la bonne solution, et je ne suis pas sûr que Vichy puisse la trouver... Ma dernière phrase apaise la discussion, pendant quelques instants nous entendons une mouche voler. « Maman Greta », trouve une échappatoire, en parlant de la pluie et du beau temps.

Pour m'être agréable, Jacqueline, propose que nous nous rendions le dimanche au stade Yves du Manoir, pour un match de rugby de bienfaisance entre la Croix Rouge et les juniors du Racing. Monique, avec « son chauvinisme sportif » se montre enthousiaste. Jean Borotra, « le basque bondissant », ancien vainqueur de la coupe Davies, fraîchement nommé « Commissaire Général à l'Éducation Sportive », par Abel Bonard, Ministre de l'Éducation, doit donner le coup d'envoi. Je croise dans les coursives plusieurs personnalités, du temps de mes beaux jours au stade. Alors que nous avons des places dans la « tribune Marathon », je croise André Dehaye* *(Président du Racing)* :

- Salut Malet, le terrain vous manque ?

- Sans aucun doute Président, malheureusement, une vieille blessure m'empêche de rejoindre la pelouse ! André, peut être sous le charme des filles, nous invite à le rejoindre dans la tribune présidentielle.

Le match d'une piètre qualité, ne me passionne guère. Monique entre deux discussions de chiffons avec Jacqueline manifeste bruyamment son exubérance « Pierrot dommage que tu ne sois pas au cœur de la mêlée ! » Elle supporte mon club de cœur, pendant que ma sœur, corporatisme oblige, donne sa préférence à la Croix Rouge. Faute de voir du beau jeu, je me concentre sur les journalistes. Borotra, se livre à une véritable entreprise de communication, prônant le sport et la jeunesse comme l'avenir de la France, tout en soulignant l'intérêt du Maréchal pour ce type de rencontre.

J'ai passé une meilleure après-midi, à écouter le petit jeu politique, qu'à regarder le match. Pour la petite histoire le Racing l'emporte péniblement 9 à 6, par la grâce de son buteur. Finalement les filles, ont passé un excellent moment ensemble, dans un week-end où j'étais seulement présent…dans le décor.

Au garage, je trouve mes marques rapidement, sans toucher ni tournevis, ni clef anglaise. Le travail administratif entre la comptabilité, la facturation et surtout l'approvisionnement, m'accapare à 100%.

Trouver des pièces de rechanges auprès de fournisseurs traditionnels, plongés dans la difficulté, relève souvent du parcours du combattant. En général, mon père intervient en me disant : « Pierre tu t'y prends mal ! » Il me montre la voie à suivre, par un coup de téléphone à une personne haut placée de sa connaissance et souvent de nationalité allemande.

De temps à autres, je suis détaché, pour aller livrer où dépanner des véhicules de ces messieurs. Mon père insiste : « Pierre fais toi des relations, avec des personnes influentes, tu seras toujours payé en retour ! »

Bref toutes ses interventions, me mettent mal à l'aise et finissent par me saouler. Si le job ne me déplaît pas, je ne me vois pas travailler encore de longs mois dans ces conditions, que je trouve parfois malsaines. J'ai beau prendre le problème par n'importe quel bout, je suis dans l'impasse. D'un côté officiellement, je suis encore militaire, de l'autre si je dois quitter le garage, vers quelle activité dois-je me tourner ? Sans oublier que les offres d'emploi ne sont pas légion et sans occulter le risque de conflit familial à venir.

La deuxième semaine d'août, m'apporte un début de réponse. Je reçois par courrier, mon ordre de démobilisation, avec radiation des cadres de l'armée, le tout assorti d'un certificat de cessation de paiement effectif au 31 du mois en cours. Le document fait l'objet d'un double rédigé en allemand.

Je me rends compte que le processus n'a pas suivi la procédure habituelle, dans la mesure où je ne suis pas un appelé du contingent, mais un engagé volontaire qui possède un contrat de 24 mois. « L'arrangement », se fait sous la forme d'une invalidité de guerre pour ma blessure, au minimum envisageable de 10%. Mon expérience dans l'armée n'aura duré que 7 mois, néanmoins je ne vais pas me plaindre, c'est toujours mieux que de rejoindre un stalag en Allemagne.

J'ai ainsi un peu plus les mains libres, pour essayer de donner un autre sens à mon existence...

CHAPITRE 2 : À L'HEURE DU CHOIX.

Le mois, d'août file à une vitesse folle. La rentrée de septembre arrive, Monique reprend le chemin de l'école et nos rendez-vous deviennent moins fréquents. Le lundi 8 septembre, je reçois un étrange coup de téléphone au garage :

- Allô Sergent Malet ? Je marque un temps d'hésitation.

- J'ai été démobilisé, depuis moins d'un mois, je ne fais plus partie de l'armée ! Qui est à l'appareil ?

- Je ne peux pas vous le dire, vous vous souvenez que le téléphone représente un danger pour la confidentialité ! La voix m'est loin d'être inconnue et je fouille dans ma mémoire, pour essayer d'y mettre un nom.

- Que me voulez-vous ?

- Je souhaiterais que nous rencontrions rapidement, j'ai une proposition à vous faire, qui devrait vous intéresser ! Pris de court, j'avoue que je réponds, sans réfléchir.

- Très bien, à quel moment et à quel endroit ? Mon ton ferme, montre que je n'ai pas l'intention de me défiler.

- Disons, jeudi à 11 heures près de la statue du dieu Pan au parc des Buttes- Chaumont ! Est-ce que cela vous convient ?

- Je vais m'organiser en conséquence, comment vais-je pouvoir vous reconnaître ?

- Ne vous inquiétez Pierre, moi je vous reconnaîtrai ! Bonne journée à Jeudi !

Je n'ai pas le temps de rajouter un mot qu'il a déjà raccroché. N'ayant toujours pas reconnu cette voix qui me semble pourtant familière, j'essaye de rassembler le puzzle de notre conversation pour pouvoir l'identifier. La personne connaît mon nom, mon prénom et mon grade dans l'armée. Je pense tout d'abord qu'il s'agit d'un militaire. De plus, il parle de confidentialité au téléphone, comme quelqu'un faisant partie des transmissions et du « chiffre » en particulier. Soudain un nom me vient à l'esprit, le Lieutenant Duval, mon officier instructeur au centre de formation de Montargis.

Plus je réfléchis, moins j'ai de doutes, que peut-il me vouloir ? S'il s'agissait d'un simple rendez-vous de courtoisie, il aurait pris moins de précautions. D'autant que Duval n'est pas du style joueur, je me remémore le courrier que m'avait envoyé Jacqueline avec l'enveloppe cryptographiée et le savon que je m'étais fait passer à la suite. (*Voir premier tome « les sacrifiés de l'an 40 »*).

Retrouvant mes vieux réflexes de l'armée, je reste d'une discrétion absolue sur cet entretien, y compris au niveau de ma famille. Je me contente de dire à mon père de pas compter sur moi jeudi et que je prends ma journée : « Je vois tu profites du jour de repos de Monique, pour aller la rejoindre ? » pour toute réponse, je me contente d'un sourire : « Embrasse là pour moi ! »

De mon côté, je dois me montrer d'une prudence de sioux, si je m'étais trompé, s'il s'agissait d'un piège ? Mais pour quelle raison ? En tout état de cause, je ne suis pas décidé à renoncer maintenant.

Je fouille dans un tiroir pour récupérer mon pistolet MAS 35 d'ordonnance. À la réflexion, je finis par le reposer, en cas de contrôle et de fouille, je ne vois pas comment me justifier.

Soyons patient, il ne reste que 48 heures avant d'être fixé…

[15]

Jeudi 12 septembre, c'est l'été indien sur Paris. Il est 11 heures, je suis seul à contempler la statue du dieu Pan, que je trouve particulièrement hideuse. Est-ce que je me suis fait poser un lapin ? Dix minutes s'écoulent quand soudain j'entends une voix dans mon dos :

- Bel objet ne trouvez-vous pas Monsieur Malet ? Je me retourne, il s'agit bien du Lieutenant Maurice Duval en civil.

- Bonjour mon lieutenant, je suppose que vous ne m'avez pas fait venir pour me parler sculpture ?

- Pas uniquement Pierre, effectivement ! Faisons quelques pas voulez-vous, ensuite, je vous invite au restaurant ! Pour en finir avec le dieu Pan elle est l'œuvre du sculpteur grec Fanis Sakkelariou et a été offerte à la ville de Paris. Depuis début juillet il n'y a plus de lieutenant Duval, mais le capitaine Duval affecté au 2e bureau.

- Je vois finalement, vous êtes passé de l'instruction au renseignement proprement dit !

- On peut voir les choses de cette manière ! Entre temps j'ai combattu tout de même sur la Somme avec une partie du 38e R.G et j'ai échappé à la captivité en me sauvant en moto.

- Mais vous, parlez-moi de vous, je suppose que sur Sedan, ça ne devait pas être une partie de plaisir ? j'ai beaucoup pensé à vous et au drame dans lequel vous étiez plongé !

Je lui fais un topo détaillé de mon expérience sedanaise, avec dans un premier temps, mon rôle de formateur radio et au « chiffre ». Puis, j'évoque la débâcle à partir du 12 mai, pour finir avec notre voiture radio sautant sur une mine. Je lui fais comprendre, que l'armistice me laisse un goût particulièrement amer et que j'en veux à Philippe Pétain.

Nous sommes déjà sortis, du parc des Buttes - Chaumont depuis un petit moment et nous nous dirigeons vers un bistrot discret, ne payant pas de mine.

Nous pénétrons dans le restaurant déjà grandement occupé, au bar un homme fait un signe de la tête à Duval sans dire un mot. Le capitaine lui répond par le même signe, nous traversons la salle pour pénétrer dans une petite arrière-cour. Une minuscule table ronde dont le couvert a été dressé pour deux, nous attend. « Asseyons-nous ici dit Duval, loin des oreilles indiscrètes ». Puis il enchaîne :

- Vous savez à Vichy, rien n'est ni tout blanc, ni tout noir ! En apparence, le gouvernement mis en place, n'est plus en conflit avec les vainqueurs. L'armistice signé par le Maréchal Pétain va dans ce sens, sauf que le vainqueur de Verdun, veut toujours préserver ses compatriotes de l'oppression allemande. « Les vassaux », Pierre Laval et l'Amiral Darlan, vont aussi dans ce sens, toutefois les moyens pour y parvenir diffèrent entre eux ! Duval s'interrompt quand le serveur nous apporte des crudités, sans que nous n'ayons rien commandé. Il revient avec une corbeille de pain et une carafe de vin. Une fois éloigné, le capitaine reprend :

- Laval est convaincu que l'Allemagne va gagner la guerre et que la France doit « prendre sa place dans un ordre nouveau ». Darlan lui est plus subtil et plus à géométrie variable. Il pense qu'il faut ménager l'Allemagne en attendant que les choses tournent mal pour le Reich.

- Enfin Pétain, quant à lui déteste le « boche », il exècre également la 3e République et son système qui selon lui, a conduit la France à la catastrophe. Il bâtit « son ordre nouveau ». Laval et Darlan, ont au moins un point commun, ils abhorrent les anglais, alors que Pétain souhaite garder un contact avec ses anciens alliés. Au milieu de ces contradictions, le Général Charles Huntziger, responsable des 100 000 hommes encore sous les drapeaux, essaye de trouver sa place. Lui, est sincèrement convaincu qu'il y'a encore quelque chose à faire, pour renverser la situation ! Le serveur nous débarrasse de notre entrée et nous apporte un lapin en sauce. La discussion se poursuit.

- Le traité d'armistice a prévu la dissolution du 5ᵉ bureau (*organisme chargé du renseignement*) et la fin des Services Spéciaux. Le 2ᵉ bureau *(contre-espionnage)* existe toujours avec l'aval de l'occupant, afin d'éviter les complots contre Vichy et les allemands. Poussé par Maxime Weygand, le Colonel Louis Rivet*, dont je dépends a fondé à l'intérieur une cellule, le BMA (Bureau des Menées Antinationales) pour plus d'indépendance. Duval s'interrompt, une personne va aux toilettes au fond de la cours.

Quelques instants plus tard, il continue son exposé :

- Tant que les anglais tiendront, il nous reste un espoir. Churchill, vient de faire mettre en place une nouvelle organisation secrète le Spécial Opérations Executive (SOE) en complément du MI 6, avec lequel nous sommes en contact, ainsi qu'avec le Colonel Passy responsable du BCRA (*Bureau Central de Renseignement et d'Action*), André Dewavrin alias Passy est un des plus proches collaborateurs du Général de Gaulle. Duval, lit certainement une moue de scepticisme sur mon visage, du coup je reprends la parole :

- Écoutez mon capitaine, sauf votre respect, ça fait beaucoup d'informations en peu de temps pour ma petite tête. Je ne vois pas très bien où vous voulez en venir ? Nous sommes privés de dessert, néanmoins nous avons droit à deux cafés, enfin je suppose qu'il s'agit de café…ou simplement d'orge grillé !

- Pierre, je ne vais pas y aller par quatre chemins, à Montargis vous étiez mon meilleur élément, aujourd'hui je suis responsable de l'antenne du BMA que je dirige sur Paris, depuis la préfecture de police. Nous servons d'interaction entre Londres et Vichy, de plus nous avons des contacts réguliers avec l'Ahbwer.

- Notre structure est courte, je suis seul avec une secrétaire et j'ai absolument besoin d'un adjoint. Je pense que vous représentez parfaitement l'homme de la situation ! J'ai autant de mal à digérer la proposition que le repas. Duval, cherche un peu plus à me convaincre.

- Si vous acceptez la mission, j'ai prévu pour vous mettre en confiance, de vous faire faire un séjour de quelques semaines à Londres. Je ne vous demande pas une réponse instantanée, je comprends que tout cela demande une certaine réflexion ! Il sort un bout de papier sur lequel il griffonne.

- Voilà mon numéro téléphone, à la préfecture, j'attends votre appel, en souhaitant une réponse positive de votre part ! Dans ce cas, nous prendrons rendez-vous pour les modalités.

Mine de rien nous avons passé deux heures à table. Nous nous séparons d'une poignée de main ferme à la sortie du restaurant. Le sourire du capitaine, m'en dit long sur son optimisme en vue d'une future collaboration entre nous. De retour à Colombes par le Métro et le train, je ne manque pas de cogiter. Bien sûr au départ, rien ne me laissait présager une telle proposition. Duval s'est montré tour à tour rassurant et inquiétant sur la fonction qu'il me propose, mais comment pourrait-il en être autrement ? Le renseignement en temps de paix, n'est jamais de tout repos.

Alors en temps de guerre... j'imagine, les pressions, les petits jeux politiques à Vichy, à Londres, sans oublier l'occupant à Paris. Néanmoins je me refuse de laisser Duval dans l'incertitude, mon choix sera fait dimanche soir au plus tard.

De retour à la maison je suis assailli de questions par mes parents : « Monique allait-elle bien ? Sa rentrée scolaire s'est-elle bien passée ? Ses collègues sont-ils gentils avec elle ? etc...Seule curieusement, ma sœur ne pipe mot, comme si elle pressentait déjà quelque chose.

Je réembauche le vendredi au garage, sans motivation particulière. Je suis d'autant plus contrarié, que nous allons devoir travailler exceptionnellement le samedi. Ces Messieurs de la Wehrmacht, doivent absolument réceptionner des véhicules donnés à réviser lundi matin.

Je vais devoir quitter ma paperasse, pour me plonger les mains dans le cambouis. Mon père tout sourire, me dit que ce n'est pas bien grave : « Tu as déjà vu Monique Jeudi ! », bref mon week-end est fichu. Le dimanche, ma décision devient effective. Sur un ton ironique, je pense que quitte à travailler pour les allemands …autant le faire dans le cadre de la résistance à Londres ! Et puis je me dis que ma mobilisation précédente, me permet d'échapper aux « chantiers pour la jeunesse » de la classe 1920, mis en place pour remplacer le service militaire.

Lundi 15 septembre, j'appelle la préfecture de police :

- Mes respects mon capitaine, Pierre Malet, je vous appelle « pour notre projet de vacances », pourrions-nous nous rencontrer rapidement ?

- Naturellement, je vous propose demain matin à 10 heures à mon bureau !

- Parfait mon capitaine, à demain ! Suivant la consigne apprise précédemment, moins on en dit au téléphone, plus la discussion s'en trouve sécurisée.

Le soir, j'avertis mon père que je serai absent demain une partie de la journée, sans plus de précision. Je me pointe, comme convenu le lendemain, au 12 quai de Gesvres, où il faut montrer patte blanche. Un planton me demande ma carte d'identité, puis à l'accueil lorsque je m'annonce, le réceptionniste consulte un grand cahier où doit figurer l'heure de mon rendez-vous. Il passe ensuite un coup de téléphone. Une femme, la quarantaine bien tassée, sans élégance vestimentaire, se présente et m'accompagne ensuite au deuxième étage. Dans une pièce relativement spacieuse, le capitaine m'accueille :

- Ah Pierre, je vois que vous avez connaissance avec Bernadette, ma secrétaire ?

- Oui encore trop brièvement mon capitaine ! Il me fait asseoir, pendant que la secrétaire s'éclipse.

- Au fait je ne vous ai pas demandé, parlez-vous Anglais et Allemand ?

- En anglais je me débrouille et je suis capable de suivre une conversation, mais pour l'allemand, c'est « nein » !

- Bon ce n'est pas l'essentiel, nous verrons plus tard ! Il se lève et ouvre une porte.

- Bernadette nous sortons une petite heure, vous prendrez en note la liste des appels ! Une fois sorti du bâtiment, il se livre à quelques confidences :

- Je n'ai aucune confiance en cette Bernadette, j'aurai préféré choisir moi-même mon assistante, mais elle m'a été imposée par la préfecture de Police. Pas besoin de vous dire que je la soupçonne, de communiquer certaines informations. Nous marchons maintenant sur les quais de seine.

- Ici, nous sommes plus tranquilles ! Allons à l'essentiel, vous partez pour Londres par avion samedi prochain ! Je m'arrête de marcher sous l'effet de surprise.

- Comment ça, déjà ?

- Oui, j'avais anticipé votre réponse ! De plus, nous n'avons pas trop le choix, à cause de la météo et de la pleine lune favorable ! Sinon nous serions dans l'obligation de reporter d'un mois ! Naturellement, le Colonel Passy et son équipe, préparent votre arrivée ! Puis il me tend une enveloppe cachetée.

- Vous trouverez toutes les consignes nécessaires pour votre voyage dans ce pli ! Après en avoir pris connaissance, détruisez-les sans laisser de trace !

- Voilà bienvenu au BMA et bonne chance ! Nous n'aurons pas l'occasion de nous revoir d'ici samedi, je vous dis à bientôt !

La poignée de main échangée, se veut aussi ferme que celle de la semaine dernière. Il n'a pas dû se passer plus de vingt minutes à partir du moment où nous avons quitté la préfecture de police. Dans le métro et le train qui me ramènent sur Colombes, je me garde bien d'ouvrir l'enveloppe, attendant un moment plus propice. Je réfléchis sur la manière de m'éclipser auprès de ma famille, le plus discrètement possible, sans les inquiéter. Partir un samedi, présente au moins un avantage, je peux toujours dire que je vais passer le dimanche avec Monique à Crépy en Valois.

Le soir dans ma chambre, je décachette, l'enveloppe dans laquelle se trouve un aller simple Argenteuil-Gisors. La lettre qui l'accompagne me donne les consignes suivantes : « Cher Pierre, vous voudrez bien trouver ci-joint un billet de train, pour Gisors samedi en fin d'après-midi. Une fois arrivé à la gare, vous devrez vous rendre à l'hôpital de Gisors, retrouver le Docteur Jacques Morel, qui vous donnera la marche à suivre.

Munissez-vous d'un minimum de bagages. Bien cordialement signé « Glacière ». La signature ne manque pas de m'intriguer. J'ai bien compris qu'il s'agit d'un nom de code, ainsi le capitaine prend un maximum de précautions, seul le nom du médecin figure dans le message. Comme convenu je brûle le tout dans un cendrier, sauf naturellement le billet de train.

Je me montre particulièrement aimable le lendemain au garage, en particulier avec les allemands que je croise, mon père me trouve « transformé ». Je fais mine de rien jusqu'au vendredi soir.

N'ayant pas d'autres choix, je vais faire passer mon message par la personne en qui j'ai le plus confiance, ma sœur :

- Jacqueline, j'ai besoin de te parler !

- Je t'écoute !

- Samedi, je ne vais pas à Crépy en Valois et je vais devoir m'absenter quelque temps ! Son visage marque l'étonnement.

- Je te charge d'en avertir, les parents et Monique, avec le plus de diplomatie possible, en les rassurant. Cette fois Jacqueline se décompose.

- Quelque temps c'est-à-dire ?

- Je ne sais pas, quelques semaines tout au plus ! Je ne peux pas t'en dire davantage !

- Pierre, dans quel guêpier, tu t'es encore fourré ? Elle se précipite dans mes bras et me serre de toutes ses forces. Je lui place un baiser sur le front en lui glissant à l'oreille : « Fais moi confiance, encore une fois ! »

Samedi 21, 17 heures, je flâne sur le quai de la gare d'Argenteuil en attendant mon train. Une petite valise à la main, je suis dans un état d'excitation et de nervosité extrême, vivement que je puisse découvrir Big Ben.

Le convoi est omnibus, l'horloge indique 19 heures au terminus de Gisors. Il ne me faut pas plus d'un quart d'heure à pied, de la gare, pour rejoindre l'hôpital. À l'accueil je me présente et demande le docteur Morel. Un homme en blouse blanche de ma taille, de forte corpulence, apparaît peu après. Il doit avoir la cinquantaine, je remarque surtout ses grosses lunettes rondes à monture d'écaille.

- Bonjour Monsieur Malet, j'ai encore quelques patients à voir, rien ne presse, allez prendre quelques forces en cuisine avant « le grand saut », vous en aurez besoin ! Reprendre vigueur avec la nourriture d'un hôpital, relève d'un tour de force. Ma sœur avait raison, non seulement c'est infect, mais en plus c'est peu nourrissant. Morel, vient me récupérer, sans sa blouse sur le coup de 20h30.

- Allons-y !

- À quel endroit partons-nous ?

- À Tierceville, il y a cinq kilomètres à parcourir de Gisors ! Nous grimpons dans sa traction Citroën. En « bon garagiste »,

[23]

je remarque la transformation du véhicule avec les bouteilles de gaz sur le toit. Je m'inquiète pour les horaires.

- Nous sommes en limite de couvre-feu ?

- Oui, mais ne vous inquiétez pas, mon caducée sur le pare-brise me sert d'Ausweis ! Si on vous pose des questions, vous êtes mon assistant ! Vous savez les allemands, sont très respectueux envers le corps médical ! Nous n'avons pas parcouru plus de deux kilomètres, que la Feldgendarmerie nous arrête à la hauteur d'Eragny sur Epte. Le docteur a l'air de connaître un des deux militaires.

- Papier bitte ! Souriant, Morel présente les documents demandés.

- Déjà en place ce soir ?

- Ja, Herr Doctor ? Son collègue est plus suspicieux, il examine ma carte d'identité attentivement et me demande un Ausweis. Morel intervient.

- Il s'agit de mon assistant ! Nous devons retrouver un malade à Tierceville ! Je lui montre le document que m'avait fourni le lieutenant Muller à Saint Germain.

- Sie waren bei der Armee ? (*Vous étiez dans l'armée ?*) Je reste ferme dans ma réponse, sans me dégonfler.

- Oui, je viens de reprendre mes études de médecine ! Finalement ils nous laissent continuer notre route. Je fais part de mon soulagement au toubib.

- Nous ne sommes pas malheureux, je n'étais pas rassuré !

- Vous vous en être très bien sorti ! Ils contrôlent souvent à cet endroit, limite de l'Oise, aux portes de la Normandie ! Je connais plusieurs de ces Feldgendarmes, mais je suis rarement escorté par un passager !

Nous arrivons à destination, une petite cabane à l'abri des regards, nichée à l'orée d'un bois. Morel, frappe à la porte, trois coups secs et deux coups longs : « Marie, c'est le Docteur Morel ! » La porte s'ouvre, dans la pénombre, une silhouette se dessine. Difficile d'identifier, s'il s'agit d'une jeune femme, ou d'un jeune garçon encore adolescent. Habillée d'une combinaison de chantier largement trop grande, le cheveu court avec un béret vissé sur la tête, un pistolet mitrailleur en bandoulière, heureusement que je suis accompagné, sinon j'aurais des frissons.

Elle nous fait entrer, dans ce qui semble être l'unique pièce. Une cheminée trône au fond, sur la gauche un évier avec un point d'eau, voisine avec une table sur laquelle repose un réchaud. Sur la droite, un couchage qui ne doit pas dépasser les 80cm de largeur. Enfin au centre, une solide table de ferme, occupe le reste de l'espace avec pour éclairage, une modeste lampe à pétrole. Morel prend la parole :

-   Je vous présente Pierre, notre client pour ce soir ! Marie nous fait nous asseoir, mais le docteur décline l'invitation.

-   Il est inutile que je traîne plus longtemps ! Pierre bon vol et « good Luck » !

Le voilà déjà parti. Marie me propose de me restaurer et avant que je n'aie le temps de répondre, elle sort d'une souillarde une miche de pain de campagne, un ravier de beurre et du jambon à l'os. Compte tenu de ce que j'ai vaguement ingurgité à l'hôpital, c'est le genre de proposition qui ne se refuse pas. Puis elle allume le réchaud, pour réchauffer du café.

-   Pierre inutile de me demander qui je suis, moins vous en savez mieux c'est ! Je ferai de même vous concernant ! Je ne sais même pas, si nous aurons l'occasion de nous revoir un jour ? Ses paroles, ont aux moins le mérite d'être claires.

Dans la lueur de la lampe à pétrole, je distingue un peu mieux les traits fins de son visage.

Marie, me fait penser un peu à ma sœur Jacqueline. À la différence que ses cheveux sont certes bouclés, mais courts et bruns, pour le reste il lui manque l'élégance. Je dévore avec délice tartines de pain beurré et jambon de montagne.

- Nous attendons, l'avion pour 10h, 10h30 ! Peu de temps après, nous percevons distinctement le ronronnement d'un moteur.

- C'est lui ! s'exclame Marie. Il est temps de vous préparer ! Nous sortons rapidement de la maisonnette.

Marie toujours flanquée de sa mitraillette, une lampe à la main, fait déjà des signaux lumineux au pilote. L'avion ne tarde pas à se poser, puis se réaligne face au vent. Sans couper le moteur, il est déjà prêt à remettre les gaz. Je dépose rapidement mon maigre bagage, derrière le siège passager et j'embarque dans le « Westland Lysander ». Pour tout adieu, j'ai droit à une grande tape dans le dos de la part de Marie.

Je n'ai même pas fini de boucler complètement ma ceinture, que déjà nous roulons. L'aviateur encourage tout haut son appareil : « Go! Faster the plane ! Go ! » Nous sommes secoués comme de vieux sacs de pommes de terre, par les aspérités du sol dans le champ. Comme baptême de l'air, j'étais en droit d'espérer mieux.

Après des secondes interminables, le monoplan quitte enfin la terre ferme. Quelques minutes plus tard, nous distinguons les lumières de Dieppe, puis l'immensité de la mer reflétée par la lune. Pour tuer le temps, je calcule la distance nous séparant de Londres. À vol d'oiseau, de Dieppe, il y a 330 km, le Lysander plafonne à 300 km/h pas plus. À ma montre, il est 22h45, j'en conclus, que nous devrions atteindre notre destination peu avant minuit.

Soudain le pilote placé devant moi, me fait un signe de sa main droite : « Look on the right ! »

Au loin, nous distinguons un groupe de bimoteurs, volant en sens inverse. À leur empennage, je suppose qu'il s'agit de Dornier 17, rentrant de mission de bombardement sur les îles britanniques. Sinon le reste de notre vol, se passe sans encombre.

[26]

L'atterrissage, se fait un peu plus en douceur que notre décollage. Le pilote visiblement soulagé me lance un « Welcome to Northolt ! » Je me contente de lui répondre par un simple « thank you » ! Sur le tarmac, une Riley un drapeau tricolore sur son aile droite, stationne et semble attendre son passager. Un chauffeur en uniforme de l'armée m'apostrophe en français : « Vous avez fait bon voyage mon lieutenant ? » Sur le moment je pense qu'il se trompe sur l'individu attendu. Mais visiblement, il n'attend personne d'autre et me débarrasse de ma valise. Je lui réponds en bredouillant : « Oui, un peu chaotique au décollage ! »

Machinalement, je regarde l'horloge de l'aérodrome, elle indique 23h05, et je m'en inquiète auprès de mon chauffeur :

- Ah oui, en France vous êtes passés à l'heure d'été au premier juillet, tout ça pour vous aligner sur Berlin ! Effectivement, ma montre indique minuit cinq.

- Où me transportez-vous ?

- À Londres, chez votre logeuse Mrs Brown, nous sommes à une dizaine de kilomètres ! au fur et à mesure que nous rapprochons de la capitale nous percevons des incendies. Le chauffeur confirme.

- Le blitz a encore fait des ravages ce soir ! D'un autre côté pendant que la Luftwaffe s'attaque aux habitations et aux usines, elle laisse de côté les terrains d'aviation ! Nous croisons un camion de pompier sirène hurlante, en arrivant à destination.

- Voilà mon lieutenant vous êtes arrivé !

- Quel est le programme pour demain ?

- Je pense que quelqu'un viendra vous chercher, vers 8h30 ou 9h00 !

Je remercie mon chauffeur, en lui souhaitant une bonne nuit, puis je carillonne à l'entrée de chez ma logeuse. La porte s'ouvre :

- Good Evening, Mister « *Malette* » !

- Good Evening Mrs Brown ! La dame de petite taille, doit friser la soixantaine.

- I'll show you to your room ! (*Je vais vous montrer votre chambre !)* Nous grimpons par un escalier très étroit. La pièce est à l'image de la dame, vieillotte. Puis elle ouvre une autre porte.

- This the bathroom ! I'm serving breakfast to morrow at eigh't o'clock !

- Thanck you Mrs Brown, good night !

La journée m'a éreinté, je prends juste le temps de me déshabiller, avant de me coucher et de m'endormir rapidement...

CHAPITRE 3 : ICI LONDRES.

Je me réveille au petit matin, ma montre indique 8 heures. Comment ai-je pu dormir aussi longtemps ? Je bondis du lit, puis reprenant mes esprits, je m'aperçois que je n'ai pas recalé les aiguilles en fonction du changement d'heure. J'ai donc encore tout mon temps pour prendre ma douche, en espérant avoir ensuite les idées un peu plus claires.

Je descends prendre « mon breakfast » à 7h45 heure locale. Mrs Brown, se montre tout aussi aimable que la veille et la table du petit déjeuner est plutôt bien garnie. Outre the tea, toast, marmelad and boiled egg (*œufs à la coque*), reposent sur une nappe fleurie. Le décor me rappelle que je ne suis plus en France, de nombreux cadres photos garnissent abondamment les murs, recouvrant presque l'intégralité du papier peint. La maîtresse de maison vient m'apporter la presse du jour. « News Chronicle », va devoir remplacer mes lectures habituelles.

Le carillon de l'entrée, fait entendre sa mélodie, l'horloge du séjour indique huit heures et demi, Mrs Brown accueille le visiteur :

- How are you going, Mister *Dewavrine* ? Je n'en crois pas mes oreilles, le Colonel Passy en personne. Je me lève d'un bon.

- Mes respects mon Colonel ! L'homme se présente en civil, il fait juvénile (*29 ans)* même si une calvitie déjà bien avancée lui dégage le front. *Il parait plus jeune encore, avec son visage de bébé blond, illuminé par un regard bleu limpide. Courtois, son physique Mince, élégant, lui donne une allure très British.* **(extrait de « Le Colonel Passy » de Guy Perrier).

[29]

- Repos, lieutenant, aujourd'hui, il s'agit d'une simple visite de courtoisie ! Les choses sérieuses commencent seulement demain ! Je l'invite à s'asseoir et à partager mon thé.

- Je ne comprends pas mon colonel, depuis mon arrivée à Londres, on m'appelle « mon lieutenant », alors que j'ai été réformé du grade de sergent, un mois plus tôt ? Dewavrin sourit.

Vous êtes le futur adjoint de « Glacière » (Duval), nous ne faisons donc qu'anticiper votre grade ! Demain matin, une voiture viendra vous prendre pour vous amener au 4 Carlton Gardens. Il s'agit du siège de la France Libre, dans lequel le BCRAM (*Bureau Central de Renseignement et d'Action Militaire*) tient ses locaux. Vous récupérerez un uniforme et vous verrez avec Jacqueline Girard* pour toutes les démarches administratives. Cela devrait vous prendre une bonne partie de la journée. Ensuite, vous irez vous mettre aux ordres du Capitaine Georges Lecot*, qui sera votre supérieur direct, pendant votre séjour en Angleterre !

- Combien de temps, comptez-vous me garder ?

- Je sais que Glacière, est très impatient de vous récupérer ! Vous devriez rester un mois avec nous ! Son ton de voix, reste toujours posé.

- Aurais-je le privilège de rencontrer le Général de Gaulle ?

- Pas cette fois, le Général navigue en direction de Dakar ! Je marque sa réponse d'une moue de déception.

- Quel est mon programme de la journée ?

- Repos complet, chez Mrs Brown ! Vous ne pouvez pas sortir sans papiers officiels et je ne tiens pas à venir vous rechercher dans les bureaux de Scotland Yard, ou du MI 6 ! Aujourd'hui, c'est « Sunday Closed », tout est fermé y compris nos propres bureaux ! Puis, il poursuit d'une petite note ironique :

- En revanche votre soirée devrait être plus animée, par les raids de la Luftwaffe ! J'aime son côté pince sans rire.

- Je vais devoir prendre congé, si la plupart de nos collègues sont au repos, ma journée ne fait que commencer ! Nous nous levons au même moment, Passy me tend une main ferme et s'éclipse, en recommandant à Mrs Brown de bien s'occuper de moi.

Faute de mieux après son départ, je m'assois dans un fauteuil du séjour et je me plonge dans la presse britannique. Les journaux offrent naturellement une large place aux bombardements quotidiens des allemands sur les grandes villes du pays. Ils reviennent sur le premier raid en plein jour de la Luftwaffe sur Londres, mercredi dernier. Le Fighter Command de la RAF a visiblement infligé une défaite cuisante à l'aviation allemande, Info ou intox, comme pour la presse française ? (*Hitler, va devoir repousser son opération Otarie, consistant à l'invasion de la grande Bretagne*).

Avec pour sous-titre « Escadron suicide », un journaliste fait l'éloge des artificiers, qui chaque jour après les raids, mettent leur vie en danger, dans une entreprise de déminage à grande échelle. L'article est illustré par une photo d'une bombe de 600 kg, tombée sur un hôpital, sans exploser. Par contre, je cherche vainement des informations venant de France, sans en trouver la moindre trace.

Pour tuer le temps, dans l'après-midi Mrs Brown me propose de faire une partie d'échec. Sans être un expert, j'ai la prétention de me défendre et je relève le défi. Je suis bien vite contraint à une stratégie défensive. Toute proportion gardée, je suis comme à Sedan au mois de mai dernier, recroquevillé et incapable d'endiguer les attaques de l'adversaire. Mes pions en font d'abord les frais, puis les pièces plus importantes comme les tours et les cavaliers. Première partie et revanche se terminent par un même résultat, deux revers cuisants pour les couleurs françaises. Sauf que cette fois la « perfide Albion » se substitue à l'envahisseur germanique.

Si mon ego vient d'en prendre un coup, je me montre néanmoins fairplay, en félicitant chaleureusement Mrs Brown.

Vers 22 heures, une sirène nous appelle au spectacle promis par Passy et mis en scène par Hermann Goering. Sans s'affoler, Mrs Brown sort d'un placard deux casques Brodie, le modèle réglementaire porté par les Tommys. Elle m'invite ensuite à la suivre hors de son immeuble, pour rejoindre la première station de Métro. À l'intérieur, les gens s'entassent sur les quais en position assise ou allongée, pendant que le fracas des premières bombes, raisonne faisant vibrer les murs et soulevant des nuages de poussière. Je me remémore, les moments pénibles passés dans le bunker du PC d'Angecourt, sauf que là, l'ambiance est totalement surréaliste. Personne ne semble avoir peur, près de moi un homme, dans sa bulle, lit tranquillement un livre, d'autres font des paris entre eux, sur le nombre de bombardiers allemands abattus ce soir par la DCA.

Combien de temps a duré l'alerte ? Je ne sais pas trop, Mrs Brown, m'indique simplement que depuis quelques jours les bombardements sont moins intenses. À la sortie du Métro, je devine des scènes de désolation, le quartier n'a pas été touché, mais nous sommes cernés par de nombreux foyers d'incendie. Les sirènes des pompiers ont remplacé le bruit assourdissant des bombes, chacun retourne vaquer à ses occupations.

Je consulte ma montre, il est un peu plus de 11 heures, Mrs Brown, me souhaite une bonne nuit, me voilà seul dans ma chambre. Nous sommes dimanche soir, les douze coups de minuit ont sonné en France. Jacqueline, doit être assaillie de questions sur mon absence par Monique et mes parents, comment ne pas culpabiliser ?

Lundi 23 septembre 8h30, la Riley du QG pour mon premier jour, reste mon moyen de transport. Nous mettons dix minutes à peine pour rejoindre le 10 Duke Street. Le chauffeur m'indique, que nous sommes à deux stations de métro du domicile de Mrs Brown. L'immeuble a moins de 10 ans, au pied de sa façade, un muret blanc de six à sept mètres sur trois vient d'être rajouté.

Dessus, figure une plaque portant une croix de Lorraine, encadrée par deux bandes bleu, blanc rouge, l'inscription « France Libre » attire l'œil du visiteur.

Deux gardes sont de faction, l'un portant un uniforme britannique, l'autre la tenue d'infanterie française. Je m'adresse à ce dernier, en me présentant pour la première fois comme « le lieutenant Malet » des services spéciaux. Sans plus de formalité, il m'indique de me rendre au premier étage, pour retrouver les bureaux du BCRAM. Nous sommes loin de l'atmosphère suspicieuse, de la Préfecture de Police de Paris.

Je me présente directement à Jacqueline Girard*, l'employée aux tâches administratives. La jeune femme, se montre souriante et particulièrement agréable avec moi. Tout en me demandant ma carte d'identité, elle m'explique qu'elle va rédiger deux documents me permettant de circuler librement., un « Laissez- Passez » Forces Française Libres, ainsi qu'une « Identy Card » du Foreign Officer. Je pourrai récupérer, l'ensemble des papiers en fin de journée. Avant de partir, elle me tend une feuille, en me disant que je dois choisir un nom de code. Par tradition, il s'agit de la liste des stations du métro de Paris, les noms de Passy et Glacière sont déjà pris bien sûr. Je réfléchis un instant, puis mon côté sportif m'oriente tout naturellement vers « Grenelle » à cause du Vel d'Hiv.

Elle me dirige ensuite vers le service photographique, pour les photos d'identité et l'habillement pour récupérer mon paquetage.

À ma grande surprise, le préposé trouve un uniforme à ma taille avec très peu de retouches à faire. Il effectue les transformations nécessaires dans la foulée. Sur l'épaule droite figure l'inscription « France Libre » avec un drapeau tricolore. « La pucelle » émaillée *(insigne militaire)*, ornée sur la poitrine, porte la même inscription avec deux ailes sur fond bleu transpercé d'une épée rouge, le tout encadré de feuilles de laurier *(voir page de couverture)*. J'avoue que je ne suis pas fâché, de me retrouver de nouveau avec une tenue militaire. D'autant qu'en qualité d'officier, je porte le képi réglementaire, rehaussé de deux galons dorés.

Je suis ainsi fin prêt, pour me présenter à mon supérieur le Capitaine Georges Lecot*, alias « Drouot », responsable du « chiffre » :

- Ah « Grenelle », il va falloir que je me fasse à mon pseudonyme, heureux de faire votre connaissance, vous voilà parfaitement équipé pour travailler ! Je renchéris sur le ton de la plaisanterie.

- Oui mon capitaine, il me manque juste la barrette du ruban de la croix de guerre !

- Qu'à cela ne tienne ! Il ouvre un tiroir, sort l'objet désiré et me le tend. « Glacière », n'a pas targué d'éloge sur votre compte. Selon lui, vous êtes un expert en cryptographie et en radiographie.

- Ah mon capitaine « le produit est bien vendu », j'espère me montrer à la hauteur de vos attentes !

- Je vais vous dire ce que nous attendons de vous ! Nous devons former des hommes comme « radio, crypto » destinés à servir dans un premier temps à des missions en Bretagne et en Normandie ! Nous avons plus de candidats que de formateurs !

- Je vois, j'ai déjà servi de professeur en avril dernier sur Sedan au 147e RIF. Je pense que mes automatismes, devraient revenir rapidement !

- Très bien, je vous présenterai les stagiaires dans l'après-midi, en attendant, allons déjeuner à la cantine ! « Drouot » se lève, il ne mesure que 2 ou 3 cm de moins que moi, mince il porte beau de petites moustaches à la Errol Flynn. Est-ce le film « Robin Hood » sorti, deux ans en arrière qui l'a inspiré ?

Au détour d'un couloir nous croisons « Passy », le salut que nous échangeons se veut beaucoup plus protocolaire que la veille. La conversation continue à table avec le capitaine.

Je me déclare enchanté par l'accueil qui m'est réservé. Je trouve, Jacqueline Girard*, que je considère physiquement comme le pendant de ma sœur, particulièrement agréable. « Drouot » éclate de rire :

- Ne vous avisez pas de la draguer, elle est la petite amie du lieutenant Jean Martin*, le secrétaire de « Passy ». Pour en revenir au Colonel, derrière sa bonhomie, son humour parfois grinçant, se cache une personne « un peu soupe au lait », un conseil, évitez de le contrarier ! Puis il revient plus sérieusement sur mon job.

- Parallèlement, vous devrez passer votre brevet de parachutiste. Sept sauts réglementaires sont à effectuer. Passy exige que tous les officiers du BCRA passent par-là, lui le premier ! Drouot me voit faire la moue.

- Un problème ? J'ai vu dans votre dossier, que vous êtes un sportif accompli !

- Je ne sais pas si vous avez remarqué, mais je boite encore légèrement, souvenir de la Campagne de France ! Je ne suis pas sûr que ma fracture du fémur soit 100% consolidée !

- Bon je vais le signaler, nous serons prudents vous ferez des tests avant !

À la cantine, nous mangeons à la française, avec même un peu de vin sur la table. Le repas terminé, nous regagnons une salle pour la présentation de mes futurs élèves. Ils sont dix, à s'avancer les uns après les autres. Tous des vétérans des campagne du début du conflit, venus d'horizons différents. Certains, sont d'anciens rapatriés de Dunkerque, d'autres des réfugiés de Narvik, ou encore des bretons venus par la mer en chalutier. Je me rends rapidement compte que la partie ne va pas être facile. Deux seulement, sont issus des transmissions avec une formation de radio, les autres sont des novices et aucun ne connaît la cryptographie. Une fois les présentations faites, je débriefe avec Drouot.

Nous tombons rapidement d'accord qu'il va falloir nous partager la tâche, en faisant deux groupes de cinq avec un roulement. Pendant que j'initierai les stagiaires « au chiffre », le capitaine les fera manipuler à la radio.

La journée se termine par la récupération de mes papiers, Drouot me propose que nous allions fêter mon arrivée demain soir. J'accepte bien volontiers avant de rejoindre Jacqueline Girard, pour les dernières formalités. Mon « Identity Card » rédigée naturellement en anglais, a la particularité de porter un cachet identifié « le Chef du 2e bureau, le Général de Gaulle état-major ». Le laissez-passer est somme toute assez banal, il contient mon grade et la mention S.R pour Service de Renseignement. Les deux documents portent ma photo. Je rentre chez Mrs Brown, sans difficulté. Ma logeuse m'indique également, qu'une ligne de bus dessert le quartier Le spectacle de la soirée proposé par la Luftwaffe, a déjà pour moi un goût de déjà vu, d'autant que les fauteuils d'orchestre, du métro sont toujours aussi inconfortables…

Le lendemain, je teste la ligne de bus pour me rendre au siège, c'est moins rapide que par le métro mais plus agréable. Nous nous retrouvons dans la même salle que la veille.

Les premiers ennuis commencent, le BCRA partage les locaux avec d'autres services et il faut négocier l'emplacement. Comme convenu je garde cinq stagiaires pour la matinée, et Drout prend les cinq autres à la radio, là aussi il doit négocier. Jacqueline Girard, nous apporte le planning de formation parachutiste, nous sommes tous concernés.

Notre organisation est remise en cause par « Passy », qui souhaite accélérer notre formation de parachutiste. Nous sommes donc tous expédiés, sauf Drouot, à partir de demain, pour une quinzaine à Ringway au sud de Manchester. La stratégie doit être complètement revue dans la journée. Nous convenons avec le capitaine Drouot, que je vais me contenter de faire de la formation de cryptage, entre deux programmations parachutistes, pendant notre séjour dans le Lancashire. Il me reste l'après-midi, pour me procurer la documentation nécessaire.

« Ma soirée d'incorporation » est maintenue dans un pub avoisinant. Répondent présents, outre Drouot, Jacqueline Girard, chaperonnée par Jean Marin*.

Je n'ai désormais plus aucune doute, sur la proximité entre le jeune lieutenant au visage juvénile et la belle Jacqueline. Le capitaine me fait comprendre, que c'est à moi de régaler. Je lui indique que je n'ai pas eu le loisir depuis mon arrivée, de changer mes francs contre des livres sterlings. Aucun problème, « l'ardoise » est là pour çà. Le tenancier extirpe de dessous le bar, tablette sur laquelle figure déjà mon nom. Les sbires de Goering, décident naturellement de s'inviter à la fête. La soirée se poursuit verre de bière à la main, dans le sous-sol de l'établissement.

Mercredi 25 septembre, « Nine O'clock », nous sommes prêts pour embarquer dans le Bedford qui doit nous mener à Ringway. 130 km séparent la capitale londonienne de Manchester, nous devrions mettre un peu plus de deux heures, pour effectuer le trajet. Un seul sujet de conversation nous occupe. Hier, pour la première fois depuis le début des hostilités, le Rocher de Gibraltar a été bombardé, par les forces aériennes de Vichy ! Ce raid, vient en réponse de celui effectué sur Dakar par la R.A.F.

Toutefois ce bombardement « vichyssois » est plus symbolique qu'autre chose. Les cent bombardiers mobilisés auraient pu anéantir le port. Néanmoins la plupart des pilotes ont montré une maladresse suspecte, larguant leurs charges dans la mer. Le peu de bombes touchant le sol, étant pour la plupart sabotées pour ne pas exploser ! (*Historique*).

En qualité de seul officier, je suis responsable du déplacement. Le voyage se passe sans encombre, si ce n'est l'inconfort du camion qui nous transporte. Nous sommes accueillis sur la base de Ringway, par le capitaine Georges Bergé* responsable de la formation. Ce militaire de carrière de 31 ans, sort de Saint Maixent l'école, blessé et hospitalisé à Caen, pendant la campagne de France. Il profite de sa convalescence chez ses parents à Mimizan, pour s'embarquer via Saint Jean de Luz pour l'Angleterre. Depuis le 15 septembre, le Général de Gaulle, l'a chargé de la formation des parachutistes de la France Libre.

Nous sommes logés dans des baraquements en bois, plutôt sommaires, je sens que notre séjour ne va pas être de tout repos. Dès le début d'après-midi, nous avons droit à un cross de 5 km dans le bois et les chemins alentour dont le parcours a été balisé. Sans forcer outre mesure, pour ménager ma jambe, je fais partie des meilleurs. Le sergent instructeur, mis au courant de mes déboires prend de mes nouvelles à l'arrivée. Je constate que ma cuisse gauche, manque de musculation par rapport à la droite et je vais devoir la faire travailler, pour pouvoir retrouver un équilibre entre mes deux membres.

Pas de sortie nocturne, nous sommes consignés dans nos quartiers avec extinction des feux à 22 heures. Faute de mieux, ces restrictions nous permettent de faire mieux connaissance entre nous. Le lendemain jeudi, la matinée est consacrée aux premiers exercices de culbutes à « la girafe ». Une tour de trois étages, permet de simuler des sauts avec un système de poulie et de corde sur lequel le stagiaire est attaché, le tout se termine par un roulé boulé dans le sable.

La pratique commence naturellement par le pallier le plus bas, je suis vite rassuré sur la capacité de mes os à tenir le choc.

L'après-midi, nous avons droit à une marche de 25 km avec des sacs à dos remplis de cailloux. Le soir j'essaye de mettre en place une formation de cryptographie, les gars, sont tellement crevés, moi le premier, que mon cours devient rapidement improductif. Le vendredi dans la matinée nous vivons, la même formation, que la veille avec simulation des sauts à la girafe. L'après-midi se veut un peu plus fun, avec la simulation de l'attaque d'une ferme, façon commando. Moins physique que la veille la journée, me permet de mettre en place le soir, ma formation avec un peu plus d'efficacité.

Samedi 28 septembre, jour « du grand saut ». Nous embarquons tous les onze dans l'avion, qui doit nous élever dans quelques instants à 3000 m d'altitude. Pas de fantaisie, le Vickers Wellington se contente de quelques cercles au-dessus de l'aérodrome pour grimper à la hauteur recherchée.

Le sergent nous passe les dernières consignes, nous sommes en ouverture automatique, je suis « le premier de cordée ». Je clipse au-dessus de ma tête sur la barre, le mousqueton qui va permettre l'ouverture du parachute. La porte s'ouvre, puis une lumière rouge s'allume suivie d'un signal sonore strident. Au « go » du moniteur, je suis déjà en dehors de la carlingue, quelques secondes plus tard, une secousse violente me tire vers le haut par les suspentes de mon parachute qui vient de se déclencher. Malgré le vent violent je m'exerce à tirer dessus, pour stabiliser la descente. Six ou sept minutes s'écoulent, je ne vois pas le temps passer, que déjà je touche la terre ferme. Rien à signaler, pour mes camarades.

« Sunday closed, » le lendemain, nous ne sommes pas fâchés de pouvoir souffler un peu. La journée n'est pas de tout repos, j'ai prévu une formation de cryptologie le matin avec une évaluation individuelle l'après-midi. Les gars râlent un peu, mais je leur explique que nous n'avons pas d'autres choix.

Nous avons pris du retard, dans la formation et réglementairement nous ne pouvons pas sortir de l'enceinte de l'aérodrome. De ce fait il faut se rendre utile, la récréation au bar de la base, n'aura lieu qu'en fin de journée.

Au cours de la nouvelle semaine, les sauts s'enchaînent avec des difficultés supplémentaires. Nous avons désormais des sacs de sable en plus de notre harnachement. La réception au sol est d'autant plus violente. Ce poids supplémentaire, symbolise les équipements que nous devrons embarquer lors de nos futures missions, comme par exemple des appareils émetteurs récepteurs. Nous devenons également des apprentis artificiers, avec le minage symbolique d'un pont.

Puis vient le premier saut de nuit. Pour l'occasion, la réception ne se fait pas sur le tarmac de l'aérodrome, mais en plein champs, il s'agit ensuite de retrouver notre camp de base avec pour seuls instruments une carte et une boussole. J'ai briefé les garçons au départ, pour éviter que nous nous retrouvions trop éloignées les uns des autres en arrivant au sol.

Sauf que le sergent ne trouve rien de mieux, que de déclencher nos sauts, avec un léger temps de retard entre nous. Bref, nous voilà éparpillés dans la nature, comme d'habitude je suis le premier à venir en contact avec la terre ferme. Malgré l'obscurité, j'essaye d'identifier, les parachutes tombant à ma suite. J'arrive à retrouver deux camarades, relativement rapidement.

En progressant à la lueur d'une lampe de poche, nous entendons un gémissement venant d'un bosquet. Henri Bourreau, s'est fait une entorse à la réception de son saut. Nous sommes obligés de lui confectionner un brancard de fortune, pour pouvoir le rapatrier. Je finis par identifier une route sur la carte, qui doit nous permettre de rentrer au camp. 5 kilomètres à peine nous séparent de la base. Néanmoins cinq de mes gars sont encore dispersés, avec lesquels nous n'avons aucun contact. De retour au bercail, deux nous ont précédés, les trois autres, vont finir par rentrer les uns après les autres, le dernier à quatre heures du matin.

Trop c'est trop, je décide d'avoir une discussion avec le capitaine Bergé*, le lendemain matin. La conversation devient vive, mais reste courtoise. Je lui fais simplement remarquer, que nous ne faisons pas partie de sa 1ere Compagnie d'Infanterie de l'Air, et que nous sommes uniquement présents pour nous former à l'art du parachutisme. Je ne disconviens pas que cette préparation ultra poussée, puisse permettre de sauver des vies, néanmoins j'ai également des comptes à rendre auprès de Passy, sur la formation que je dois assurer auprès de mes hommes.

Bergé n'est pas obtus, il me confie qu'il s'agit de sa première formation, en dehors des commandos dont il a la charge. La suite du programme s'en trouve allégée. De mon côté, je peux poursuivre mes cours avec plus d'assiduité et de sérénité.

Mardi 8 octobre, nous devons effectuer, notre septième saut, ultime tentative nous permettant de décrocher la certification. Plus de contrainte pour l'occasion et équipement minimum. L'exercice s'effectue en plein jour, le jeu consiste à rentrer en footing le plus rapidement possible au camp. Cette fois, je suis le dernier à sauter.

Cette nouvelle disposition, me trouble un peu et de voir mes camarades se précipiter dans le vide, les uns après les autres me fait hésiter. Ce n'est qu'au second « go » que je finis par m'élancer et encore je ne pas sûr de ne pas avoir bénéficié d'une poussette pour m'aider. Du coup j'atteins le sol avec un temps de retard d'où une distance plus longue à parcourir pour rentrer.

Il ne connaisse pas « Pierrot », l'ancien champion de 400m que j'étais, a retrouvé toutes ses capacités physiques. Je rattrape mes compagnons un par un et je finis par les lâcher. Sauf que dans l'euphorie, je manque de lucidité et je finis par me perdre dans la deuxième partie du parcours. Finalement, je dois me contenter de la troisième place, sous les quolibets des deux premiers.

Le soir la remise des badges, se fait autour d'un verre de bière, au bar de l'aérodrome. Pour la première fois, depuis notre arrivée à Ringway, l'ambiance devient festive et la soirée se termine bien au-delà des 22 heures.

Le lendemain encore tout endormi, nous retrouvons l'inconfort du Bedford, pour regagner la capitale londonienne.

Dès notre arrivée, je suis convoqué par Passy dans son bureau. A-t-il eu un retour négatif de la part du capitaine Bergé de notre séjour à Ringway ? Drouot assiste à l'entretien :

- Asseyez-vous Malet ! Curieusement, il ne m'appelle ni lieutenant, ni « Grenelle ». La mâchoire, serrée, il reprend.

- Il faut absolument accélérer la formation des radios-cryptographes ! Vous allez rester une semaine de plus avec nous et je me fous des protestations de « Glacière » ! Pour les modalités, vous voyez avec votre chef de service ! Sous-entendu Drouot, ce dernier se garde bien d'intervenir.

- Très bien mon colonel ! Je ne pipe mot, je sens bien que pour les questions, ce n'est vraiment pas le moment.

- Vous pouvez disposer ! Je retrouve un peu plus tard Drouot dans son bureau :

- Qu'a-t-il aujourd'hui, il a mangé du lion ?

- Depuis votre départ, la situation s'est tendue entre les différents services ! L'absence de de Gaulle, se fait de plus en plus sentir ! Quand le chat n'est pas là, les souris dansent ! Chacun veut sa part de pouvoir !

- Ah oui, justement à quel endroit se trouve de Gaulle en ce moment ?

- À Freetown, en Afrique occidentale, un port rattaché à la couronne britannique ! L'échec de Dakar l'a beaucoup marqué, jusqu'à remettre sa légitimité en cause, par certaines personnes malveillantes ! *(L'opération de Dakar consistait, pour la France Libre avec la complicité des anglais, à prendre le port du Sénégal, pour en faire une base arrière. Avec la résistance acharnée des troupes restées fidèles à Vichy, l'opération tourne au fiasco.)*

- De plus Passy en en marre du 4 Carlton Gardens, nous sommes trop à l'étroit ici, sans parler de la promiscuité, pour un « Service Secret » comme le BCRA, on peut trouver mieux ! Nous cherchons de nouveaux locaux, sauf que sans de Gaulle, il est difficile de faire avancer le dossier !

- Ah au fait, j'oubliais, finies vos petites soirées avec Mrs Brown ! Désormais vous logerez avec le reste de l'organisation, au 69 Cromwell Road, décision de Passy, qui veut avoir tout son petit monde 24 heures sur 24 auprès de lui !

J'ai bien compris que le reste de mon séjour, dans les Îles britanniques, risque d'être moins réjouissant. Néanmoins mon aménagement « au grand 69 » comme l'appellent affectueusement les locataires, me permet de fréquenter d'autres personnalités. Parmi celle-là, Pierre Brossolette, bras droit de Passy, Honoré d'Estienne d'Orves, alias « Châteauvieux », qui va prendre la tête du 2e Bureau, ou encore André Manuel*, homme de l'ombre, parmi les ombres, véritable organisateur en interne.

Au fil des jours, je comprends un peu plus l'exaspération d'André Dewavrin (Passy). André Labarthe*, communiste et nommé par de Gaulle directeur des services de l'armement, diffuse le bruit que Dewavrin ferait partie de la « Cagoule » (*organisation secrète nationaliste, républicaine, anticommuniste et antisémite créée au début des année 30*). L'image d'un BCRA « cagoulard » fait son chemin au fil du temps. Dans sa campagne de déstabilisation, Labarthe, dont la ressemblance avec Robespierre est stupéfiante, bénéficie de l'appui du Vice-Amiral Emile Muselier*, commandant des forces maritimes. Ce dernier en opposition avec de Gaulle, va bientôt rallier le Général Giraud. Labarthe appuie sa thèse, sur le fait que Passy partage une certaine sympathie, pour le lieutenant Maurice Duclos*, connu pour ses idées d'extrême droite. (*Cette rumeur, sans véritable fondement va poursuivre Dewavrin, jusqu'à' sa disparition le 20 décembre 1998*).

Nous avons repris les formations avec Drouot, en nous partageant l'équipe des stagiaires. Je me suis remis « au piano » (*désigne les radios manipulateurs du code morse)* avec délectation. « Mozart » (*Surnom de Malet dans le premier tome)* a retrouvé son clavier. Je m'aperçois que la semaine supplémentaire de formation imposée par Passy, n'est pas forcément un luxe, n'ayant pas pu coordonner radiographie et cryptographie pendant notre séjour à Ringway.

Vendredi 25 octobre, la veille Philippe Pétain a rendez-vous avec le chancelier Hitler à Montoire sur Loir. La poignée de main historique entre les deux hommes, scelle un peu plus la collaboration entre l'Allemagne nazie et le régime de Vichy. Les commentaires vont bon train, dans les locaux de la France Libre. Naturellement Passy, y voit une raison supplémentaire de mobiliser le BCRA contre cette alliance. Quelque part Dewavrin, reprend la main vis à vis de ses détracteurs, au moins pour quelques temps.

Quel intérêt a pu trouver Pétain dans cette rencontre ? L'histoire retiendra sans doute, que dans son désir de récupérer une partie des 2 millions de prisonniers, afin de retrouver la main œuvre nécessaire pour sa politique « d'ordre nouveau », le vieux Maréchal, se prête à certaines concessions.

D'un autre côté Hitler a tout intérêt à conserver en allié, un régime qui lui garantit la neutralité de la flotte et un maintien de l'ordre dans la « zone libre ». Le grand gagnant de cette entrevue ne pourrait-il pas être Pierre Laval ? L'auvergnat, orchestre tout en coulisse et renforce un peu plus les liens étroits, qu'il entretient avec Otto Abetz ambassadeur d'Allemagne à Paris et von Ribbentrop, ministre des Affaires Étrangères. En apprenant la nouvelle de Gaulle ne peut rester sans réaction. Le 27/10/1940 est câblé le communiqué suivant, dit Manifeste de Brazzaville : « La France traverse la plus terrible crise de son histoire, des dirigeants de rencontre ont accepté et subissent la loi de l'ennemi » [...] « Il n'existe plus de gouvernement français. En effet, l'organisme sis à Vichy et qui prétend porter ce nom est inconstitutionnel et soumis à l'envahisseur. »

Côté anglais, c'est le roi George VI, qui prend sa plume pour écrire à Pétain : « Des rapports me sont parvenus au sujet des tentatives faites par le gouvernement allemand, en vue de vous faire prendre des engagements qui dépasseraient largement les conditions que vous avez acceptées au moment de l'armistice. Je rappelle que vous avez alors exprimé votre détermination de n'accepter aucune condition qui soit déshonorante pour le nom de la France [...] Je suis convaincu qu'en rejetant toutes propositions de cette nature, qui peuvent vous avoir été faites, vous aurez l'assentiment irrésistible de tous ceux qui, dans nos deux peuples et dans d'autres pays, ont mis leur confiance dans votre honneur de soldat et qui voient dans une victoire britannique leur espoir de salut pour la France. »

Dans leur immense majorité, les journaux de la zone occupée inféodés à l'occupant se félicitent de la rencontre. Marcel Déat, favorable à l'occupant nazi, se montre le plus dithyrambique dans « l'Œuvre », dont il est le rédacteur en chef : « L'Allemagne avait le choix entre la destruction et la collaboration. Elle pouvait tout, même le pire. La France ne sera ni méprisée, ni écrasée. Il dépend d'elle, d'être demain une collaboratrice et non une vaincue. Il dépend d'elle, de sa compréhension, de son intelligence, de sa bonne volonté, de retrouver sa place et de reprendre son rôle et sa mission, dans le cadre de la nouvelle Europe. Ce choix décisif, « L'œuvre » l'avait fait. »

Certains journalistes, même s'ils se félicitent de l'orientation prise par Vichy, pensent que le Maréchal ne va pas assez loin et lui reprochent déjà ses atermoiements. Les français, eux que disent-ils ? Nous découvrons les sceptiques, les convaincus minoritaires, et surtout « les taiseux », largement majoritaires ! Face à cette situation Pétain s'accorde un droit de réponse reproduit dans « Le Matin » du 31 octobre : « J'ai rencontré jeudi dernier le Chancelier du Reich. Cette rencontre a suscité des espérances et provoqué des inquiétudes. Je vous dois à ce sujet quelques explications. Une telle entrevue n'a été possible, quatre mois après la défaite de nos armes, que grâce à la dignité des Français, devant l'épreuve, grâce à l'immense effort de régénération auquel ils se sont prêtés, grâce aussi à l'héroïsme de marins, à l'énergie de nos chefs coloniaux, au loyalisme de nos populations indigènes. La France s'est ressaisie. Cette première rencontre, entre le vainqueur et le vaincu, marque le premier redressement de notre pays. »

C'est librement que je me suis rendu à l'invitation du Führer. Je n'ai subi de sa part, aucun « Diktat », aucune pression. Une collaboration a été envisagée entre nos deux pays, J'en ai accepté le principe. Les modalités en seront discutées ultérieurement.

À tous ceux qui attendent, aujourd'hui, le salut de la France, je tiens à dire que ce salut est d'abord entre nos mains. [...] À ceux qui doutent, comme à ceux qui s'obstinent, je rappellerai qu'en raidissant à l'excès les plus belles attitudes de réserve et de fierté risquent de perdre leur force. Celui qui a pris en mains les destinées de la France, a le devoir de créer l'atmosphère la plus favorable à la sauvegarde de l'intérêt du pays.

C'est dans l'honneur et pour maintenir l'unité du pays, dans le cadre d'une activité constructive d'un nouvel ordre européen, que je rentre aujourd'hui dans la voie de la collaboration. Ainsi dans un avenir proche, pourrait être allégé le poids de notre pays, amélioré le sort de nos prisonniers, atténués les frais d'occupation. Ainsi pourraient être assouplis la ligne de démarcation et le ravitaillement du territoire.

Cette collaboration doit être sincère. Elle doit comporter un effort patient et confiant. L'armistice au demeurant n'est pas la paix. La France est tenue par des obligations nombreuses vis à vis du vainqueur. [...] Cette politique et la mienne, les ministres ne sont responsables que devant moi.

C'est moi seul que l'histoire jugera. Je vous ai tenu jusqu'ici le langage du Chef. Suivez-moi, gardez votre confiance en la France éternelle !

De mon côté, mon séjour au Royaume-Unis se termine, mon retour dans l'hexagone est prévu dans la nuit du 2 au 3 novembre. Je vais pouvoir retrouver la France avec ses doutes et ses incertitudes...

CHAPITRE 4 : PLUS DURE SERA LA CHUTE.

Me voilà de retour sur le tarmac de l'aérodrome de Northolt, très exactement 42 jours après mon arrivée. Un De Havilland DH 89 Dragon Rapide succède au Lysander, c'est donc en parachute que je devrai rejoindre ma terre natale. Nous décollons à 21 heures, heure locale, le largage devrait s'effectuer vers 23 heures avec le décalage horaire. Le temps d'automne ne me dit rien, d'autant que je dois sauter en vol libre, une première pour moi.

Nous prenons l'air sous une pluie fine et la météo va en se dégradant au fur et à mesure que nous rapprochons des côtes françaises. Au sol je dois retrouver « Marie », qui fait l'intermédiaire. La « drop zone » retenue, se trouve toujours du côté de Tierceville. Mon équipement est conséquent, avec entre autres un émetteur-récepteur type B Mark II, d'une quinzaine de kilos, embarqué dans une valise de 60 centimètres.

Arrive l'heure H, je me jette dans le vide sans trop réfléchir, alors qu'un souffle d'air manque de me projeter contre la carlingue de l'avion. Avec mon poids embarqué, dans l'obscurité, j'ai l'impression de descendre à une vitesse vertigineuse. Je déclenche sans attendre la poignée d'ouverture de mon parachute, pendant une ou deux secondes, j'ai l'impression que la secousse habituelle ne se produit pas.

Le temps que je réalise que mon parachute s'est mis en torche, le sol n'est plus très loin et je tire désespérément sur la poignée du « ventral ».

Dans un même mouvement, je me débarrasse du poids superflu, dont la valise radio, pour essayer de ralentir la chute. J'entends un bruit de feuillage et de branches craquantes. Dans la descente, j'ai été parfaitement incapable de contrôler quoique ce soit en jouant sur les suspentes. Un bruit sinistre de tissu qui se déchire, rajoute à mon angoisse. Cette fois je suis à terre, le sol rendu mou par la pluie, n'a que peu amorti l'impact.

Visiblement je suis toujours vivant, puisqu'une violente douleur me tétanise les deux membres inférieurs. J'essaye de garder mes esprits, pour faire un bilan. Je pense que mon fémur m'a lâché une deuxième fois et qu'une entorse me paralyse l'autre jambe. Suivant la méthode empirique mise en place par ma sœur Jacqueline, lors de mon infection à l'hôpital de Compiègne, je me confectionne une attelle à l'aide d'un morceau de branche, attaché pas des lanières découpées dans les suspentes du parachute. L'opération me prend un moment et je n'ai plus la moindre notion du temps. Les aiguilles de ma montre cassée, indiquent 11h05.

Une fois le travail terminé, je cherche à me localiser. Je suis en lisière de bois sans repaire bien précis, en pleine obscurité, difficile de retrouver mon chemin. Dans mes souvenirs la cabane de Marie se trouve en bordure d'un bois. Je progresse péniblement en rampant, tout en longeant des arbres. L'effort surhumain se fait dans d'atroces souffrances. Quelle distance ai-je parcouru ? Un kilomètre tout au plus, quand je reconnais l'endroit.

Le code du Docteur Morel me revient à l'esprit. Je frappe à la porte trois coups secs et deux coups longs, tout en ânonnant : « Marie, c'est Pierre » ! Elle entrebâille la porte, vêtue d'une simple chemise longue en lin grossier.

Alors que je suis au bord de l'évanouissement, elle me soutient d'une force déconcertante pour me transporter jusqu'au lit, avant que je ne perde définitivement connaissance.

L'eau froide qui m'asperge le visage, me permet de retrouver mes esprits. Je vois dans un brouillard le beau visage de Marie, se penchant sur moi, une serviette humide dans les mains. Une question me hante :

- Quelle heure est-il ?

- Trois heures du matin ! Je retrouve un moment de lucidité.

- Il faut absolument que tu effaces toutes les traces de mon saut et que tu récupères ma valise avec le poste émetteur ! Il ne manquerait plus qu'une patrouille tombe dessus ! Je me tords encore une fois de douleur.

- Je n'ai pas grand-chose pour te soulager ! Elle se lève, revient avec un cachet d'aspirine et un verre d'eau que j'avale d'un trait.

Puis sans un mot se dirige vers l'évier, retire sa chemise de nuit pour faire un brin de toilette. À la lueur de la lampe à pétrole je devine son dos avec une musculature harmonieuse et des fesses charnues. Toutefois je suis trop mal en point, pour que cela suscite chez moi, une quelconque libido. Elle enfile ensuite son éternelle combinaison de travail, se chausse et se coiffe de son béret, pour compléter l'accoutrement. « Essaye de me donner quelques détails, pour que je puisse localiser l'endroit ! » Je lui explique qu'il faut sortir de la cabane par la droite et longer les arbres sur un kilomètre environ. Elle part sans sa mitraillette, équipée uniquement d'une lampe de poche, d'une pelle de l'armée et d'un couteau. « J'y vais, à tout à l'heure, essaye de dormir un peu !

Dormir m'est impossible, j'arrive à m'assoupir de temps à autre avant que la douleur ne me ramène à la réalité. Le temps passe, Marie finit par rentrer, l'absence de montre m'obsède :

- Quelle heure est-il ?

- Quatre heures passées ! Elle glisse la valise un peu cabossée sous le lit. J'ai réussi à enterrer tes équipements de saut et à maquiller les traces.

- Comment vois-tu la situation maintenant ?

- Je vais aller à la poste, pour joindre le docteur Morel à son domicile, afin qu'il vienne te chercher !

- Mais nous sommes dimanche, la poste est fermée !

- Ne t'inquiète pas, je suis la postière de Tierceville et j'ai les clefs ! Sans perdre de temps, elle va chercher son vélo dans la souillarde.

- Fais gaffe aux patrouilles ?

- T'inquiète, j'ai l'habitude ! Me voilà de nouveau seul à ronger mon frein, tout en essayant de maîtriser ma douleur.

Le jour commence à pointer, j'entends un moteur, la présence d'une patrouille allemande me taraude un instant. Je suis délivré quand je vois dans l'embrasure de la porte Marie, suivi du Docteur Morel. Ce dernier se penche immédiatement sur mes blessures :

- Pour la cheville, il s'agit d'une grosse entorse, pour la jambe, ça semble bien être une fracture, mais seule une radio peut nous en dire plus ! Puis il sort de sa trousse une boite en métal dans lequel se trouve une seringue.

- Qu'est ce que vous allez m'injecter ?

- De la novocaïne pour atténuer, la douleur ! Puis il se tourne pour s'adresser à Marie.

- Je reviendrai vers midi pour évacuer Pierre sur l'Hôpital de Gisors ! Les risques de contrôle sont moindres pendant les heures de repas ! Le médecin une fois parti, Marie se livre à des confidences, auxquelles elle s'était refusée lors de notre première rencontre.

Marie Rossignol 20 ans, nom de code « Maria la louve », se trouve en rupture du Parti Communiste, depuis la signature du Pacte Germano-Soviétique, en août 1939.

Trotskiste convaincue, l'assassinat de Léon Trotski, le 24 août dernier au Mexique sur ordre de Staline, n'a fait que creuser un peu plus ses divergences avec le Parti. Finie, également sa relation avec Antoine, son ex-fiancé de 28 ans, occupant un poste important dans une cellule du PCF. Depuis « Maria » n'est plus qu'une « louve solitaire », limitant ses contacts dans la résistance entre le BCRA de Londres, « Glacière » (le Capitaine Duval) et le Docteur Morel en France. Sa maturité et sa clairvoyance, pour une fille aussi jeune, m'impressionnent.

Sa détestation des communistes aujourd'hui, ne fait que rejoindre la haine pour les nazis hier. Elle ne se projette dans l'avenir, que libre où morte.

À mon tour, je lui présente mon parcours depuis le début des hostilités. Je reviens sur ma carrière d'athlète, en lui demandant si elle a déjà pratiqué une discipline sportive ? Marie, me confie son admiration sans borne pour Alice Milliat*, qui l'a fait se tourner tout naturellement vers l'aviron. *(Alice Milliat, est à l'origine de la création Fédération Française Sportive Féminine en 1919).* Son titre de Championne de France junior de skiff, n'a pas eu de suite à cause de la guerre. Je comprends mieux, sa musculature parfaitement déliée.

Nos révélations mutuelles, nous permettent de ne pas voir passer le temps. Morel fait son retour. Il s'agit maintenant de me transporter jusqu'à la traction en me ménageant. Ils me prennent chacun sous une aisselle. Malgré son gabarit de colosse, le docteur se montre moins performant que Marie dans l'exercice. Je suis maintenant allongé sur la banquette arrière de la voiture. Marie, dans un denier geste me presse la main, nos regards se croisent pleins d'une complicité naissante, il est inutile que nous échangions le moindre mot. Elle se tourne vers le toubib :

- Docteur que faisons-nous du poste-émetteur ?

- Pour l'instant gardons le à la cabane, nous le récupérons ultérieurement !

Sur la route de Gisors, nous croisons une patrouille, tapi sur ma banquette je ne peux rien distinguer. Morel ralentit : « Guten Tag Herr Doctor ! » Ce dernier répond en français, tout guilleret, sans s'arrêter, le danger est passé. Je suis pris immédiatement en charge à mon arrivée à l'hôpital, la radio confirme la fracture du fémur, me voilà bientôt plâtré des deux jambes. Morel vient me retrouver en me disant qu'il a prévenu « Glacière » pour effectuer mon transfert sur Paris au Val ‑de Grâce. La date et l'heure restent à confirmer.

En fin d'après‑midi, j'ai la bonne surprise de recevoir la visite de Marie. Elle a abandonné sa salopette pour la tenue de postière, chemise bleu outremer et jupe bleu foncé, arrivant à mi‑mollet. Je la charge d'une mission pour demain, prévenir par téléphone, mon père au garage et Jacqueline à l'hôpital. Je lui précise que bien entendu, ils ne savent rien de mes activités. Par conséquent, comme justification, j'ai eu un accident de voiture et mon rapatriement va s'effectuer sur l'hôpital parisien. Elle se met à rigoler :

- Et s'ils me demandent qui je suis ? Je réfléchis un instant.

- Bon, simplement, tu dis être la passagère du véhicule et que toi, tu as été épargnée dans l'accident ! Elle rit de plus belle.

- Si tu veux ! Mais je n'irai pas plus loin dans les explications. Je te charge d'imaginer le scénario pour la suite. Pour être crédible, il va falloir que tu fasses preuve d'une sacrée imagination ! À mon tour, je me mets à sourire.

Malgré les circonstances et la douleur Marie, m'a fait passer un bon moment. Je lui promets de revenir la voir, il faudra bien à un moment ou à un autre que je récupère la valise radio.

Lundi 4 novembre Duval a mobilisé rapidement, une ambulance militaire qui doit venir me chercher en début d'après‑midi. Je n'ai plus qu'à remercier le Docteur Morel et lui demander de faire passer le même message à Marie.

Nous rejoignons la capitale alors que le crépuscule commence à pointer. Je n'ai toujours pas de montre, quelle heure peut‑il être ?

Je suis mis à l'isolement dans une chambre individuelle plutôt confortable. Je somnole, quand des voix me sortent de mes songes :

- Laissez-nous Mademoiselle ! Une infirmière en blanc quitte la pièce, pendant que je reconnais « Glacière » en uniforme.

- Comment vous sentez-vous lieutenant ?

- Plutôt « cassé » !

- J'ai discuté avec les médecins, vous êtes sur le flan pour 3 semaines, mais il ne devrait pas y avoir de complication ! Il se rapproche pour me parler à voix basse.

- Maintenant, il faut que nous accordions nos violons !

- J'ai proposé à Marie de dire que j'ai eu un accident de voiture !

- Ça me va ! Pour les détails, vous avez passé 5 semaines de formation au 2e bureau à Vichy et l'accident a eu lieu sur le chemin du retour !

- Parfait nous restons sur cette version ! Trois semaines à rien faire ça va être long ! Surtout tout seul dans une chambre !

- N'oubliez pas que dès à présent vous êtes Lieutenant au 2e bureau, donc soumis au secret ! J'ai tout le temps d'organiser votre incorporation sur Paris. J'ai prévu de vous faire attribuer un logement de fonction et une voiture de service !

- Quelle classe ! Vichy reste bien vu en zone occupée ! Je ne feins pas l'étonnement.

- Je vous rappelle que nous sommes non seulement amenés à côtoyer l'Ahbwer, mais nous avons également des rapports réguliers avec l'ambassade d'Allemagne ! Dernier point avant que je vous laisse, je vais donner des consignes à l'hôpital, afin que votre famille puisse vous rendre visite régulièrement.

Il va falloir que je m'y fasse, je suis devenu une sorte de VIP, avec les avantages et les inconvénients que cela représente.

Plus question de baratiner les infirmières, comme je le faisais à Reims avec Mathilde ou Marie Thérèse, lors de ma première hospitalisation. Je suppose qu'elles ont reçu également des consignes, pour ne faire qu'un minimum de conversation. Je suis tout de même aux petits soins, trois repas par jours de qualité, me sont apportés en chambre. N'ayant rien à faire, je demande que l'on me fasse parvenir la presse régulièrement. Mes désirs sont des ordres, j'ai bientôt droit tous les jours à « L'œuvre », « Le Matin », « Paris Soir », « Le Petit-Parisien ». Finalement des tous « ces canards », seul « l'Auto » parvient à me distraire un peu.

Pour le reste, les articles sont un trésor de littérature collaborationniste, dans lequel Marcel Déat « porte le maillot jaune ».

Mercredi 6 novembre, vers 10 heures j'ai la bonne surprise de recevoir la visite de ma sœur et de ma mère. « Maman Greta » se précipite sur moi : « Au mon pauvre chéri ! » alors que Jacqueline se montre d'une froideur inhabituelle. Elle me tend une enveloppe :

- Tient de la part de Monique ! sa mâchoire serrée, lui durcit le trait. Je décachette l'enveloppe pour lire la missive :

- « Pierre, je viens d'apprendre ton accident et j'en suis sincèrement désolée. J'espère que tu vas t'en remettre rapidement. Depuis ton départ, je me suis fait un sang d'encre, imaginant le pire. Dans ces moments pénibles, heureusement que j'ai reçu le soutien de Michel, un collègue instituteur, qui m'apporte énormément. Depuis quelques jours, nous nous sommes beaucoup rapprochés à travers nos nombreux points communs. Je regrette que notre histoire finisse ainsi et j'espère bientôt te revoir afin que nous restions amis. Prends bien soin de toi, je t'embrasse. Monique. » Il doit se passer quelques secondes avant que je ne réalise.

- Vous êtes au courant du contenu de la lettre ? « Maman Greta », retient à peine ses sanglots.

[54]

- Oui, Pierre je suis désolée ! Quelle image je donne de moi à ce moment, l'étonnement, la stupeur sûrement, puis une phrase stupide me sort de la bouche.

- Ben je n'en crois pas mes yeux et mes oreilles, elle n'a pas été longue à me remplacer ! Cette fois Jacqueline explose.

- Écoute Pierre, tu disparais pendant plus d'un mois sans explication, sans donner la moindre nouvelle et tu voudrais que tout le monde t'attende gentiment, sans savoir si tu es toujours vivant ? Maman temporise.

- Écoutez tous les deux, la situation est déjà suffisamment difficile, j'aimerais que vous évitiez de vous chamailler. Un ange passe, je reprends la parole pour essayer de détendre l'atmosphère.

- Et oui comme Monique, mon fémur m'a encore lâché ! Jacqueline, se met à rire et je suis déjà content de mon petit effet.

- Pierre, ton jeu de mots est déjà un peu limite, mais ne me dis pas que tu n'as rien remarqué ? Je fronce les sourcils d'étonnement.

- La dernière fois c'était l'autre jambe que tu avais cassée, celle où tu as ton entorse aujourd'hui ! Maman met fin au débat.

- Bon Jacqueline, ton frère doit être très fatigué, nous allons le laisser se reposer et nous reviendrons bientôt !

Ma mère se penche pour m'embrasser, je lui glisse à l'oreille « n'oublie pas de rassurer papa ! » Jacqueline fait de même en posant ses lèvres sur mes deux joues tout en rajoutant : « Je me demande ce que j'ai fait, pour mériter un frère comme toi ? » Je reste pragmatique :

- En attendant, la prochaine fois si tu peux m'apporter une montre ? « Le frère indigne » en assez de ne plus avoir l'heure depuis trois jours !

[55]

Après leur départ, il est temps pour moi de refaire le point dans ma petite tête. La situation me « pète » au visage, comment pouvait-il en être autrement, quand on est pris entre le marteau et l'enclume. Me faire jeter par Monique, « ma Moma », me laisse un goût particulièrement amer. Bien sûr le feu de nos amours depuis les mois de juin et d'avril s'était atténué et depuis ma sortie de l'hôpital de Compiègne, je « ne soufflais plus vraiment sur les braises », bref mon ego prend le dessus sur mes sentiments.

Et maintenant que vais-je faire ? Mon éloignement de Monique, date du jour où j'ai rencontré Mathilde à Reims. Sans le savoir rétrospectivement, ma relation amicale avec mon infirmière rémoise, m'a éloigné de Moma.

Tout d'un coup, je me mets à penser en anglais « Mathilde you are my destiny ? » Je m'engage à reprendre contact rapidement avec Mademoiselle Mathilde Seigneur !

En consultant la presse, un entrefilet sans plus de commentaire, attire mon attention. Aux Etats-Unis, Roosevelt est réélu pour un troisième mandat. 427 suffrages du collège électoral se sont portés sur lui, contre 87 à son concurrent républicain Wendel Wilkie. Nous attentons que les yankees, viennent à notre rescousse comme en 1917, la Grande Bretagne en premier, pour ne pas subir tout le poids de la résistance face au nazisme. Avec la réélection de Franklin Roosevelt, ce n'est plus qu'une question de temps, une raison supplémentaire pour que je continue le combat avec encore plus d'ardeur.

À peine 24 heures plus tard, Jacqueline me rend une nouvelle visite sans maman, cette fois. Elle se montre à peine plus aimable :

- Pierre, je ne te comprends plus, tu es devenu « maréchaliste maintenant ? » Je porte mon index sur mes lèvres, pour lui signifier de baisser d'un ton.

- Chut, je te rappelle que je fais désormais partie du 2e bureau, donc noué par le secret, je te demande simplement de me faire confiance ! En plus ici les murs ont des oreilles !

- Il a bon dos le 2e bureau, avant c'était le « chiffre » j'en ai marre des secrets et des non-dits, de plus j'ai l'impression que tu te moques de moi, pendant cinq semaines c'était silence radio, et maintenant tout le monde est au courant ! Face à ce constat implacable j'improvise comme je peux.

- Je n'ai pas besoin de te rappeler que dans l'armée je suis aux ordres à plus forte raison comme officier d'un « service de renseignements ». Dans le cadre de ma formation, j'étais consigné au secret. Maintenant je suis en poste !

- Bon, je n'ai toujours pas compris pourquoi tu as rempilé ? Mais comme je sais très bien que tu ne me diras rien de plus, je vais te parler de ton anniversaire ! 20 ans, tu deviens presque majeur, je n'ai pas dit...mature, mais je suis d'accord avec les parents pour fêter l'événement ! Je marque un temps d'arrêt.

- Oui bien sûr, mais il faudrait mieux attendre que je sois sur mes deux jambes ! Le 29 novembre c'est juste, le premier week-end de décembre serait plus approprié !

- D'accord pour la date ! J'invite Monique ? Sur le moment je me demande s'il s'agit d'une plaisanterie, ou si ma sœur me parle sérieusement.

- Oui naturellement sans oublier son nouveau mec ! Je pourrais toujours lui proposer que l'on fasse ménage à trois ? J'ai bien compris que ma rupture avec Monique n'a pas altéré sa relation amicale avec Jacqueline. Se rendant compte de sa bourde, elle change de sujet d'une note condescendante ?

- Tu préfères « la petite Marie » sans doute, ta dernière conquête je suppose ? Au fait, ton histoire d'accident de voiture me parait également bien louche ! je hausse les épaules.

- Ne soit pas ridicule Marie est une amie, il n'y a rien d'autre entre nous ! Si tu veux vraiment me faire plaisir, invite plutôt Mathilde ta collègue infirmière de Reims. Je pense que nous serons plus heureux entre nous, que de nous regarder en chien de faïence avec Monique !

- Bon d'accord après tout, c'est ton anniversaire ! Puis elle sort d'une de ses poches une montre à gousset.

- Mais c'est la montre de notre Grand Père ?

- Oui, je l'ai subtilisée à papa en attendant de t'en trouver une autre ! Pas besoin de te dire d'en prendre soin ! Jacqueline revient à de meilleures dispositions, elle m'embrasse avant de me quitter.

Ma sœur, une fois partie, je me concentre sur le courrier que je vais pouvoir écrire à Mathilde. Bien sûr, nous n'avons eu aucun échange pendant mon séjour en Angleterre et je vais éviter de me perdre en conjectures, sur ma nouvelle situation.

Où en est-elle sentimentalement, depuis la mort tragique de son fiancé ? Je suis tellement en veine en ce moment, que je crains de sa part, la découverte d'une nouvelle conquête … pour une présentation à mon anniversaire !

Les jours passent. Désormais, je sors de mon lit équipé de béquilles pour des déplacements minimalistes, principalement les aller-retours aux toilettes. Par mesure de sécurité, « Glacière », ne souhaite pas que je quitte l'hôpital sans un minimum d'autonomie. Il me rend visite régulièrement. J'apprends qu'une partie des chiffreurs-télégraphistes, que j'ai formée à Londres, commence à être opérationnelle en Bretagne et en Normandie. Du côté de Gisors, « Maria la Louve » est mise à contribution. Heureusement les parachutages, se sont mieux déroulés que pour mon saut.

Voilà une semaine que je suis hospitalisé au Val -de Grâce, la veille les journaux ont fait paraître le communiqué suivant de La Préfecture de Police : « Les administrations et les entreprises privées travailleront normalement le 11 novembre dans le département de la Seine. Les cérémonies commémoratives, n'auront pas lieu. Aucune démonstration publique ne sera tolérée ». J'apprends que de nombreux parisiens passent outre.

[58]

Des agents de police empêchent la formation d'attroupements. Quelques heures plus tôt des agents gaullistes audacieux, ont fleuri symboliquement la statue de Clemenceau, le Père la Victoire, l'homme qui n'a jamais capitulé. À 5h30 du matin, une gerbe signée « Général de Gaulle » a été déposée au rond-point des Champs-Elysées.

Au fil de la journée, d'autres fleurs, n'ont fait que grossir les bouquets déposés. Le soir vers 17 heures, un groupe de lycéens et de collégiens, drapeau tricolore en tête de cortège, convergent vers l'Étoile en entonnant « la Marseillaise ». Les soldats allemands interviennent, n'hésitant pas à ouvrir le feu sur une population de jeunes. Combien en sont victimes ? Silence radio sur le sujet, une centaine d'entre eux est arrêtée et incarcérée. Toutes ces actions, bien que symboliques, me confortent sur le fait, que nous ne sommes plus seuls pour continuer le combat.

Le capitaine Duval m'a fait parvenir mon nouvel uniforme. Il est quasiment identique à celui que je portais à Londres. L'inscription « France Libre » a naturellement disparu de l'épaule droite. L'insigne de poitrine émaillé en forme d'écu, comporte une francisque argentée sur fond de drapeau tricolore, en lieu et place des ailes et du glaive de la résistance *(voir photo de couverture)*.

Le 18 novembre, Philippe Pétain, fait un voyage triomphal dans la capitale des gaules. Pratiquement au même moment, toujours à Lyon se créait le mouvement de résistance « France Liberté ».

Je suis déplâtré le lundi suivant, et équipé d'un procédé datant de la première guerre mondiale, mais faisant ses premières armes en France, « les cannes anglaises ». Le modèle réglable permet de s'adapter rapidement à la morphologie de l'individu, tout en étant moins encombrant et moins lourd que les béquilles en bois.

Je sors de l'hôpital, le vendredi 29 novembre, jour de mon 20e anniversaire. Le capitaine Duval en personne, vient me chercher. Il me fait grimper dans une Simca 8 rutilante de l'armée :

- J'ai deux surprises, pour vous Pierre ! La première vous êtes assis dedans, il s'agit de votre nouvelle voiture de fonction ! Je montre mon étonnement.

- Et la seconde ?

- Ne vous montrez pas impatient, je vous y amène pour la découvrir !

Nous traversons Paris, pour nous diriger dans le 12e arrondissement et nous rendre au 36 de la rue Sibuet. La rue étroite et discrète longe une partie du boulevard du Bel-Air, avant de le rejoindre à son extrémité. Une fois garés, nous nous engouffrons sous un porche débouchant sur une vaste cour intérieure. Je commence à maîtriser mes déplacements avec mes cannes malgré le sol recouvert de pavés. L'immeuble comprend un hall d'entrée, avec un escalier en colimaçon et installé au centre du hall un ascenseur pouvant accueillir deux personnes. Nous grimpons jusqu'au 3e étage. Duval sort un trousseau de clefs pour libérer les trois verrous, d'une porte visiblement blindée.

Nous pénétrons dans un appartement avec une entrée desservant, un séjour sur la droite suivi d'une chambre. La partie gauche est occupée par la cuisine et une salle de bain comprenant une baignoire. Le tout meublé sombrement mais comportant l'essentiel, un téléphone repose sur une console dans l'entrée entre cuisine et sanitaire. Le capitaine me tend deux jeux de clefs, ceux de la voiture et de l'appartement :

« Je vous laisse vous installer, nous nous retrouvons lundi matin, à la Préfecture de Police, passez un bon week-end lieutenant !

Je n'en reviens pas, alors que je prends possession des lieux, je découvre un garde-manger sous la fenêtre de la cuisine, avec des victuailles permettant de tenir quelques jours. Dans un premier réflexe, je décroche le téléphone pour tester la ligne et appeler le garage de Bois-Colombes. Je tombe sur une voix que je ne connais pas :

- Allô, Pierre Malet à l'appareil, pouvez-vous me passer mon père s'il vous plaît ? Une minute s'écoule.

- Allô fils comment vas-tu ?

- Très bien, je viens de quitter l'hôpital et de prendre possession de mon nouveau logement dans le 12ᵉ arrondissement ! Dis-moi papa, quelle est la personne que j'ai eu au téléphone.

- Lucien mon nouveau comptable, il fallait bien que je te remplace !

- J'aimerais vous inviter dimanche midi avec Maman et Jacqueline pour vous faire découvrir les lieux !

- -D'accord, mais dans ton état ne t'occupe de rien, nous viendrons avec les courses pour déjeuner !

Je suis plutôt soulagé de la proposition de mon père, certes j'ai tous les commerçants en bas de ma rue, mais je ne me vois porter des charges avec mes deux cannes, même sans escalier à grimper.

CHAPITRE 5 : MATHILDE M'EST REVENUE.

Dimanche, toute la famille débarque à l'appartement, les bras chargés de victuailles, en fin de matinée. Sans que j'aie besoin de faire faire la visite maman inspecte le logement de fond en comble :

- Pierre c'est superbe, tu as tout le confort, sans parler de l'ascenseur ! Il faut que tu sois drôlement bien vu par tes supérieurs pour avoir un tel privilège ! mon père se croit obligé d'en rajouter.

- Et oui, Vichy n'a pas que des inconvénients ! du coup Jacqueline qui était plutôt de bonne humeur, se met à faire la gueule.

Maman investit ensuite la cuisine pour préparer le repas, pendant que ma sœur dresse le couvert. Nous n'avons plus mon père et moi, qu'à nous asseoir dans le « Chesterfield ». Un canapé anglais pour un agent double comme moi, cela fait finalement du sens ! Mon père ne tarit pas d'éloge sur les activités au garage. Pendant qu'une odeur de poulet grillé monte de la cuisine, je n'ose pas demander la provenance des produits. Une bouteille de Mercurey et du Champagne vont aussi nous régaler. Je pencherais pour des relations avec l'occupant, plutôt qu'à des achats au marché noir.

Une fois à table, le sujet principal de discussion tourne autour de mon anniversaire, finalement calé pour le week-end du 14 au 15. Jacqueline a tout organisé et tout prévu. Mathilde doit arriver le samedi en fin de matinée de Reims par la gare de l'Est, je dois la récupérer en voiture pour la faire venir à Colombes. Nous passerons ensuite l'après-midi chez mes parents, où Mathilde doit loger le soir. Pour le dimanche, il n'y a pas de programme vraiment établi, sachant que Mathilde doit être de retour à Reims avant le couvre-feu.

Si le début du programme me plaît bien, j'ai en tête d'attirer « mon infirmière » sur Paris le samedi soir, pour passer non seulement la soirée, mais aussi la nuit avec elle, dans mon appartement parisien. Le repas se termine par une tarte aux pommes maison et par le champagne. J'ai trop mangé, j'irais bien faire une sieste, mais je tiens le coup jusqu'à cinq heures, moment où il est temps pour la famille de regagner Colombes. Je n'ai rien eu à faire, Maman et Jacqueline, ont même laissé la vaisselle propre.

Lundi 2 décembre, le lieutenant Pierre Malet, prend officiellement ses fonctions. Je décide de partir en Métro pour rejoindre la préfecture de police, plutôt que de prendre la voiture de fonction. Ma cheville, semble suffisamment solide pour que je me déplace avec une seule canne. La station Picpus est à moins de 300 mètres de chez moi, j'ai un changement à Nation pour rejoindre l'Hôtel de ville par la ligne 1, le tout en trente minutes tout au plus.

Je suis en uniforme, les formalités à l'accueil sont réduites, j'ai droit au salut du gardien de la paix à l'entrée, que je lui rends tout naturellement. Mon arrivée dans le bureau du capitaine Duval est beaucoup moins protocolaire :

- Ah Pierre bonjour, asseyez-vous ! Bernadette préparez-nous deux tasses de café s'il vous plaît ! une manière comme une autre d'éloigner la secrétaire, toujours à l'affût d'informations. Il me tend un journal « Libération-Nord ».

- De quoi s'agit-il ?

- Du premier numéro d'un organe de résistance, socialiste et de syndicalistes ! De quoi intéresser « nos amis de l'Ahbwer ». Vous savez, qui est le rédacteur en chef ?

- Non, je ne vois pas !

- Jean Cavaillès*, avec Christian Pineau* dans l'ombre ! (*Une vieille connaissance de mon père, encarté SFIO et membre de la CGT, ancien chef de cabinet de Jean Giraudoux, commissaire à l'information.*) Je me rends compte que Duval vient de soulever un lièvre.

- Évidemment, ça va faire des vagues ! D'autant que Cavaillès a fait partie « du chiffre » non ?

- Bienvenue chez les fous Pierre ! Nous balançons l'information aux allemands et à Vichy, sans mentionner les noms de Pineau et Cavaillès bien sûr ! Bernadette revient avec les cafés et nous changeons de sujet.

- Vous voyez lieutenant, nous avons pris soin de vous aménager un bureau à côté du mien ! La communication s'en trouvera renforcée !

Nous passons le reste de la matinée, à me mettre au courant des affaires en cours. Bernadette toujours aussi énigmatique, me présente des dossiers n'ayant aucun intérêt. Il s'agit de repérer et de traquer des juifs. : « Je croyais que ce type de tâche ne dépendait que de la Préfecture de Police et pas du 2e bureau et du BMA ? » « Ah oui, mais les services sont débordés, nous devons leur donner un coup de main ! » bien entendu j'attends d'avoir une discussion avec « Glacière » sur le sujet.

Nous allons déjeuner le midi, dans un petit bistrot avoisinant. J'aborde naturellement le « dossiers des juifs » avec le Capitaine. « Tout ça c'est de la gesticulation, nous n'avons qu'un avis consultatif, l'intérêt est de se faire bien voir par la Préfecture de Police et pour Bernadette de faire du zèle !

Notre secrétaire est la parfaite fonctionnaire, présence du lundi au vendredi de 9h00 à 17h00, sans une minute de rab ! En conséquence le travail sérieux pour nous commence à 17 heures à l'abri du regard des curieux ! Je vous en dirai un peu plus tout à l'heure lors de notre promenade digestive. »

« Plus intéressant, j'ai eu des informations concernant le rappel de Joseph Kennedy (*père de J.F Kennedy futur Président des États-Unis*) à Washington. Je pense que Roosevelt, donne un signal fort aux politiques en destituant son Ambassadeur, dont les idées germanophiles ne sont plus à démontrer. »

Après le café, nous descendons, sur les quais de Seine, pour la fameuse promenade digestive :

- Pierre, nous allons passer, une partie de la troisième semaine de décembre à Vichy. Je veux vous présenter notre supérieur le Colonel Rivet* ainsi que le mode de fonctionnement entre le 2e bureau et le BMA parisien. Vous devez tout savoir, pour éviter les impairs dans la diffusion des informations. Nous sommes une sorte de plaque tournante entre le BCRA de Londres et le 2e bureau de Vichy. Exemple type pour le journal « Libération-Nord » donner l'info sans tout divulguer !

- Et notre relation avec l'Ahbwer ?

- Notre contact principal l'Hauptmann (*capitaine*) Manfred von Riegsburg est un aristocrate autrichien ! Nous avons également des relations avec l'Ambassade d'Allemagne et les services d'Otto Abetz*.

- J'ai laissé un poste radio-émetteur, sur Gisors, quand puis je le récupérer !

- Vous voyez avec « Maria la Louve » ! Concernant votre appartement, il n'a pas été choisi au hasard ! Nous avions deux autres possibilités dans le 13e et le 20e arrondissement ! Celui de la rue Sibuet, est plus au calme et plus discret !

- De plus nous disposons d'un « agent dormant », dans un café « Chez Léa » sur le boulevard de Bel-Air à moins de 100 mètres de votre domicile. Prenez contact dès que possible avec elle, nom de code « Léa la fouine », présentez-vous en civil, pour plus de discrétion !

Dans l'après-midi, après le départ de Bernadette, nous reprenons les discutions sérieuses au bureau :

- Comment fonctionnons-nous avec « Passy » ?

- Le BCRA reste notre priorité y compris vis-à-vis du Colonel Rivet et du 2ᵉ bureau ! Londres multiplie les parachutages depuis quelques temps, pour mettre des réseaux en place dans un premier temps sur la Bretagne et la Normandie, le nord devrait suivre rapidement !

- Et notre action dans tout ça ?

- Uniquement du renseignement, « Passy » ne souhaite pas mélanger le renseignement avec le service action. Il a mis tout en œuvre pour séparer les deux services, afin d'éviter la confusion et pour plus de sécurité !

Une journée bien remplie se termine, je regagne mon domicile comme à l'aller par le métro. Le lendemain mardi, je m'habille en civil pour aller prendre le petit déjeuner « Chez Léa ». Je sors du 36 rue Sibuet, pour m'engouffrer dans la ruelle Leroy Dupré, dont la longueur ne dépasse pas les 40 mètres. Elle donne sur l'avenue du Bel Air, le café fait l'angle. Il s'agit d'un bouge sinistre, sombre et peu engageant. Dès mon entrée un carillon annonce ma présence, pendant qu'un vieux au bar prend un verre et se retourne en me voyant passer la porte. De l'arrière salle une dame sans âge, ne mesurant pas plus d'un mètre soixante et frisant le quintal apparaît.

- Bonjour, Madame pourrais-je avoir un café ? elle me sert « un jus » infect, fait probablement à base d'orge grillé.

L'atmosphère est lourde, on entendrait une mouche voler. La rombière, de temps à autre, jette un regard sur mon voisin de bar, qui se montre particulièrement taiseux.

- Bon Robert, il va falloir vaquer maintenant, il se fait tard ! Le Robert, sort un beuglement chargé d'un mauvais alcool, avant de quitter les lieux.

- Je suis « Grenelle » !

- Je m'en doutais « Glacière » m'a prévenu de votre passage ! J'ai l'avantage d'avoir une vue imprenable sur le boulevard ! Ça permet de surveiller les allers et venues, des fridolins et des condés ! Vous allez me laisser votre numéro de téléphone en cas de mouvements suspects, je laisse sonner deux coups et je raccroche ! me voilà nanti d'un garde chiourme, je lui griffonne mon numéro sur un bout de papier et la remercie tout en le lui tendant.

Je n'ai pas pris le temps de me changer, du coup je suis un peu plus contrôlé en arrivant à la préfecture de police. Duval ironise :

- Déjà fatigué de l'uniforme lieutenant ? je continue sur le ton de la plaisanterie.

- Non mon capitaine, je cherche simplement à séduire Bernadette ! je me retourne. Au fait elle n'est pas là aujourd'hui ?

- Pas pour l'instant, elle doit être dans un autre bureau, pour mieux « traquer le juif » ! À propos vous connaissez la dernière ?

- Non, mais je sens que vous allez m'en sortir une bien bonne !

- Baudin*, (*Ministre des Affaires étrangères*) Boutillier*, (*Ministre des Finances*) et Peyrouton* (*Ministre de l'Intérieur*), pressent Pétain pour qu'il se sépare de Laval ! Information du Colonel Rivet* !

- Diantre ! S'ils arrivent à leur fin, c'est plutôt bon pour nos affaires !

- Je serais moins affirmatif que vous ! Laval est le pire allié des allemands ! Son limogeage entraînerait, une réaction très négative de l'Ambassade d'Allemagne et nous serions en première ligne, avant vichy, pour payer « le pot cassé ! »

Bernadette revient et pour la première fois me sourit. Duval s'approche discrètement de moi et me glisse à l'oreille : « Formidable votre tenue de charmeur, vous êtes en train de l'emballer ! » je baisse le menton pour m'empêcher de rire.

Comme tous les jours, notre travail consiste à éplucher la presse. « La Nouvelle Revue Française » censurée en juin dernier, réapparaît suivant l'influence de Gaston Gallimard et le désir d'Otto Abetz. Ils confient sa direction, à l'écrivain Pierre Drieu La Rochelle. Intellectuel perturbé (*Il finit par se suicider le 16 mars 1945),* qui s'assure le concours de l'intelligentsia parisienne, dans une forme de collaborationnisme dont l'occupant se montre friand. Dans l'ensemble l'édition française y retrouve son compte. Tous ont fermé leur portes au moment de l'exode. Après leurs réouvertures, les allemands exercent un contrôle, qu'ils s'efforcent de rendre discret. Denoël et Sorlot se montrent les plus zélés, pour Hachette les cas est différent, l'occupant ayant réquisitionné ses messageries.

Le Maréchal Pétain, continue sa tournée des grandes villes de province de la « zone libre ». Le 4 décembre, Marseille l'accueille, sous une ovation. Défilé militaire, visite du vieux port et de l'Hôpital de Montalivet ainsi qu'un discours à l'Hôtel de Ville, sont au programme des deux jours de visite.

Je profite du départ de Bernadette à 17 heures, pour passer un coup de fil important à la poste de Tierceville :

- Bonjour Pierre Malet à l'appareil, j'ai « un paquet » à récupérer, quand puis je passer à la poste ?

- Disons vendredi en fin d'après-midi avant 19 heures, Monsieur Malet ! j'ai bien compris que Marie souhaite que je vienne à la fermeture, pour qu'elle puisse se libérer.

- J'ai bien noté, Mademoiselle à vendredi ! simple et efficace.

Les deux jours qui suivent, rien ne vient troubler la routine. Pour la première fois, je prends le volant de la Simca 8, pour me rendre au bureau.

Nous sommes vendredi 13, jour de chance ou pas, toujours est-il, que je vais partir de la Préfecture de Police en milieu d'après-midi, pour me rendre sur Gisors. En traversant Paris je suis stupéfié, par la transformation des moyens de transport dans la capitale, depuis l'arrivée des allemands. Avec l'autorisation obligatoire, pour faire rouler le moindre véhicule à moteur, la réapparition des moyens hippomobiles comme le cheval et les vieux fiacres, redeviennent d'actualité. Plus étonnant, les vélos-taxis en nouvel attelage, fleurissent un peu partout. Les plus élégants, sont carrossés et profilés.

En arrivant au point de contrôle d'Eragny sur Epte, je tombe sur la feldgendarmerie. Je m'arrête naturellement, un militaire me faisant signe d'un panneau à rond blanc cerclé de rouge. Un autre me voyant en uniforme me salue tout en me demandant mes papiers. Je présente une carte barrée de tricolore portant de nombreux cachets français et allemands, faisant office d'Ausweis permanent.

Instantanément, j'ai droit à un deuxième salut, le préposé au panneau dégageant instantanément la route. J'arrive à la poste de Tierceville à 18h50, Marie finit avec la dernière cliente, je me tiens un peu à l'écart. La postière, prend soin de fermer la porte d'entrée à clef après son départ :

- Salut Pierre, ça me fait plaisir de te voir ! Je vois que tu te déplaces avec une seule canne !

- Oui ça va mieux, même si j'ai souffert pour venir en voiture, à force d'appuyer sur les pédales !

- Je vais te faire sortir d'abord par derrière ! Je ne tiens pas à ce que l'on nous voit ensemble avec ton uniforme ! Tu files à la cabane et je te rejoins dans quelques minutes !

Arrivé à la cabane, je gare la voiture à l'abri des arbres, il ne se passe pas plus d'un quart d'heure avant que je ne voie arriver « la Louve » à vélo avec sa combinaison de chantier, symbolisant la tenue de combat :

- On se dépêche, malgré l'obscurité, je préfère que l'on ne traîne pas ! elle ouvre la porte, fermée à double tours et se précipite sous le lit, pour récupérer la valise radio.

- C'est bête, j'aurais bien été manger un morceau avec toi dans un restaurant à Gisors !

- Sûrement pas, pour bouffer encore des rutabagas et des topinambours ! Mais tu ne te sauves pas, je t'invite chez moi, j'habite au-dessus de la poste !

Elle saute déjà sur son vélo, avant que je n'aie le temps de mettre ma valise dans le coffre. Je redémarre sans me presser, afin que nous puissions arriver à peu près en même temps. Nous sommes à moins d'une heure du couvre-feu, Tierceville ne grouille pas pour ses animations en temps normal, mais là le village est totalement désert. Marie avec sa bicyclette, montent l'escalier quatre à quatre, menant à son appartement :

- J'ai déjà tout préparé, il n'y a plus qu'à faire réchauffer ! Nous avons juste le temps de prendre l'apéro !

- Qu'est-ce que tu nous as préparé de bon ?

- Un ragoût de ragondin mijoté aux petits légumes ! Tu sais ici à la campagne, les gens ont tous des jardins ! Les clients de la poste, me donnent régulièrement des fruits et des légumes, quand je leur rends un petit service ! elle revient avec deux verres et une bouteille de whisky pur malt à peine entamée.

- Ne me dis pas qu'un Écossais, cultive du malt à Tierceville ?

- Ah non c'est « Riton » qui m'en a fait cadeau, lors de son parachutage, la semaine dernière !

- « Riton », tu veux parler d'Henri Bourreau ?

- Tout à fait ! Tu le connais ?

- Tu parles, j'ai fait une partie de sa formation en crypto-radiographie, lors de notre séjour à Londres !

- Eh oui, certains m'offrent en cadeau, autre chose « qu'un vieux parachute déchiré à enterrer » ! je dois dire que je me trouve un peu con, je suis venu sans une fleur et sans la moindre bouteille de pinard.

- Tu marques un point, je suis nul ! Il faut être stupide pour pouvoir penser que je pouvais l'amener au restaurent en uniforme, sans la griller auprès des autochtones.

- Maintenant il est opérationnel, quelque part en Normandie, je n'en sais pas plus par mesure de sécurité ! nous attaquons maintenant le festin arrosé de bière, faute de vin.

- Ton ragoût est excellent ! Et je ne le dis pas pour te faire plaisir !

- Au fait content d'avoir retrouvé ta Monique ? je cherche une réponse adéquate et je mets quelques secondes avant de réagir.

- En fait non, elle s'en est trouvé un autre pendant mon séjour à Londres !

- Ah flûte, je suis désolée !

- Tu n'as pas à être désolée, tu n'y es pour rien !

- Si quand même un peu... je t'ai fait embarquer dans l'avion ! son rire qui se mêle au mien, me fait passer la pilule.

- Et sentimentalement tu as un plan B ? je ne sais que penser de son sourire narquois.

- Je connais bien une postière, mais je suis déjà « en affaire » avec elle professionnellement, je ne pense pas que ce soit une bonne idée ! Elle rit de nouveau.

- Je te rejoins et puis tu sais moi et « les petits bourgeois »... !

- Pour tout te dire je fête mon anniversaire, demain avec Mathilde l'infirmière que j'ai rencontrée à Reims !

- Tu aurais dû me dire que c'était ton anniversaire, j'aurais fait un gâteau ! Je n'ai même pas eu le temps de faire une tarte ! il faudra te contenter d'une pomme nature !

Le temps file à une vitesse folle, quand on est en bonne compagnie. Nous nous séparons à 22 heures passées, en nous promettant de nous revoir dès que possible, sans compromettre notre propre sécurité. La route vers Paris, en pleine nuit me parait bien longue.

Le lendemain, mon impatience et ma fébrilité, ne peuvent être dissimulées sur le quai de la gare de l'Est. Le train en provenance de Reims vient d'être annoncé au micro. J'ai abandonné la tenue militaire, pour me vêtir dans une sorte de superstition, des vêtements « admirés par Bernadette » en début de semaine. J'évite de faire la même erreur que la veille, avec un bouquet de roses rouges à la main.

Mathilde vient vers moi, d'une démarche décidée. Elle ne voit même pas mes fleurs et se précipite dans mes bras. Mes narines plongées dans ses boucles brunes, hument son parfum. Il se passe peut-être une minute, sans que nous ne bougions, ou ne décrochions le moindre mot. Puis Mathilde brise le silence :

- Cent quatre vingt onze jours ! Sur le moment je ne comprends pas l'allusion, elle ajoute : Depuis que nous ne nous sommes pas vus !

- Dites donc Mademoiselle Seigneur, je croyais qu'une infirmière ne devait jamais s'attacher à un patient !

- Mais sergent, vous n'êtes plus mon patient !

- D'abord maintenant, je suis lieutenant, ensuite je ne suis plus ton patient, par contre, j'étais très impatient de te voir ! je lui mets les fleurs sous le nez.

- Tu es adorable Pierrot, maintenant je t'autorise à m'appeler « Mathoche », le diminutif que me donnait maman, quand j'étais petite !

- Tu n'as pas beaucoup grandi depuis ! elle sourit tout en me lançant.

[72]

- Je me demande comment on peut tomber amoureux, d'un type machiste comme toi ? nous nous éloignons, après l'avoir débarrassée de son bagage, je la tiens à l'épaule, pendant qu'elle me prend la taille.

- Parle moi du programme du week-end !

- Maintenant nous filons, à Colombes pour fêter mon anniversaire. Après c'est moins clair tu es censée coucher chez mes parents, pendant que je rentre sur Paris ! sa moue dubitative, ne fait que me conforter dans mes espoirs.

- Sinon, tu rentres avec moi à Paris pour dormir dans mon appartement !

- Je préfère de loin cette solution, mais ça nous oblige de partir de bonne heure pour éviter le couvre-feu !

- Ne t'inquiète pas « Mathoche », je suis ton meilleur Ausweis !

À Colombes, toute la famille célèbre notre arrivée de manière grandiose. Mathilde a dû faire des pieds et des mains, pour nous dégoter une bouteille de champagne. Démarche parfaitement inutile, deux bouteilles trônent déjà sur la table du séjour à notre arrivée. La rémoise fait l'unanimité, pendant que maman la presse de questions sur mon hospitalisation début juin, Jacqueline lui explique comment elle a dû traiter mon infection avec des asticots à Compiègne. Pendant ce temps, je discute voiture avec mon père.

Le repas pour l'époque, devient pantagruélique. Poireaux vinaigrette en entrée, je me demande : « On peut encore en trouver des asperges à Argenteuil ? » Maman sourit : « Oui pendant la saison à partir de fin avril, ton père connaît un ancien de « la Loraine » qui en cultive ! » suivi d'un chapon farci aux foies de volaille., le tout arrosé d'un Saint Julien.

Je trouve Mathilde amaigrie, alors qu'elle n'était déjà pas épaisse quand je l'ai rencontrée. Du coup, elle fait honneur à la table.

Vient le moment du gâteau et des cadeaux. Maman nous a concocté une spécialité danoise le « drommekage ».

Je ne sais comment elle réussit à se procurer de la noix de coco, néanmoins, il s'agit de la recette originale. La pâtisserie, comporte bien vingt bougies sur le dessus, deux paquets cadeaux l'entourent, avant que Mathilde n'en sorte un troisième : « Celui-là tu l'ouvres en dernier ! » Je m'exécute, j'ouvre le premier, il s'agit d'une très belle paire de gants de conduite en cuir ajouré. Pour le deuxième, la petite boite renferme d'adorables boutons de manchettes.

J'ouvre le troisième nerveusement, la boite longue et plate, contient un superbe montre bracelet :

-   Comment tu as su ? Tu es folle, ça du te coûter une fortune ? ma sœur et Mathilde viennent m'entourer.

-   En fait j'ai une collègue, dont le frère en avait besoin d'une ! C'est un cadeau en commun, entre infirmières.

Je ressors, la montre du grand père, mon père râle un peu en expliquant, qu'il l'a cherchée partout. En fin d'après-midi, j'explique à maman et à Jacqueline, que nous rentrons sur Paris, pour montrer mon appartement à Mathilde et passer une partie du dimanche en tête à tête. Elles sont un peu déçues, que nous ne dînions pas ce soir, toutefois elles comprennent parfaitement. Mathilde est adoptée par la famille.

En rentrant en voiture, Mathilde se plaint d'avoir trop mangé et somnole sur mon épaule. Je la réveille en arrivant rue Sibuet :

-   Tu voudras que je te fasse une tisane ?

-   Oui et surtout, je vais prendre une douche plutôt qu'un bain, ça va me réveiller !

Nous sortons à peine de l'ascenseur que j'entends le téléphone sonner. Je déverrouille rapidement la porte, en indiquant à Mathilde, que la salle de bain se trouve au fond à gauche, puis je décroche :

-   Allô Pierre, Duval à l'appareil, excusez-moi de vous déranger à cette heure ! machinalement je regarde ma montre, il est 19h15. C'est fait Pétain a « démissionné » Laval hier au Conseil des Ministres !

- Je suppose, que vous déjà reçu un retour de bâton ?

- Nous sommes convoqués, lundi à 10 heures, à l'hôtel Beauharnais ! *(Lieu de l'Ambassade d'Allemagne)*.

- Comment voyez-vous les choses ?

- La situation devient grave, d'autant que Laval a été mis en garde à vue et consigné dans sa résidence de Châteldon ! Je souhaite que l'on se retrouve lundi à 8 heures au bureau, afin de discuter des orientations possibles, avant le rendez-vous à l'ambassade !

- Très bien mon capitaine j'y serai ! Au même moment, Mathilde sort de la salle de bain totalement nue et trempée.

- Je suis désolée, si je te choque Pierre, mais je n'ai pas trouvé de serviette !

- Non, s'il y'a bien une seule chose qui me choque dans le bon sens en ce moment, c'est bien ta tenue !

Je sors du placard de l'entrée, un peignoir en éponge deux fois trop grand pour elle et je l'enroule dedans, avant de la serrer dans mes bras :

- Viens t'asseoir, dans la cuisine, je vais te préparer ta tisane !

- Le coup de téléphone t'a contrarié ?

- Pétain vient de limoger Laval

- Ah bon et tu l'aimes bien Pierre Laval ?

- Pas du tout, mais c'est le protégé des allemands, avec des perspectives d'emmerdements à suivre ! Je n'ai plus envie de parler de tout ça, allons faire un câlin ! Mathilde ne se fait pas prier et m'entraîne dans la chambre.

Nous sommes partis pour réinterpréter la chanson de Louis Lynel : « Nuit de chine, nuit câline, nuit d'amour ! » Au petit matin après une grasse matinée, nous sommes toujours enlacés dans le lit :

[75]

- Pierre, il faut que je te dise ! Mathilde à l'air gênée.

- Je t'écoute, dans la mesure où je peux te répondre !

- J'ai eu une longue discussion avec Jacqueline, elle s'inquiète sur tes prises de positions politiques pro Vichy.

- Et toi qu'est-ce que tu en penses ?

- Moi, je suis sûre que tu n'as pas changé…et pas seulement parce que je suis amoureuse de toi ! je souris.

- Eh bien, je vois que tu lis mieux dans mon jeu que ma sœur !

Dans l'après-midi, nous allons faire une balade au bois de Vincennes, il fait beau et les canards gambadent sur le plan d'eau, dans une température qu'il leur convient bien. Il est bientôt temps de retrouver la gare de l'Est, et le quai devient beaucoup plus triste que la veille. J'ai pris soin de mettre dans sa valise, sans le lui dire, quelques provisions de bouche. Les yeux mouillés, elle me regarde tristement. J'essaye de la dérider un peu :

- La semaine prochaine, je vais faire une cure thermale à Vichy ?

- Quand allons-nous nous revoir ?

- Dans 10 jours c'est Noël !

- Oui, mais je ne sais pas à quel moment je serai de permanence à Noël ou au jour de l'an ! Je te tiens au courant rapidement !

Que c'est triste un train qui siffle dans le soir…

CHAPITRE 6 : CURE THERMALE A VICHY.

Lundi 16 décembre, je suis à 8 heures pétante au bureau, Duval n'est pas encore arrivé, quand le téléphone sonne :

- Lieutenant Malet à l'appareil !

- Pierre c'est Marie Thérèse *(Infirmière à Reims)*... Mathilde a été arrêtée par la Gendarmerie hier soir à la Gare... ils l'ont soupçonnée de faire du marché noir ! sous l'émotion l'antillaise, a du mal à s'exprimer.

- Ne t'inquiète pas Marie Thérèse je m'en occupe immédiatement ! avec notre système de ligne prioritaire, je n'ai aucun mal à joindre la Gendarmerie de Reims.

- Lieutenant Malet du 2e bureau, je vous appelle de la Préfecture de Police de Paris, visiblement vous retenez arbitrairement une de « mes indicatrices » Mathilde Seigneur ! Le planton au téléphone est visiblement troublé.

- Ne quittez pas mon lieutenant, je vous passe mon supérieur !

- Lieutenant Duprat j'écoute ! Je lui refais mon laïus, il s'égrène quelques secondes.

- Qu'est ce qui me prouve, que vous êtes vraiment la personne que vous prétendez être ? je hausse le ton.

- Écoutez, lieutenant, aujourd'hui je n'ai vraiment pas de temps à perdre ! Je vais raccrocher vous allez faire le numéro de la Préfecture de Police et demander le poste 57 ! Sinon j'ai une autre solution, je dois me rendre à l'Ambassade d'Allemagne dans la journée, si vous voulez je peux aussi les faire intervenir ! Visiblement ma fermeté fait mouche.

- Très bien mon lieutenant, j'effectue la vérification dans l'instant !

Duval arrive enfin :

- Vous avez l'air soucieux Pierre, j'espère que ce n'est pas notre rendez-vous qui vous perturbe ?

- Non, juste une contrariété qui devait se régler rapidement ! mon poste sonne au même moment.

- Lieutenant Malet, j'écoute !

- Oui, mon Lieutenant, c'est le Lieutenant Duprat, je suis désolé pour la méprise, mais il faut nous comprendre, Mademoiselle Seigneur, prétendait ignorer le contenu de sa valise et elle ne donnait pas plus de détails !

- Nos indicateurs, ont la consigne de ne donner qu'un minimum d'informations, afin d'éviter de se griller !

- Oui je comprends mon lieutenant, je fais le nécessaire pour la libérer immédiatement, mes respects mon lieutenant ! Duval me regarde d'un air interrogatif.

- Vous avez déjà des indics ?

- Non mon capitaine, il s'agit d'une relation qui s'est trouvée au mauvais endroit, au mauvais moment ! Duval sourit, « j'espère que la relation vaut le détour ! »

- Sans rentrer dans les détails, « affirmatif mon capitaine » !

- Bon passons à notre principale occupation de la journée ! Je pense qu'Otto Abetz, nous convoque pour le principe et pour nous tester. Nous sommes ses seuls interlocuteurs officiels en zone occupée, mais il va taper beaucoup plus haut. Le consulat du Reich à Vichy, avec le général von Nidda* est déjà probablement sur le pied de guerre !

- Comment vous comptez aborder l'entretien ?

- En parfaite transparence, nous avons la chance d'avoir de bonnes relations avec l'ambassade et l'Ahbwer, il faut jouer carte sur table. Le plus ennuyeux, c'est le maintien à Résidence de Laval, par une escouade du Colonel Groussard*. Groussard est un des nôtres, je crains qu'il soit rapidement en fâcheuse posture !

- D'après vous, comment avons-nous pu en arriver là ?

- Pas besoin de revenir sur l'impopularité de Laval. De plus ces derniers temps, il s'est montré particulièrement généreux avec les allemands, sans contrepartie. Il a obligé la Compagnie française des mines de Bor en Yougoslavie à vendre ses actions aux allemands, puis il a ensuite accepté à la demande du Reich, de faire revenir 200 tonnes d'or confiées par le gouvernement belge à la France. Laval prenait trop de poids dans le gouvernement, il était prêt à formaliser une action militaire contre les troupes gaullistes au Tchad. Pétain considère que la France trop affaiblie, ne peut entrer en conflit avec l'Angleterre et la France Libre. Finalement, je pense que le Maréchal n'avait pas d'autre solution !

- Comment, nous rendons- nous à l'ambassade, métro ou voiture ?

- Nous prenons la grosse Packard avec chauffeur, pas question d'arriver à l'ambassade, la corde au cou « comme les bourgeois de Calais » !

Nous arrivons à 10 heures pile, à l'Hôtel Beauharnais au 78 de la rue de Lille. Nous sommes reçus dans la cour avec les honneurs militaires, et accompagnés dans un petit salon par un valet de pied. Le décor luxuriant de l'hôtel particulier, fait penser à une sorte de mini Versailles. Le temps s'écoule : « Ne vous inquiétez pas Malet, il s'agit d'une mise en condition de la part de nos hôtes ! »

Puis le même valet de pied, vient nous chercher trente minutes plus tard pour nous conduire jusqu'au bureau de l'ambassadeur. Otto Abetz assis à son bureau est encadré par deux officiers, qui se tiennent debout :

- Entrez Messieurs ! Duval prend tout de suite la parole.

- Permettez-moi de vous présenter mon adjoint, le lieutenant Pierre Malet ! salut de rigueur. L'ambassadeur à son tour fait les présentations.

- Lieutenant à ma droite vous avez le Colonel Friedrich Rudolf*, commandant l'Ahbwer en France et à ma gauche le capitaine Manfred von Riegsburg, qui est votre interlocuteur direct.

- Asseyez-vous Messieurs ! vous prendrez bien un café ou un thé ? une fois notre choix fait, Abetz prend une clochette, pour appeler un autre valet de pied. *(Otto Abetz, 37 ans, a épousé en 1932 Suzanne de Bruyker, ancienne secrétaire de Jean Luchaire, patron de presse fondateur de « Notre Temps », devenu « Les Nouveaux Temps », pour la collaboration. De ce fait Abetz, parle couramment français, pratiquement sans accent.)*

- Servez donc un café et un thé à ces messieurs ! Le café arabica a un vrai goût de café, je n'y étais plus habitué depuis quelques mois.

- Je n'ai pas besoin de vous préciser, le but de « mon invitation » ? Duval reprend la parole.

- La mise à l'écart de Pierre Laval par le Maréchal Pétain, je suppose ?

- Exactement, comment selon vous se justifie ce limogeage ? Face à cette question embarrassante, le Capitaine a bien travaillé son sujet.

- Je pense Monsieur l'Ambassadeur, pour bien comprendre la situation, qu'il faut remonter à l'entretien de Montoire entre votre Führer et le Maréchal Pétain. Depuis cette date, la France a multiplié les gestes de générosité par l'intermédiaire de Pierre Laval, pour bien montrer son attachement à la collaboration, sans aucune contrepartie, hélas !

- Mais ce jour-là, le Führer, n'a pris aucun engagement ferme, vis-à-vis de la France !

- Certes, mais convenez qu'une collaboration, ne peut pas fonctionner à sens unique ! Le Maréchal, a envoyé des messages forts au Führer afin de récupérer une partie des prisonniers actuellement en Allemagne et de mettre en place sa politique, dans le cadre de la future « Grande Europe » !

- Et vous Lieutenant, qu'est-ce vous en pensez ? c'est à mon tour d'être sur le gril.

- Monsieur l'Ambassadeur, vous connaissez la devise de l'armée française : « La Grande Muette ! » Plus sérieusement, je partage l'avis du Capitaine, néanmoins, nous n'étions ni l'un, ni l'autre à Montoire, c'est pourquoi je pense que Paul Baudouin (*Ministre des Affaires Étrangères*), serait mieux placé que nous pour vous répondre !

- Vous feriez un excellent diplomate Lieutenant, mais rassurez-vous, je n'ai pas l'intention de passer par les « corps intermédiaires », je vais m'adresser directement au Maréchal Pétain !

L'entretien se clôt peu après, toujours dans la courtoisie. Nous débriefons au retour dans la Packard. Je relance le débat :

- Comment jugez-vous l'entretien ?

[81]

- Nous avons fait le job, tout en restant crédibles et en gardant la confiance de l'ambassade et de l'Ahbwer ! Je pense qu'ils vous ont déjà adopté ! Après sur le fond, je suppose qu'ils savent que le Reich « tire un peu trop sur l'élastique » ! D'un autre côté, Otto Abetz francophile convaincu, ne peut pas aller contre la volonté d'Hitler !

- Et pour la suite du programme ?

- Je fais un rapport de notre entrevue au Colonel Rivet*, qui va transmettre à qui de droit ! Nous prenons le train pour Vichy demain matin, je pense, que ce n'est que le début du feuilleton !

En rentrant le soir chez moi, je prépare ma valise pour le lendemain, tout en jetant un coup d'œil sur le poste émetteur rapporté de Gisors. Le téléphone sonne :

- Pierre, c'est Mathilde ! Sa voix saccadée, s'interrompt de temps à autres par des reniflements.

- Bonsoir mon cœur, je suis désolé pour tout ce qui s'est passé !

- Pierrot tu sais que je ne suis pas trouillarde, mais là, j'ai vraiment eu peur !

- C'est entièrement de ma faute, j'ai voulu te faire une surprise, mais je n'ai pas évalué les conséquences possibles !

- Les salauds, en plus ils ont gardé la nourriture ! Elle prolonge son propos d'un rire nerveux.

- J'espère qu'ils ne se sont pas montrés violents avec toi !

- Non pas du tout !

- Tu m'appelles de l'Hôpital ?

- Oui, je suis de permanence, il va falloir que je te laisse ! Pour la fin d'année, je voulais de dire, j'ai reçu mon planning. Pour Noël ce ne sera pas possible, par contre, je suis libre pour le réveillon du jour de l'an !

- Très bien je vais m'organiser en conséquence, je t'embrasse très très fort !

Me voilà replongé dans ma radio pour évaluer les dégâts, une diode est cassée et quelques soudures ont lâché. Il va falloir que je m'occupe de la maintenance à mon retour de Vichy.

Mardi 17 décembre, gare d'Austerlitz, Duval vient de me rejoindre. Nous avons juste le temps de monter dans le train qui doit nous amener à Vichy entre 11h00 et 11h30. Le battement horaire parait important, mais nous n'oublions pas que nous devons passer la ligne de démarcation. Le premier contrôle a lieu en gare de Bourges. Si le contrôle ferroviaire, se fait à l'intérieur des wagons, escortés par des feldgendarmes, tous les voyageurs descendant sur le quai sont systématiquement contrôlés et fouillés. Arrive notre tour, en sortant nos papiers, nous avons droit à un salut de la part des militaires allemands. Le deuxième contrôle a lieu à Moulins, frontière entre la zone occupée et la zone libre. La vérification est encore plus minutieuse, les voyageurs continuant leur chemin sont désormais en zone libre.

Nous arrivons enfin en gare de la « Capitale de l'État français » à 11h45. Une voiture nous attend, avec le commandant d'Autrevaux* venu nous accueillir. Duval, visiblement connaît déjà l'officier. Il nous explique que nous allons à l'Hôtel des Célestins, siège du service des Renseignements Généraux. Depuis le mois de juillet, en dehors de l'Hôtel du Parc où réside le gouvernement, pas moins de dix établissements ont été réquisitionnés pour recevoir les différents ministères.

Le Commandant, nous développe que pour l'instant le Colonel Rivet* n'est pas disponible. Une opération est en cours, menée par Otto Abetz et un groupe de SS pour faire libérer Laval à Châteldon. L'ambassadeur d'Allemagne, n'a pas laissé traîner. L'Hôtel des Célestins, fait penser à la prou d'un navire. Conçu sur sept étages, le rez-de-chaussée, comprend l'accueil et une partie de l'administration, les trois étages suivants sont aménagés en bureaux et salles de réunions, enfin les trois derniers étages, ont été conservés en chambres.

Il se situe à l'angle de la rue Gallieni et celle du Maréchal Lyautey, le Cher ne coule qu'à une centaine de mètres de son implantation.

La vie à l'intérieur de la ville thermale, n'a rien à voir avec la vie parisienne. Sans forcément baigner dans l'opulence, on ressent une population moins stressée, vivant presque comme avant la période du conflit.

Le soir nous allons dîner, au « Grand Café » près du casino, dans lequel le 10 juillet dernier, Pétain a reçu les pleins pouvoirs. La discussion tourne entre nous trois sur la dernière édition de la revue « Signal » en langue allemande, relatant du retour des cendres de l'Aiglon à Paris. Principal outil de la propagande nazie, le magazine s'inspire dans sa conception du « Life » américain ou du « Match », français. Plus de vingt cinq versions, sont distribuées, dans différentes langues.

Cet événement, suivant Hitler, devait sceller une partie de la réconciliation franco-allemande, il tombe mal. Le renvoi de Laval crée une crise ouverte, le Maréchal Pétain, fait savoir qu'il ne participera pas aux cérémonies.

La grandiose manifestation prévue, se transforme en un cortège traversant de nuit, en catimini, Paris de la gare de l'Est jusqu'aux Invalides.

De plus les commentaires acerbes des parisiens pleuvent : « On leur demandait du charbon, ils nous renvoient des cendres », ou encore « Reprenez votre Aiglon, et rendez-nous nos cochons ».

Le Colonel Rivet*, nous rejoint au dessert. Il est tel que je me l'imaginais, d'après la description de Duval, de taille moyenne, un physique mince passe partout, capable de se noyer dans la masse, bref le prototype parfait de l'agent secret au pouvoir de se muer en caméléon.

L'obscur officier des services administratifs à l'allure inoffensive, se transforme au besoin, en individu d'une grande patience à l'humour corrosif, mais aussi d'une force d'âme et d'une opiniâtreté sans borne.

Rivet, revient sur la journée difficile passée à Vichy. Demain Mercredi, le Colonel Georges Groussard* est convoqué par Marcel Peyrouton* (ministre de l'Intérieur). Otto Abetz a exigé la dissolution de son « Centre d'information et d'Étude », (*en fait il s'agit d'un service de renseignement, couplé d'un service action.*). En gros, il est sacrifié au nom de la raison d'état. J'ose une question :

- Quelle sera la réaction du Maréchal ?

- Il n'a pas pu s'opposer à la libération de Laval, mais il a refusé de le réintégrer dans le gouvernement ! Son intérim, est assuré par le Ministre des Affaires Étrangères Pierre Etienne Flandrin*. Duval relance.

- Je suppose que le dossier n'est pas encore clos ?

- Les allemands ont déjà un plan B, l'Amiral Darlan doit rencontrer Adolf Hitler dans huit jours ! Après ce camouflet, la souveraineté de Vichy montre ses limites, la seule véritable menace militaire pour le Reich, reste la flotte. Ceci explique cela ! Messieurs, je suis fatigué de ma journée, je vous attends demain à 8h30 au bureau pour refaire un point général de la situation.

Mercredi 18 décembre, Hôtel des Célestins, outre d'Autrevaux et Duval, deux autres officiers sont conviés à la réunion. Rivet fait les présentations :

- Messieurs voici le Lieutenant-Colonel Guy d'Alès de Corbet* et le Commandant Emile Bonotaux* ! J'ai décidé la semaine dernière de séparer l'activité du BMA (*Bureau des Menées Antinationalistes*) de celle du 2e Bureau. Les événements de ces dernières 48 heures, ne font que me conforter dans ce choix ! Le Lieutenant-Colonel et le Commandant vont prendre la direction du BMA sur Vichy pendant que le Commandant d'Autrevaux sera détaché sur l'antenne parisienne pour rejoindre le Capitaine Duval et le Lieutenant Malet ! Chacun écoute religieusement.

Le Colonel Louis Rivet rappelle les missions du BMA. D'abord celles qui se veulent officielles pour « la façade allemande » et pour le gouvernement, à savoir la répression des mouvements communistes, gaullistes, et alliés. Il appartient aux BMA de centraliser et de coordonner les recherches, pour orienter et documenter les enquêtes de police.

Quant à la partie « officieuse », elle consiste à combattre l'activité des allemands sous toutes ses formes. L'animation et les missions, varient naturellement suivant les zones géographiques. En zone libre, la partie « faisable » consiste à démasquer les espions allemands ou italiens, mais aussi à exercer une surveillance sur les « camps de jeunesse », venus en substitution du service militaire. En zone occupée, les agents se concentrent sur le renseignement et le soutien aux réseaux subversifs et clandestins. Rivet, regrette la mutation du Général Weygand en Afrique du Nord au cours du mois de septembre. Maxime Weygand, chef de l'armée de terre, était un allié précieux pour le 2e Bureau.

Les rapports avec le Général Huntziger qui assure sa succession, sont beaucoup plus compliqués. Ce dernier pro-maréchaliste, se montre moins hostile envers les allemands, que son prédécesseur. Le principal point d'achoppement concerne la politique d'attente prônée par Charles Huntziger. Dans les Services Spéciaux, « l'attentisme » n'existe pas, car il s'agit d'une guerre permanente. Même s'il faut bien faire avec le nouveau chef, certains de ses ordres ne sont pas suivis. Ainsi, le général ne fait pas de différence entre résistants et collaborateurs. Dernièrement, il a mentionné que les gaullistes comploteraient contre la nation.

Cette théorie ne fait pas de sens, le gaullisme synonyme de résistance, s'oppose à la politique de soumission.

Puis Rivet s'adresse directement à Duval et à moi. Il est hors de question que le Commandant d'Autrevaux soit « exposé » aux allemands, il doit rester l'homme de l'ombre.

Autant notre relation avec l'Ahbwer et notre situation à l'Hôtel de Police, font du sens dans l'apport de précieux renseignements, autant notre exposition pose un problème de confidentialité. De ce fait, Duval doit trouver pour le commandant, un appartement discret qui lui servira de bureau. Tous ses déplacements dans la zone occupée, s'effectueront en civil. Une question me taraude :

- Mon Colonel, sauf votre respect, l'Ahbwer va s'apercevoir à court ou moyen terme, de la présence du Commandant d'Autrevaux en zone occupée ?

- Probablement, dans ce cas, les allemands se tourneront vers vous en premier lieu ! Il vous suffira de répondre, que le commandant est détaché en mission ponctuelle pour Vichy, ensuite nous aviserons !

Rivet, revient sur notre mission et sur la nécessité d'entretenir l'antagonisme entre l'Ahbwer, la Gestapo et la SS. La concurrence entre les trois services, n'est pas une nouveauté. Nous sommes naturellement les mieux placés avec Duval, pour fournir des renseignements vrais ou faux, aux services de l'Amiral Wilhem Canaris, afin d'alimenter l'opposition avec ses rivaux.

Nos objectifs clairement définis, les questions d'actualité reviennent sur la table. Chacun s'interroge sur le devenir du Colonel Groussard. Rivet, n'a pas l'intention de laisser tomber « la victime collatérale » du limogeage de Laval. Si officiellement, Groussard n'a plus de service, il va continuer son travail dans la clandestinité.

À la sortie de la réunion, Duval me fait part de son étonnement, sur le choix du nouveau duo à la tête du BMA. Le Lieutenant-Colonel Guy d'Alès* âgé de 45ans, a fait l'essentiel de sa carrière dans la cavalerie, ses connaissances dans le renseignement sont quasi-inexistantes. La décision de le mettre à tête d'un service aussi important, repose probablement sur le fait qu'il est totalement inconnu des services allemands. Le constat est presque identique pour Emile Bonotaux*, polytechnicien de 44 ans, engagé dans « la grande guerre » en 1915, avant de participer à la guerre du Rif, au nord du Maroc en 1921 et 1922.

Nous apprenons dans la soirée que Fernand de Brinon, devient « délégué général du gouvernement de Vichy » à Paris. Il s'agit d'une mesure compensatoire, vis-à-vis des allemands après la mise à l'écart de Pierre Laval. Sympathisant du régime nazi dès l'arrivée d'Hitler au pouvoir, il est le tout premier journaliste français à avoir été reçu par le chancelier du Reich, le 16 novembre 1933. Il rencontrera ensuite le Führer à cinq autres reprises entre 1935 et 1937. En juillet dernier, il est appelé par Laval, pour représenter le gouvernement français auprès du haut commandement allemand à Paris. Le Colonel Rivet, se fend pour le coup d'un bon mot : « Le voilà Ambassadeur de France à Paris ! »

Notre séjour à Vichy tire à sa fin, nous reprenons le train avec Duval demain jeudi. Le Commandant d'Autrevaux ne doit arriver « en catimini » que la semaine prochaine. De retour dans mon appartement, je suis confronté au froid glacial de l'hiver. Malgré mes privilèges, les moyens de chauffage sont plus difficiles à trouver que la nourriture. Tout est bon pour y remédier, le bois introuvable, le charbon rationné, il faut faire preuve d'imagination, en brûlant des cosses de haricot, des coquilles de noix, de la sciure ou encore des poussières de charbon ramassées à la cave. Mon unique poêle, positionné dans le séjour, chauffe petitement la chambre par la porte de communication. Je suis obligé de calfeutrer, les portes de séparation avec l'entrée.

De ce fait, il faut beaucoup de courage, pour aller prendre une douche froide le matin dans la salle de bain.

Le lendemain Duval m'indique que le logement de d'Autrevaux est tout trouvé. Il s'agit d'un appartement de la ville de Paris, comme celui que j'occupe, situé square Got dans le 20e arrondissement. Il m'invite à le visiter avec lui, nous nous trouvons à environ 5 ou 600 mètres de la rue Sibuet. Agencé différemment, il fait la même superficie, tout en étant particulièrement lumineux avec une vue plus dégagée sur le square. Nous convenons, qu'il devient nécessaire de mettre des rideaux épais aux fenêtres, afin de lui rendre la discrétion nécessaire.

Alors que chacun s'apprête à passer un premier Noël d'occupation, les événements se précipitent. J'ai profité du week-end pour passer au garage de Bois Colombes emprunter un fer à souder, afin d'effectuer les réparations nécessaires sur le poste émetteur. Pour la diode, la commande est passée à Vichy avec livraison à la Préfecture de Police, pour éviter la fouille du paquet. L'affaire qui nous préoccupe concerne un nommé Jacques Bonsergent*.

Le dimanche 10 novembre vers 21 heures, sept jeunes gens sortent de la gare Saint Lazare. Parmi eux un jeune couple marié la veille, Jacques Bonsergent* et son amie Marcelle Dogimont*, accompagnés de trois autres personnes, tous anciens élèves de l'École Nationale des Arts et Métiers, promotion 1930.

Ils arrivent à la hauteur du café Mollard et croisent un sous-officier de la Wehrmacht ivre, qui tente de prendre la jeune mariée par la taille. La réaction de l'époux ne se fait pas attendre, il décoche un coup de poing au militaire qui roule à terre.

Bonsergent demande à ses amis de fuir, pendant qu'il aide le soldat à se relever. Chacun reprend son chemin, mais Bonsergent est bientôt rattrapé par deux soldats allemands place de la Trinité.

Croyant reconnaître le coupable à sa gabardine, les deux militaires l'arrêtent et le conduisent à l'Hôtel Terminus, avant de le faire transférer à la prison du Cherche Midi.

Soumis à un interrogatoire poussé, il ne cesse de clamer son innocence sans vouloir livrer le nom de son ami coupable. La cour martiale allemande, le condamne à mort le 5 décembre. Sitôt posées, les affiches annonçant sa condamnation sont lacérées provocant des réactions de l'occupant.

Nous sommes convoqués Duval et moi ce lundi 23 décembre à l'Hôtel Lutetia siège de l'Ahbwer. Le Capitaine Manfred von Riegsburg, nous reçoit dans son bureau :

- Messieurs, j'ai une très mauvaise nouvelle le Général Otto von Stülpnagel (*Chef des Troupes d'occupation en France)* vient de refuser la grâce de Jacques Bonsergent, il va être fusillé ce jour au fort de Vincennes ! Duval et moi restons interloqués. Le capitaine prend le premier la parole.

- Mais enfin « Herr Hauptmann », vous vous rendez compte des conséquences à venir ?

- C'est justement pour ça que je vous ai convoqués ! Croyez bien que je ne suis pas favorable à cette condamnation et que je me rends bien compte des difficultés à venir, pour la collaboration entre nos deux pays !

- Ne croyez-vous pas, que l'Ambassade d'Allemagne est mieux placée que l'Ahbwer pour régler le problème ?

- L'Ambassade, n'ira pas contre une décision de l'armée, et nous ne tenons pas à ce que la Gestapo « lâche les chiens » ! cette fois je prends la parole.

- Notre marge de manœuvre est bien mince !

- Je le sais, néanmoins je vous demande de faire activer tous vos réseaux, afin de limiter des débordements, qui pourraient avoir des conséquences beaucoup plus graves ! Après avoir quitté von Riegsburg, je m'adresse à Duval :

- Que pouvons-nous faire ?

- Rien, il est déjà trop tard ! un seul point positif, je crois l'Ahbwer sincère, quand elle regrette la sentence, sans pouvoir vraiment la condamner ! Le sort en est jeté !

Des monceaux de fleurs, sont bientôt déposés au pied des affiches gardées par des agents de la préfecture de police : « L'ingénieur Jacques Bonsergent de Paris, a été condamné à mort par le tribunal militaire, pour acte de violence envers un membre de l'armée allemande. Il a été fusillé ce matin 23 décembre 1940. » Ainsi sont placardées les annonces, faites en allemand et en français. Jacques Bonsergent, devient la première victime parisienne de l'occupation.

Finalement, je ne suis pas fâché que Mathilde soit de permanence pour le réveillon, vu l'activité qui m'occupe. Nous avons droit à la visite de l'Amiral Darlan à la préfecture le 24 décembre. Il se rend ensuite à l'Ambassade d'Allemagne, pour préparer sa visite avec Adolf Hitler, le jour de Noël. La rencontre doit se dérouler à Ferrière sur Epte près de Beauvais. Ernst Achenbach* numéro 2 de l'ambassade, s'occupe de le conduire auprès du Führer. L'amiral est porteur d'une lettre du Maréchal pour le chancelier du Reich, de quoi apaiser les tensions ou relancer la polémique…

CHAPITRE 7 : LES ÉCOUTES JOUENT A CACHE-CACHE.

Je suis seul chez moi pour passer la soirée du réveillon. J'ai bien essayé de joindre Mathilde à l'hôpital, mais elle faisait la tournée des malades. Pas plus de chance de côté de Marie, pour lui souhaiter un bon Noël, la poste de Tierceville était déjà fermée. Je pousse tout de même jusqu'à chez mes parents le lendemain. Je me remémore le Noël 1939, (un an déjà), pendant la « drôle de guerre », quand Jacqueline expliquait à mes parents que je ne serais jamais médecin, mais que j'allais m'engager dans l'Armée. Triste Noël aux cadeaux bien modestes, où le cœur n'y est plus.

Vendredi 27 décembre, j'ai enfin récupéré la diode pour pouvoir remettre en état l'émetteur. Le Commandant d'Autrevaux arrive de Vichy, afin d'aménager dans son nouvel appartement. Pour éviter des rencontres trop fréquentes, nous convenons que le bistrot « Chez Léa » servira de boite à lettres, j'ai prévu de la lui présenter dans la soirée. Le commandant, arrive également avec quelques nouvelles fraîches de l'entretien Hitler Darlan.

Outre Achenbach, Otto Abetz était convié. Dans un climat détestable, l'Amiral avoue qu'il ne s'est jamais fait doucher de telle manière. Hitler n'est plus le personnage déférent, maître de lui, posant pour la postérité avec le Maréchal à Montoire. Il vocifère et fait passer « un avis de tempête au marin, pourtant pas né du dernier coup de mer ! » Darlan, lui présente deux courriers du Maréchal, le premier le remercie du retour des cendres du Duc de Reichstadt, le second sur l'éviction de Pierre Laval, déclenche un flot d'invectives.

Philippe Pétain, généralement considéré comme un homme de lettres, tourne ses phrases de manière fourbe. La rouerie ne passe pas auprès du Führer. Le Maréchal, prétend ne pas avoir participé aux cérémonies du transfert des cendres de l'Aiglon, par la crainte d'un piège tendu afin de le retenir en zone occupée.

La lecture terminée, Hitler s'en prend à Maxime Weygand qu'il juge responsable : « Je le hais, il est le plus notoire de vos antiallemands ! » Ayant retrouvé son calme, le chancelier du Reich, déclare que l'éviction de Laval le laisse indifférent. Darlan, repart avec la promesse de la continuation de la politique de Montoire et la certitude d'un courrier de confirmation à venir. Une parole de plus d'Hitler, qui va rester sans suite...

Même si Darlan, peut passer comme quantité négligeable aux yeux d'Hitler, d'Autrevaux reste convaincu qu'il sort renforcé de l'entretien. À Vichy, il s'impose plus que jamais comme le numéro 2 du régime.

Nous nous retrouvons dans la soirée avec le commandant « Chez Léa », tous deux habillés en civil. Il règne dans le café toujours la même ambiance, lourde et pesante. Un groupe de quatre types, tape le carton assis à une table, pendant qu'un pilier de bar est accoudé au comptoir. Léa, nous fait un signe de tête pour que nous passions dans l'arrière salle.

Elle mène le débat, nous confirme les signaux convenus, deux sonneries de téléphone en cas de danger et une seule pour venir chercher un message. Nous quittons les lieux, pour rejoindre chacun notre domicile.

De retour, je vais pouvoir communiquer avec Londres. Je publie mon premier rapport radio sur le rendez-vous Darlan Hitler, suivant une procédure extrêmement stricte. Je ne dois pas émettre plus de dix minutes, changer de fréquence en cours d'émission, utiliser une puissance réduite pour limiter la portée de l'onde directe.

Enfin, je me livre à une gymnastique toute personnelle. J'ai mon casque sur une seule oreille, afin de pouvoir entendre le téléphone en cas d'alerte de Léa. Cette première transmission se passe sans aucun problème, je peux ensuite ranger mon matériel, dans le fond laissé vide, derrière le tablier de la baignoire.

Une fois mon devoir accompli, je ne me contente pas d'émettre, j'écoute la BBC sur un poste de radio plus classique celui-là. Un slogan revient régulièrement : « Radio Paris ment, Radio Paris est allemand ! » Il dénonce la propagande radiophonique venue envahir les ondes, des cinq stations existantes pour en faire un poste unique. Le directeur un certain Bofinger* vient de Radio Stuttgart. Il s'entoure depuis l'automne, d'une équipe de journalistes d'extrême droite, comprenant entre autres Jean Hérold- Paquis*(*membre du Parti Populaire Français*), Robert de Mauplan* (*antisémite notoire)* le poète Jean Henri Azéma (*membre du PPF),* sans oublier Philippe Henriot (*député de la Gironde)* surnommé : « la voix d'or » dans ses éditoriaux biquotidiens. Ils ont été tous recrutés, afin de donner une tonalité pro-allemande. Entre les émissions politiques, l'auditeur se voit fidélisé par des diffusions musicales, de variétés où Tino Rossi et Maurice Chevallier, se produisent régulièrement sous la direction du grand orchestre de Jo Bouillon*. Cinq bulletins d'informations sont diffusés quotidiennement.

Le week-end prolongé du nouvel an arrive, je peux enfin joindre Mathilde au téléphone. Sa permanence à l'hôpital se termine le dimanche soir, avec trois jours de tranquillité à suivre.

Nous convenons que je viendrai la récupérer à son travail, pour « trois jours de liberté » sur Reims. Le samedi je passe chez mes parents pour annoncer la nouvelle. Tout comme Jacqueline, ils sont déçus de ne pas pouvoir profiter d'un réveillon en famille. Je profite de ma voiture de fonction, pour effectuer le trajet vers « la cité des sacres ».

Ma Simca au couleur de l'armée, n'est pas un Ausweis et les contrôles en chemin se multiplient, d'autant que je suis en civil. Finalement, je mets près de trois heures pour boucler les 150 kilomètres.

Je retrouve l'hôpital de Reims « Maison Blanche » avec une certaine nostalgie. En effet pour la première fois, je pénètre dans l'établissement sans être étendu sur un brancard. Mathilde, me saute au cou toute pimpante :

- Bonjour mon chéri ! Je reviens sur l'incident de la gare.

- Je suis désolé, pour ton séjour à la gendarmerie.

- Ne t'inquiète pas, c'est déjà oublié !

- Quel est programme pour ces trois jours ?

- Plein de choses, mais si ça ne t'ennuie pas, j'ai invité Marie Thérèse pour le réveillon !

- Bien sûr, avec tous les services qu'elle nous a rendus, c'est un minimum !

- Où allons-nous ? je deviens impatient et curieux.

- Au stade vélodrome ! Je suis désolée, je n'ai pas trouvé de match de Rugby, il faudra te contenter de Football !

J'embarque son vélo dans la SIMCA 8, et nous prenons la direction du stade municipal. L'affiche semble alléchante, il s'agit d'1/8 de finale de Coupe de Coupe de France zone occupée. Néanmoins l'opposition composée par l'AS Amicale de Maison Alfort face au locaux du Stade de Reims, parait bien tendre. La partie est vite pliée André Moos* marque deux buts et Camille Cottin* trois, le score passe à 6 à 1 à la mi-temps.

- Tu ne t'ennuies pas trop, mon chéri ?

- Comment pourrais-je m'ennuyer avec toi !

En fait, je passe plus de temps à câliner et à embrasser Mathilde qu'à suivre le match.

Dans le même temps, André Moos plante deux autres ballons au fond des filets parisien, pour porter le score final à 8 1. La partie finie, nous prenons la direction de Thillois.

La ville champenoise, porte encore les cicatrices ses événements du mois de juin. Nous arrivons dans un ancien corps de ferme, pénétrons sous un porche, pour déboucher sur une vaste cour intérieure.

- Tu habites ici ? Mathilde est visiblement satisfaite de son petit effet.

- Ben oui, qu'est ce que tu crois !

Sur le côté du corps principal, figure une maisonnette de la taille d'une très grosse maison de poupée. Nous pénétrons dans une grande pièce unique, dans laquelle trône une vaste cheminée, où mouronnent des braises encore chaudes. Le lieu me fait penser à la cabane de Marie, en beaucoup plus confortable.

- Comment as-tu trouvé cet habitat ?

- Par des amis de mes parents qui me logent gracieusement !

Finalement je m'aperçois que je ne sais pas grand-chose de sa vie. Autant au bout de deux heures je savais tout de la volubile Monique, autant Mathilde se montre secrète et pudique. Il est vrai que les circonstances ne nous ont pas permis de développer tous nos secrets, entre les huit jours passés couché au mois de juin à l'hôpital, et l'idylle que nous vivons depuis moins d'un mois.

Je cherche naturellement à en savoir plus. J'apprends que ses parents, sont partis en exode à Carmaux dans le Tarn, qu'elle a perdu un frère jumeau à sa naissance et que son deuxième frère Sylvain, d'un an plus jeune, se retrouve dans un stalag en Allemagne. Après la perte de son fiancé, avec toutes ses blessures, je saisis mieux son attitude introvertie. Visiblement, Mathilde chasse ses vieux démons par de d'humour et une bonne humeur parfois un peu forcée.

- Pierre, nous n'avons pas fêté Noël, il n'est jamais trop tard pour bien faire ! elle sort d'un tiroir de la table du séjour, une boîte allongée enveloppée dans du papier cadeau.

- J'espère, qu'il ne s'agit pas d'une deuxième montre ? tout en parlant j'ouvre mon paquet pour découvrir un magnifique stylo plume.

- Je ne sais pas comment tu fais, mais tout ton salaire doit y passer !

- Et moi je n'ai rien du tout ?

- Ah zut j'ai oublié ! au même moment je sors un premier petit paquet de la poche gauche de ma veste et un second de la droite.

Mathilde, ouvre nerveusement son premier paquet contenant une bague avec une citrine sertie dessus. Ses yeux brillent, le second contient un cœur en pendentif avec la même pierre. Elle finit par exploser de joie, pour se précipiter en s'asseyant sur mes genoux, tout en me couvrant de baisers.

- Tu n'as pas envie de prendre une douche ?

La question me parait curieuse, mais avant que je ne réponde, elle m'a déjà retiré ma veste, pour m'entraîner dans une petite salle d'eau dissimulée au fond de la pièce. Dans des toilettes à la turque, un astucieux système de douche est installé sur le dessus. En deux temps trois mouvements, elle a retiré tous ses effets :

- Quoi tu es encore habillé ?

Je n'ai déjà plus de chemise et de pantalon et avant que je n'ai eu le temps de retirer le reste, elle déclenche la douche. Le froid me saisit, de son côté Mathilde semble imperméable à la fraîcheur de l'eau. Elle se blottit contre moi et dans l'inconfort de la situation, je vous laisse imaginer la suite.

Combien de temps sommes nous restés ainsi ? Je ne sais pas trop, toujours est il qu'elle finit par sortir de salle des toilettes, toujours nue comme un ver, pour réactiver le feu avec des bûches. La nuit vient de tomber, nous sommes enlacés, enroulés dans une couverture à regarder l'âtre brûler.

La nuit fut douce, au petit matin, nous dévorons un petit déjeuner copieux. Bien que nous soyons à quelques encablures de la grande cité, nous restons à la campagne, avec les avantages dont on peut bénéficier dans ces périodes difficiles.

Du pain du beurre, du lait et des confitures faites maison, pour le café il n'est pas plus consommable qu'en ville.

Mathilde, continue de me faire découvrir notre week-end par petites touches :

- Que faisons-nous aujourd'hui ?

- D'abord nous nous habillons, ensuite nous allons prendre la voiture pour ne pas aller très très loin ! sacrée « Mathoche », son côté mystérieux finit toujours par l'emporter.

Nous sortons de l'ancienne ferme pour prendre sur la droite, puis sur la gauche afin d'emprunter la C.D 27. Je commence à comprendre en distinguant dans le fond d'une longue ligne droite, un bâtiment étroit conçu sur quatre étages, avec en face une vaste tribune. Nous roulons sur le circuit automobile de Reims Gueux, pour aborder justement le village de Gueux et remonter au nord par la C.D 26 pour virer au virage de la Garenne.

Nous sommes désormais sur la RN 31 reliant Soissons à Reims, sa longue descente permet des vitesses vertigineuses, alors que ma SIMCA plafonne à 120km/heure et vibre de partout. Je m'imagine la Mercedes de Rudolph Caracciola, les Alfa Roméo de Tazio Nuvolari ou Raymond Sommer à plus de 200km/h, au même endroit dix-huit mois plus tôt. Puis arrive le terrible virage de Thillois, je suis debout sur les freins.

La voiture dérape, j'évite de peu le tête à queue, sous les rires de Mathilde, pour aborder de nouveau la ligne droite. Je fais un arrêt aux stands devant la tribune. L'étroitesse des box surprend, mais c'est plutôt le pavillon qui précède et juxtapose les stands qui attire l'œil. À travers les vitres au rez-de-chaussée, nous distinguons un restaurant, au premier étage le secrétariat et un standard téléphonique moderne. Nous grimpons au deuxième comprenant la tour de chronométrie, puis sur le dernier niveau, l'espace réservé à la presse. Tout est calme du point le plus haut, nous distinguons la vallée champenoise.

Mathilde voit avec satisfaction, que la découverte m'enchante et nous repartons sur le circuit de 8 km pour faire un peu de vitesse. Au bout de quelques tours je sens bien que mon véhicule n'est pas adapté pour ce genre de sport et surtout que le freinage se dégrade rapidement.

Je m'en inquiète, ma chérie m'indique qu'il est midi passé et que nous allons faire étape à l'Auberge de la Garenne, située en contre bas du virage de Thillois. Une fois sur le parking, une odeur chaude suivie d'un grésillement de mauvaise augure, se dégage des roues.

Nous pénétrons dans le restaurant déjà copieusement rempli pour nous diriger vers le fond de la salle, le personnel salue Mathilde.

-   Dis donc tu es drôlement connue ici !

-   Oui j'ai soigné le patron, en traitement à l'hôpital pendant quelques semaines !

Nous débouchons sur un petit salon particulier, très intimiste où une table de deux couverts a été dressée. Mathilde me fait un clin d'œil :

-   Pour un agent du 2ᵉ bureau, c'est bien non ? je lui réponds par un sourire complice.

Tout est réglé comme du papier à musique, entrée, plat, dessert se succèdent avec une qualité bien supérieure au menu présenté à l'entrée. Le taulier vient nous rendre une petite visite, il fait deux bises à Mathilde :

-   Je ne vous propose pas de café, vous vous doutez pourquoi ! par contre il nous sort une bouteille de vieille prune avec deux verres. Je le regarde d'un air goguenard.

-   Ah bon Mathilde boit ?

-   Vous ne la connaissez pas encore assez, elle n'a pas fini de vous surprendre !

Au moment où je demande l'addition, le patron me fait signe non de la tête tout en souriant. Je me tourne vers Mathoche :

- Ne me dis pas que tu as une ardoise dans l'établissement ! Elle me prend par le bras, me claque un baiser sur la joue.

- Mais non, tu es bête !

Nous consacrons l'après-midi à visiter la vieille ville de Reims. Je suis beaucoup plus prudent que le matin avec la voiture, d'autant que les freins répondent toujours avec difficulté. La cathédrale Romane, Notre Dame reste un incontournable, le Palais du Tau, jouxtant l'édifice, ancienne demeure des archevêques, dont la restauration a été stoppée par le conflit, fait toujours triste mine. Plus intéressant la bibliothèque Carnegie, du nom du philanthrope américain Andrew Carnegie *(promoteur du Carnegie Hall de New York)*, qui a œuvré pour sa fondation.

La construction de style art déco date des années 20, sa grande porte en fer forgé, vous plonge directement dans l'ambiance.

Le lendemain 31 décembre, il est temps de préparer le réveillon. Mathilde me demande d'aller chercher Marie Thérèse en fin d'après-midi à l'hôpital.

En attendant, elle prépare le repas du soir et je ne suis que d'une pauvre utilité. Mon antillaise préférée est toujours un enchantement :

- Ah ! Pierre, tu es toujours aussi beau, je comprends Mathoche ! Un torrent de parole me déferle dessus. J'arrive enfin à l'interrompre.

- Tu sais Mathilde, je la découvre un peu à chaque fois ! Lorsque que je l'ai rencontrée pour la première fois, je la voyais solide, indestructible, je m'aperçois que derrière la façade, se cache une grande vulnérabilité !

- Oui c'est vrai, mais tu sais jusqu'à présent la vie ne l'a pas épargnée ! Entre la mort de son jumeau à sa naissance, celle de son fiancé au combat, son autre frère fait prisonnier et ses parents partis pendant l'exode…

- Heureusement, que tu te trouves près d'elle en permanence !

- Depuis votre rencontre, elle a beaucoup changé ! Tu comptes énormément pour elle ! Instinctivement, j'essaye de me défendre.

- Mais elle compte tout autant pour moi !

- Au mois de juin, lors de ton transfert de Reims à Compiègne, elle n'arrêtait pas de pleurer, je ne l'avais jamais vue dans un état pareil ! Pire lors de son arrestation à la gare par les Gendarmes, elle craignait que tu aies des ennuis, c'est pour ça qu'elle n'a rien dit ! toutes ces confidences, me font voir Mathilde encore sous un autre jour.

De retour à l'ancienne ferme, les deux filles tombent dans les bras l'une dans l'autre et papotent comme si elles ne s'étaient pas vues depuis des lustres.

Une telle complicité, quelque part me rassure. Je participe de temps à autre à la conversation, mais surtout, j'observe la moindre mimique, la moindre réaction de Mathilde afin de découvrir un peu plus sa personnalité. Elle finit par s'en apercevoir :

- Quelque chose ne va pas mon chéri ?

- Si si tout va bien, au contraire, simplement j'aime bien vous regarder discuter ! J'adore jouer les voyeurs avec vous ! ma réflexion ne les perturbe pas et elles repartent de plus belle dans leurs discussions.

Au fil de la soirée, je suis plus intégré « au clan des infirmières ». Puis la pendule fait entendre les douze coups de minuit.

1940 est mort, comme beaucoup de nos compatriotes au cours de l'année, difficile de crier vive 1941 dans de telles circonstances. Nous sommes regroupés autour du foyer de la cheminée et nous nous tenons tous les trois par les épaules, sans parler, dans une sorte de recueillement. Il faut bien à un moment ou à un autre aller se coucher. Mathilde s'est fait prêter un matelas par la voisine pour Marie Thérèse. Je m'inquiète de l'inconfort de sa situation.

- J'espère que tu ne vas pas passer une trop mauvaise nuit !

- Ça dépend de la discrétion de vos ébats ! La réplique, a le don de nous faire retrouver notre bonne humeur.

Au bout de dix minutes, l'antillaise ronfle du sommeil du juste bien aidé par le rhum apporté pour la soirée. Mathilde et moi nous allons pouvoir nous lâcher !

Le 1er janvier débute dans une forme de relaxation, nous branchons la TSF en début d'après-midi. « L'heure d'espérance » demandée par le Général de Gaulle est largement suivie.

Les rues, particulièrement en zone occupée, se vident brutalement. Le silence s'installe dans les foyers. À Paris, pour contrer la BBC, les allemands organisent une distribution de pommes de terre, à grand renfort de publicité radiophonique.

Le succès s'en trouve pour le moins confidentiel. Le Général a réussi dans son entreprise, nous sommes loin de l'appel du 18 juin, aujourd'hui il est plébiscité. Je ne peux cacher ma satisfaction :

- Tu as l'air satisfait mon Pierrot ?

- Oui, aujourd'hui le combat se poursuit et continue sans relâche !

Ces trois jours sont passés trop vite, je dois déjà ramener les filles à l'hôpital. Puis vient le moment de la séparation, je tiens Mathilde dans mes bras :

- Je t'interdis de pleurer, tu m'as fait passer un week-end formidable ! elle répond d'un regard humide.

- Moi aussi j'ai passé un bon moment, je t'aime ! puis je glisse à l'oreille de Marie Thérèse.

- Prends soin de ma Mathoche !

Après un dernier baiser, je leur dis « à très vite ! » Au bout de quelques kilomètres de route, je décide de changer mes plans. Compte tenu de l'état de la SIMCA, je prends la direction de Colombes pour éviter de rentrer chez moi.

Le trajet devient singulièrement pénible, je passe mon temps à freiner sur la boite. J'arrive enfin à la nuit tombée au pavillon de mes parents. Ma mère est ravie :

- Bonne année mon fils ! Jacqueline se retrouve de permanence et mon père tout en ne dissimulant pas sa joie, fait preuve d'étonnement.

- Quel bon vent t'amène ?

- Je n'ai plus de frein sur ma voiture, je te la laisse pour que tu la regardes, demain j'irai au bureau par le train !

L'activité grouille en ce début janvier à la préfecture de police. Je passe rapidement sur « l'officiel » pour me concentrer sur « l'officieux ».

Nous apprenons que Groussard*, doit rejoindre Londres en passant par l'Espagne et Gibraltar, afin d'embarquer sur un bateau de pêche.Autre voyage en sens inverse, celui du Capitaine Estienne d'Orves. Le Général, le charge d'une mission en France, il a débarqué à Plogoff en fin d'année, avec un radio nommé Georges Marty* (*de son vrai nom Alfred Gassler.*) Ils sont installés actuellement sur Nantes, dans le quartier Chantenay. Leur transfert sur Paris, est prévu le 6 janvier pour mettre en place le réseau de renseignements Nemrod*.

L'année commence mal, en France la ration de pain se réduit à 300 grammes par jour. Ce n'est pas mieux à Vichy, avec la démission de Paul Beaudoin*, Secrétaire d'État à l'Information et proche de Laval. Le « Journal Officiel de la République Française » devient celui de l'État français.

Le soir, rue Sibuet, je suis en liaison radiographique avec « Marty ». Il se passe à peine dix minutes, lorsque j'entends dans la cour des éclats de voix en allemand Je démonte rapidement mon installation, le téléphone sonne deux fois, ça ne peut être que Léa. J'ai juste le temps de planquer le matériel dans la cache de la baignoire, que l'on tambourine à ma porte. Des militaires en armes font irruption et commencent à fouiller mon appartement.

[103]

Ils s'activent dans la penderie au fond de l'entrée et finissent par tomber sur mes uniformes. Ils marquent un temps d'arrêt et l'un d'eux finit par prendre la parole :

- Irhe papiere bitte ! Je lui montre naturellement, mes papiers et j'ai droit à un salut accompagné d'un claquement de bottes.

- Ich bin es hat keinen sinn, das gespräch fortzusetzen ! (*Je pense qu'il est inutile de poursuivre !*) Wir hören nicht auf nach anderen zu schauen ! (*Continuons à chercher ailleurs !*)

Ils partent, je n'ai pas tout compris, mais je suis soulagé. J'en tire deux conclusions. La première montre que les allemands sont toujours sensibles à l'uniforme, la seconde, il devient urgent que je me mette à la langue de Goethe. Le lendemain vêtu en civil, je débarque « Chez Léa », pour essayer d'avoir quelques explications. Les piliers de bistrot sont toujours les mêmes, Léa attend leur départ pour me donner sa version :

- Hier quand j'ai vu les camions de radio-gonio (*véhicule de radiogoniométrie servant à repérer les émetteurs.*) J'ai téléphoné tout de suite, mais je n'ai pas eu de ligne immédiatement !

Ce constat, confirme les limites de notre dispositif et sa vulnérabilité. Duval me voyant arriver en civil au bureau, se doute que je n'ai pas vécu une situation normale. Le débriefing se poursuit comme d'habitude, pendant la « promenade digestive » en bord de Seine. Nous en concluons, qu'il va falloir déménager l'émetteur, pour pouvoir travailler avec plus de sérénité. Émettre de chez d'Autrevaux, ne ferait que déplacer le problème : Il me vient une idée pour le moins originale :

- Et si nous émettions de la Préfecture de Police ? Duval s'arrête brusquement de marcher.

- Vous plaisantez je suppose ?

- Pas du tout, au dernier étage de la préfecture, des combles servent de débarras, et personne n'y met jamais les pieds ! Je pense qu'il est possible d'aménager un endroit ! le Capitaine réfléchit.

- Évidemment, qui aurait l'idée de venir nous débusquer dans la préfecture ? Écoutez Pierre, allez jeter un œil ce soir, après le départ de Bernadette et faites moi un compte rendu ! Nous sommes vendredi, Etienne d'Orves arrive avec son radio lundi, il a trouvé refuge chez « Max André* », nous verrons si nous pouvons établir une liaison en début de semaine.

Mes investigations dans le grenier de la préfecture, ne font que confirmer la faisabilité de l'implantation de la radio. Je repars confiant chez mes parents pour récupérer ma voiture. Mon père se pose des questions :

- Dis donc fils, qu'est ce que tu as pu faire avec cette voiture ?

- Euh ! rien de particulier pourquoi ?

- À part les freins, il n'y avait pratiquement plus d'huile dans le carter, le moteur a du beaucoup chauffer ? Même si ça peut paraître puéril, je ne vais pas admettre avoir joué les Jean Pierre Wimille, pendant près d'une demi- heure sur le circuit de Reims.

- Ah bon c'est curieux ! Une voiture qui chauffe au mois de décembre !

Je pense que mon père me connaissant, n'est pas dupe, mais nous changeons rapidement de sujet. Mathilde a fait une excellente impression auprès de mes parents et de Jacqueline, elle a déjà remplacé plus ou moins Monique, dans le cœur de la famille.

Lundi 6 janvier, Duval et moi suivons le transfuge d'Etienne d'Orves et de Marty, avec un maximum de discrétion. Les événements, ne vont pas tarder à nous donner raison...

CHAPITRE 8 : LA TRAHISON DE GEORGES MARTY.

Mardi 7 janvier, je débarque au bureau vers 8 heures, avec la valise contenant le poste émetteur. Le but, est d'échapper aux regards indiscrets et particulièrement à l'œil inquisiteur de Bernadette. J'enferme le précieux matériel dans le coffre, dont seul Duval et moi possédons la clef.

La journée se passe le plus normalement du monde. Nous apprenons que la coalition italo-allemande, connaît ses premiers échecs en Afrique du Nord. La 7e division blindée britannique et la 16e BI australienne, sont sur le point de prendre le port stratégique de Tobrouk en Lybie, à la frontière égyptienne. L'armée italienne après ses échecs en Albanie et en Grèce du mois de décembre, montre encore son indigence dans le désert. De plus la division O' Connor récupère un matériel transalpin considérable. Les anglais, y vont de leur touche d'humour en inscrivant sur les bus « Benito's bus » et sur les camions « Rome Next stop ». Les divisions alliées ont visiblement le moral en inscrivant : « Si tu aimes les spaghettis, continue c'est tout droit, prochain arrêt Tobrouk ! »

Après 17 heures, je monte mon matériel radio dans le grenier de la Préfecture de Police pour effectuer les premiers essais. Il me faut ensuite trouver une planque sécurisée, afin de pas être obligé de le redescendre régulièrement dans le coffre. Une lourde cloison inclinée, impossible à bouger, au milieu du bric-à-brac, fait parfaitement l'affaire pour dissimuler le tout. Je peux émettre. Nous avons décidé avec Duval, de sécuriser un peu plus nos transmissions, en décalant les horaires journaliers d'émission. Je reste neuf minutes en communication, sans rencontrer le moindre problème.

J'apprends l'arrestation de l'Amiral Muselier* dans la nuit du 1er au 2 janvier, par les anglais. Il est incarcéré depuis à la prison de Pentonville, une nouvelle d'importance, Emile Muselier, étant le premier officier supérieur à rejoindre le Général de Gaulle à Londres le 30 juin 1940. Les services secrets britanniques, auraient découvert des documents, prouvant que l'amiral entretient une liaison étroite avec Vichy. Ces documents, soi-disant transmis par Darlan, avec le Colonel Rozoy* pour intermédiaire, contiendraient des informations importantes sur « l'opération Dakar » en préparation. Autre chose, Muselier aurait projeté de livrer « le Surcouf » (*fleuron des sous-marins français, le plus moderne et le plus grand au monde*) à Vichy !

Devant une nouvelle aussi grave, Duval me propose que nous nous retrouvions en civil, le soir chez d'Autrevaux. Pour le Commandant comme pour nous, ces révélations relèvent de la plus grande fantaisie. Aucun élément ne nous est parvenu de Vichy, malgré les nombreux contacts que nous avons sur place. D'Autrevaux, propose que nous fassions parvenir un démenti au Colonel Passy.

De son côté, le Général de Gaulle a déjà réagi. Après l'examen des documents présentés, il se montre très sceptique. Churchill, pourtant n'en démord pas, il pense qu'il s'agit d'une trahison. Le général, fait jouer sa relation avec Anthony Eden du Foreign Office (*Ministère des Affaires Étrangères*), pour faire pression.

Après avoir exigé de rencontrer Muselier, il remet au Général Spears du MI 6 (*Service de Renseignements Anglais*), introduit dans les relations avec la France, une analyse très critique des documents fournis.

La supercherie, est bientôt découverte, les documents dactylographiés sont des faux, fabriqués sur du papier en tête du consulat de France à Londres. Les auteurs sont Howard*, le chef de la sécurité du contre-espionnage anglais, avec un sous-officier subalterne. Les quatre documents saisis, étaient censés avoir été envoyés par le Colonel Rozoy* par l'intermédiaire d'un diplomate neutre. L'amiral est libéré sur l'heure avec quatre de ses collaborateurs et les deux agents britanniques sont emprisonnés. Pendant que Winston Churchill se confond en excuses, une question reste en suspens, quel rôle a réellement joué le MI 5 dans cette action et dans quel but ? *(L'affaire ne sera jamais totalement élucidée, laissant des traces et un certain malaise. Muselier reproche à de Gaulle de ne pas l'avoir défendu avec assez de vigueur. Le Général de son côté, pense que le complot a été monté par l'Intelligence Service, pour discréditer la France Libre. La position du journaliste Henri de Kerillis, reste très ambiguë. Gaulliste de la première heure, il retourne sa veste au profit du Général Giraud, et va prétendre que de Gaulle a piloté son éminence grise, Passy pour s'acharner sur Muselier.)*

Les anglais possèdent enfin un bombardier lourd à grand rayon d'action. L'Avro Lancaster, quadrimoteur dérivé de l'Avro Manchester. Le prototype effectue son vol inaugural au-dessus de Ringway, néanmoins il faudra encore de nombreuses semaines avant une sortie en série des chaînes de montage, pour porter la terreur sur les villes allemandes.

Les États-Unis envoient un nouvel ambassadeur à Vichy. Chacun s'attendait à l'arrivée de Pershing *(commandant du corps expéditionnaire américain pendant la Grande Guerre)*, c'est finalement l'amiral William Daniel Leahy* que le président Roosevelt désigne, pour représenter son pays en France. Le Maréchal Pétain se montre très sensible dans le choix, de l'ancien commandant en chef de la flotte des États-Unis. Dans la présentation de ses lettres de créance, le nouvel ambassadeur est porteur d'un message personnel pour le Maréchal, chargé d'œuvrer dans un rapprochement franco-américain.

Washington, veut s'assurer que la flotte française ne va pas tomber dans les mains allemandes et que la France ne basculera pas dans les forces de l'Axe. Les États-Unis sont également inquiets sur le devenir de l'Indochine française. Les japonais gagnent du terrain, le cas des Antilles tracasse également Washington, avec une possible emprise du pays du Soleil Levant.

La France, apporte une première réponse concrète le 17 janvier. À Ko Chang, en Thaïlande la marine française emporte une première victoire depuis la signature de l'armistice en juin dernier. Poussés par les japonais, les thaïlandais, menacent les intérêts français. Sous la direction de l'Amiral Terreaux, commandant les forces françaises en Indochine, le croiseur « La Motte-Picquet » avec les avisos « Dumont d'Urville » « Amirale Charner » et « Tahure », détruisent la Marine thaïlandaise. L'aéronavale française repère dans le golf du Siam à l'aide de Curtiss Hawk et de Vough Corsair, les torpilleurs « Chomburi », « Songkhla » et « Trad », ainsi que le garde côte « Dhomburi ». L'effet de surprise est total en 1h40, les trois torpilleurs sont envoyés par le fond et le garde-côte gravement endommagé. La flotte française, rentre à Saïgon sans un seul mort et quelques blessés légers sont à déplorer. Si ce triomphe total, ne va pas influencer le cours de la guerre, il marque néanmoins les esprits aussi bien dans le cas de l'Axe, que dans celui des alliés. La flotte française, démontre qu'elle n'est pas seulement un géant sur le papier.

Pétain retrouve Laval le 18 janvier à la Ferté-Hauterive près de Vichy. Il s'agit de la première rencontre entre les deux hommes, depuis le limogeage du Vice-président du Conseil des Ministres. Le Maréchal, cherche à arrondir les angles après l'entrevue orageuse entre Darlan et Hitler. Dans une rencontre, soi-disant tenue secrète, les informations sont distillées habilement pour je cite « dissiper les malentendus du 13 décembre dernier ». Pierre Laval, en profite pour essayer d'obtenir le départ de Pierre Etienne Flandrin, qui vient de lui succéder. Pétain, n'envisage d'aucune manière de rappeler « le locataire de Châteldon ».

Mercredi 22 janvier, à Vichy, création d'un Conseil National de 188 membres. Parmi les personnalités, représentant une élite politique, nous retrouvons entre autres, Louis de Broglie, Antoine Pinay Louis Lumière, la diplomate André François-Poncet ou encore le Cardinal Suhard.

Il s'agit d'une simple Assemblée Consultative, aux pouvoirs limités, voulue par Pierre Etienne Flandrin, afin d'amener une réflexion au régime de Vichy, pour améliorer la situation précaire de la zone occupée.

L'actualité de cette journée est particulièrement dense, les alliés ont enlevé le port de Tobrouk. Retardée par une tempête de sable depuis quelques jours, la progression anglo-australienne était devenue inéluctable. Dos à la mer, les dernières troupes italiennes, finissent par se rendre.

À Paris, une autre situation ne manque pas de nous préoccuper. À 2 heures du matin, la Gestapo débarque chez les époux Clément*, où le capitaine d'Etienne d'Orves avait trouvé refuge. Pour l'instant, nous n'avons pas plus de précision, quid de son radio Marty* et du nombre de personnes déjà arrêtés par la police allemande.

Nous avons prévu, une réunion de crise le soir même, chez moi, rue Sibuet avec d'Autrevaux et Duval. Tout le monde est un peu nerveux, le commandant lance le débat.

- Lieutenant, combien de liaisons radio, avez-vous entretenues avec Marty ?

- De mémoire trois mon commandant !

- Que connaît-il de vous ?

- Uniquement mon nom de code « Grenelle » ! Par contre, j'ai rencontré le capitaine d'Etienne d'Orves, pendant mon séjour à Londres ! Il peut faire le rapprochement entre mon pseudo et mon nom ! Duval intervient.

- Si c'est le cas, ça nous mettrait dans une position délicate ! d'Autrevaux hausse le ton.

- La meilleure défense c'est l'attaque ! Contacter demain l'Ahbwer ! je m'inquiète.

- Vous n'avez pas peur que nous leur mettions, la puce à l'oreille ? Le commandant réfléchit deux trois secondes.

- Trouver un prétexte fallacieux, d'un pseudo réseau, sans avancer le cas du capitaine d'Etienne d'Orves, ils finiront bien par aborder le sujet !

Nous nous quittons sur cette bonne parole, j'avoue que j'ai du mal à trouver le sommeil. Dès mon arrivée au bureau le lendemain, je contacte le capitaine von Riegsburg, pour appliquer notre plan à lettre. Il me donne rendez-vous dans l'après-midi à 15 heures à l'hôtel Lutetia. Nous convenons avec Duval que je m'y rende seul, comme s'il s'agissait d'un rendez-vous de routine. J'ai droit à un dernier briefing, après le repas sur les bords de seine : « N'oubliez pas, vous rencontrez von Riegsburg, dans le cadre de nos rapports coutumiers, soyez décontracté et tout ira bien ! »

Je suis ponctuel, l'Ahbwer me reçoit avec sa courtoisie coutumière en me proposant un café que j'accepte.

- Vous vouliez me voir Lieutenant je vous écoute ?

- Nous notons une recrudescence, de parachutage en Normandie et sur la Bretagne, afin de former des groupes de résistance !

- Ah oui et sur la région parisienne ? nous y voilà.

- Vous voulez parler de l'arrestation du capitaine d'Etienne d'Orves, je suppose ?

- Que connaissiez-vous de lui ?

- Ancien élève de Louis Legrand, sorti de l'école Polytechnique en 1923, puis à la suite, il devient élève officier à l'école Navale, promu lieutenant de Vaisseau en 1930, en décembre 1939, il embarque sur le croiseur Duquesne et arrive en août 1940, pour rejoindre le Général de Gaulle à Londres !

- Je vois que nous avons les mêmes renseignements et depuis ? je sens qu'il faut que je joue finement.

- À notre connaissance, il était toujours à Londres, il n'a pu débarquer en France que depuis un mois au maximum ! Je précise que s'il est venu pour créer un réseau de résistance, il n'existait pas de structure sur la région parisienne jusqu'à présent !

- Nous en savons plus que vous Lieutenant ! Il a débarqué le 21 décembre dernier à Plogoff, a séjourné à Nantes, avant d'arriver à Paris, le 6 janvier ! au même moment, le Colonel Garthe* entre dans le bureau. Von Riegsburg, me le présente comme l'adjoint de Friedrich Rudolf*, chef de l'Ahbwer en France. Je me lève naturellement pour le saluer.

- Restez assis, lieutenant, j'ai une question pour vous ! « Grenelle », ça vous dit quelques chose ? je m'efforce de ne rien laisser paraître.

- À part une station de Métro et le Veld 'hiv, non je ne vois pas !

- Il semblerait que « Grenelle » soit un contact sur Paris de d'Etienne d'Orves !

- Mon colonel, je me permets de vous répéter ce que je viens de dire au capitaine von Riegsburg, à ma connaissance il n'existe pas de réseau de résistance structuré sur Paris ! Par ailleurs, vous venez de me certifier que le capitaine d'Etienne d'Orves est arrivé en France, il y'a tout juste un mois, confirmant en quelque sorte mes propos !

Nous en restons là, en nous promettant de nous tenir au courant sur le sujet. Je suis soulagé en sortant de l'hôtel Lutetia. Finalement, les « non-dits » des allemands, sont plus instructifs, que les phrases toutes faites. Je connais le contenu de leurs renseignements, et surtout leurs pièces manquantes du puzzle. Un seul nom n'a pas été évoqué pendant l'entretien, celui d'Alfred Gaessler*, alias « Georges Marty ».

Nous débriefons le soir avec d'Autrevaux et Duval, boulevard de Bel Air, dans l'arrière salle du Café « Chez Léa ». Le commandant est impatient d'avoir mon retour, néanmoins il nous refait un point des éléments qu'il a pu glaner tout au long de la journée.

- En dehors de d'Etienne d'Orves, onze personnes ont été arrêtées dont le couple Clément* ! Par contre « Max André* » n'a pas été ciblé ! Et vous de votre côté Lieutenant !

- Ils connaissent « Grenelle » par contre ils ne peuvent pas l'identifier ! Ils savent presque tout de l'arrivée du Capitaine à Plogoff, sur son court séjour à Nantes et sur son arrivée à Paris !

- Qu'est ce que l'on peut en conclure ?

- Que le capitaine n'a rien dit, par contre « Marty » s'est allongé un peu trop vite ! En moins de 12 heures, les allemands avaient toutes les informations en sa possession ! D'autant, qu'il n'a jamais été cité dans notre conversation !

- Très bien il faut prévenir Londres dès demain matin.

(Alfred Gaessler, était bien un « agent retourné », il a fait tomber le réseau « Nemrod », que d'Etienne d'Orves venait de mettre en place. Évacué en Autriche par les allemands au début de 1945, il meurt à 25 ans, en février de la même année).

Je me pointe au bureau dès 7h30 pour pouvoir passer le message. Le planton à l'entrée me salue « Vous êtes bien matinal mon Lieutenant ! » « Eh oui le travail n'attend pas ! » Je monte immédiatement dans le grenier pour passer les infos au BCRA. La gestion du temps d'action, reste une priorité pour la sécurité. Sept minutes au total pour passer le message, après avoir démonté, j'ai rejoint mon poste alors qu'il est à peine huit heures et quart.

Nous sommes jeudi, je reçois un coup de fil un peu plus tard dans la matinée de Jacqueline, m'annonçant qu'elle vient d'avoir une promotion à l'hôpital. Ma sœur, veut organiser un repas au restaurant entre amis le samedi midi, pour fêter l'événement.

Le timing tombe bien, je dois passer le week-end avec Mathilde et l'accueillir gare de l'Est le samedi en fin de matinée.

J'ai pu récupérer le vendredi ma SIMCA 8 révisée de fond en comble, et j'arrive gare de l'Est. Le temps n'est pas très engageant, il tombe un crachin froid et pénétrant. Mathilde, tout comme moi se montre d'humeur joyeuse, nos retrouvailles puis la perspective de passer un bon moment ensemble, se profile malgré la pluie. Jacqueline a tout prévu sauf le soleil, nous avons rendez-vous dans la guinguette « chez Gégène », quai de Polangis à Joinville le Pont. Pour l'ambiance et la soirée dansante, il faudra repasser.

Le repas en terrasse au bord de marne, n'est pas d'actualité, nous devrons nous contenter de la grande salle intérieure du restaurant. Je suis refroidi d'entrée. Jacqueline est déjà attablée avec Monique Marcy avec à ses côtés un homme que j'identifie comme devant être son nouvel ami. Jacqueline fait les présentations.

Monique m'embrasse sur les deux joues, elle fait de même avec Mathilde qui n'a pas l'air gênée plus que ça. Le dénommé Michel Petit, me tend la main que je lui sers fermement.

Son nom lui va parfaitement bien, il ne doit pas dépasser les 1m65. Il porte des bacchantes à la Errol Flynn, pour le reste difficile de le comparer à « Robin des Bois », d'autant qu'il ne porte pas de collants verts. Je sais vous allez me dire que je suis un brin jaloux, peut-être, mais pour en revenir à Errol Flynn le « Mimi » je le vois mieux en « Capitaine Boude » qu'en « Capitaine Blood ». Le sang justement commence à me monter à la tête. Monique en rajoute avec ses « Mimi par ci, Mimi par-là », il sera bientôt le directeur de l'école et patati et patata. Jacqueline, voit que je commence à faire la gueule et décide de commander une bouteille de vin blanc pour détendre l'atmosphère. Le taulier n'en a plus et nous devons nous contenter de bière, pour accompagner nos moules frites.

La « Moma » subjuguée par le « Mimi », dans le même temps « la Mathoche » regarde son « Pierrot » dans un regard complice, semblant lui dicter tout cela n'a pas d'importance. De son côté « la Jackie » ne voit plus très bien comment arranger la situation.

Je suis naturellement en civil, mais « le Mimi » se sent obligé d'en faire des tonnes, en cirant les pompes des militaires : « L'armée ciment de la nation autour du Maréchal ! » Cerise sur le gâteau, il regrette le départ de Pierre Laval dont il souhaite le retour, pour je cite : « intégrer la France dans la nouvelle Europe ». Enfin il s'adresse directement à moi, en me disant que travailler dans un service comme le deuxième bureau doit être passionnant. Heureusement les tables du restaurant sont peu occupées. Au bord de l'explosion, je le foudroie du regard en lui disant qu'un service comme celui-là, demande d'abord de la discrétion !

Mathilde, change volontairement de sujet, branche Monique sur sa robe et lui demande des précisions sur la boutique de tissus de ses parents.

Michel Petit « se montre enfin à la hauteur en se taisant ! » Le repas semble durer des heures. En nous quittant je félicite ma sœur pour sa promotion et « beau joueur », je remercie Monique pour sa présence.

Rentrés rue Sibuet, nous pouvons enfin nous détendre Mathilde et moi. Les confidences sur l'oreiller ne tardent pas :

- Mon cœur, je suis désolé pour la présence de Monique et surtout de ce con ! Par contre bravo, tu as été stoïque, dans cette situation !

- Euh ! Mon chéri…il faut que je te dise… quelque chose… en fait j'étais au courant de la présence de Monique et de Michel ! Jacqueline m'avait demandé de ne rien dire ! Elle voulait simplement te réconcilier avec Monique !

- Eh bien pour un accommodement, le moins que l'on puisse dire, c'est que la réconciliation, n'est pas pour tout de suite ! Mathilde sourit, notre discussion s'arrête pour passer à des moments plus intimes.

Le dimanche nous nous retrouvons en famille à Colombes. Jacqueline revient sur le repas de la veille.

- Tu fais toujours la gueule ?

- Non Mathilde, m'a tout expliqué ! Dis donc il est gratiné « Mimi le facho collabo ! » Ma sœur sourit, elle a compris définitivement dans quel camp je me trouve.

- Oui je suis déçue, je ne comprends pas ! Pour lui trouver une qualité il faut bien chercher ! Si je devais choisir avec toi, il n'y a pas photo ! elle se rend compte de sa gaffe. Excuse-moi Mathilde !

- Mais il n'y a pas de mal ! Finalement ce Michel il est très bien, moi je les trouve parfaitement assortis ! Nous rions tous les trois de bon cœur.

Contrairement à la veille, nous aurions bien prolongé le repas, mais il est temps de rejoindre la gare de l'Est pour Mathilde. En l'embrassant sur le quai, je lui glisse à l'oreille : « Ne t'inquiète pas, cette fois je n'ai rien mis dans ta valise ! »

Lundi 27 janvier, ça bouge à Vichy. Les ministres du gouvernement et les hauts fonctionnaires, doivent désormais prêter fidélité au maréchal Pétain, chef de l'État français. L'acte constitutionnel adopté, renforce le dispositif juridique dont dispose le régime de Vichy pour contrôler l'administration. Ce serment, devrait bientôt concerner tous les agents de l'état.

Est-ce une relation de cause à effet. Toujours est-il que le lendemain, le Capitaine Henri Frenay*, pièce importante du 2e Bureau donne sa démission. Dans sa lettre au haut commandement, il demande sa mise en congé « pour perte de mise en confiance ». Reçu par le général Picquendar* chef d'Etat Major de l'armée de terre, ce dernier lui propose de choisir un poste qui lui conviendrait. Sa réponse va rentrer dans l'histoire et le ramène à son milieu très catholique : « Je suis dans la situation d'un prêtre qui a perdu la foi et à qui vous vous proposez de changer de Paroisse » !

Le soir vers 20h30, je monte « dans mon grenier » pour passer le message au BCRA.

J'ai à peine le temps de démonter et de regagner mon bureau que j'entends des éclats de voix en allemand venant du rez-de-chaussée. Un policier français en uniforme, débarque suivi comme son ombre par quelques Funkabwerhr (*branche radio du contre-espionnage allemand)* en armes. Le policier s'exprime le premier :

- Je suis désolé mon Lieutenant, je n'ai pas pu les arrêter ! un des allemands se montre très agressif.

- Qu'est ce que vous faites ici ?

- Je pourrais vous poser la même question, vous êtes actuellement dans mon bureau, sans avoir y été invité ! le militaire ne baisse pas d'un ton.

- Je veux dire, qu'est-ce que vous faites à une heure aussi tardive !

- Je traite du travail en retard, notamment, sur des dossiers de juifs recherchés !

- Il y'a un émetteur radio ici !

- Je vous le confirme, je vous rappelle que vous êtes actuellement dans une préfecture de police, si vous cherchez l'émetteur, il se trouve au rez-de-chaussée derrière l'accueil !

- Vous vous moquez de moi ! Je vous parle d'un autre émetteur, clandestin celui-là !

- Très bien Messieurs faites comme chez vous, fouillez ! Les soldats scrutent, la pièce et tombent sur le coffre derrière moi. Leur chef à un petit sourire de satisfaction et d'une voix calme me dit :

- Vous pouvez l'ouvrir s'il vous plaît ?

- Certainement, mais je vous interdis de fouiller, dans des dossiers confidentiels ! J'ouvre le coffre, les allemands regardent avec précaution à l'intérieur et n'y trouvent naturellement que des papiers.

[117]

- Bon que faisons‑nous maintenant ? Vous allez fouiller toute la préfecture de police ? Vous allez m'arrêter, où vous préférez que j'appelle tout de suite l'hôtel Lutetia ?

Le Feldwebel *(Sergent)* qui encadre le reste de la troupe, doit sentir qu'il est allé un peu trop loin dans ses certitudes et qu'un retour de bâton pourrait bientôt se préparer. Il m'offre un magnifique salut et tourne les talons sans rien ajouter.

Le lendemain matin, je fais un compte rendu oral au capitaine Duval de ma soirée. Nous convenons qu'il serait bon pour garder la main et profiter de la situation, d'envoyer une lettre explicative au Colonel Friedrich Rudolf*, grand ponte de l'Ahbwer sur Paris :

« Mon Colonel,

Nous sommes au regret de vous informer qu'un incident extrêmement grave s'est déroulé hier soir vers 20h45 dans les locaux de la préfecture de police de Paris. Des soldats du service Funkabwehr, se sont introduits dans nos bureaux pour effectuer une perquisition au prétexte qu'un émetteur devait s'y cacher. Un Feldwebel a même exigé de la part du lieutenant Malet, l'ouverture d'un coffre contenant des documents classés « Top Secret ».

Vous conviendrez, que ce type d'intervention parfaitement inappropriée, va totalement à l'encontre de la politique de collaboration, que nous essayons patiemment de mettre en place entre nos deux pays.

Souhaitant à l'avenir que ce type d'incident malheureux, ne se reproduise plus, nous vous prions d'agréer, Mon Colonel, l'expression de nos sentiments respectueux les plus profonds. »

La missive portant la signature du Capitaine Duval et la mienne, est expédiée directement par une estafette à l'hôtel Lutetia. La réaction ne tarde pas, dans l'après‑midi, je reçois un coup de fil de l'Hauptmann Manfred von Riegsburg.

Il me propose un rendez-vous. J'en profite pour jouer la carte « de la détente » en l'invitant à déjeuner le lendemain midi. « L'Escargot », rue Montorgueil près des halles, à dix minutes de marche de la préfecture fera parfaitement l'affaire.

CHAPITRE 9 : RÉSISTANCE DANS LA COLLABORATION.

Les halles, n'ont gardé leur ambiance d'avant-guerre qu'en apparence. Aujourd'hui les clochards, ne fouillent plus les poubelles, parce qu'il n'y a plus rien à y trouver. Nous avons parfois nos habitudes dans ce restaurant avec Duval car il présente l'avantage d'avoir une deuxième petite salle, permettant de privatiser le lieu. Je m'inquiète des goûts culinaires de von Riegsburg en particulier concernant « les gastéropodes ».

- Ne vous inquiétez pas Pierre ! vous noterez qu'il m'appelle pour la première fois par mon prénom. J'apprécie beaucoup la gastronomie française ! dans la foulée il demande la carte des vins. Un Rully fera parfaitement l'affaire avec les escargots !

- Effectivement Manfred, je vois que vous êtes un parfait connaisseur ! il sort une enveloppe de son uniforme.

- Tenez Lieutenant, un courrier du Colonel Rudolf*, vous le lirez à tête reposée ! Par ailleurs, nous vous sommes reconnaissants de ne pas avoir alerté, l'Ambassade !

- C'est tout à fait normal, l'Ahbwer reste notre interlocuteur privilégié !

- L'incident d'hier à la préfecture de Police, que nous regrettons tous, ne doit pas nous faire oublier les véritables problèmes, avec de nombreux émetteurs clandestins qui fleurissent un peu partout ! je cherche à donner le change.

- Vos appareils de radiogoniométrie, manquent de précision même s'il est impossible de nier qu'il existe probablement un émetteur dans les parages !

- Oui et ce n'est pas le seul ! Avez-vous des informations ?

- Je confirme que pour nous, il n'existe pas de réseau de résistance organisé sur Paris ! Après « tous ces radio-amateurs », ne viennent pas uniquement pour transmettre des informations, mais pour mettre en place de véritables cellules.

- Vous semblez oublier le réseau « Nemrod » !

- Non pas du tout, simplement d'Etienne d'Orves était sur Paris depuis moins d'un mois, il n'a pas dû développer grand-chose !

- Tout est relatif, nous avons arrêté une douzaine de personnes et il existe des ramifications !

- Sans doute, je vois bien avec le capitaine Duval que nous ne vous sommes pas d'une très grande utilité, sur le sujet ! Néanmoins, je vous rappelle que l'antenne du BMA parisien est constitué de trois personnes en tout et pour tout., deux officiers et une secrétaire. Outre nos missions de renseignement et la liaison que nous entretenons entre Vichy et les autorités allemandes parisiennes, la lutte contre les communistes et les réseaux gaullistes, nous devons aussi compléter un fichier sur les juifs, une mission qui n'est pas forcément de notre ressort !

- Nous ne doutons pas de votre bonne volonté et pour vous le prouvez je vais vous fournir un renseignement qui va vous intéresser ! L'Ambassade d'Allemagne va demander à Pétain de mettre fin au gouvernement Flandrin, dans le cas contraire, un terme serait mis à la Collaboration !

- Je vous remercie pour votre confiance et pour l'information que nous allons transmettre à Vichy ! Une manière de nous crédibiliser un peu plus auprès de Pétain ! Le repas arrive à son terme, nous nous quittons tous les deux satisfaits par les deux heures passées ensemble.

De retour à la préfecture, je prends connaissance avec Duval de la réponse du Colonel Rudolf. Sans vraiment présenter d'excuses le patron de l'Ahbwer, regrette l'incident en indiquant qu'il fait le nécessaire pour cela ne se reproduise plus. Il ajoute, que la collaboration ne peut que s'accentuer entre nos deux services. Nous nous regardons avec le capitaine, le sourire aux lèvres, finalement l'intervention de la Funkabwehr, fut un mal pour un bien.

Nous transmettons l'information concernant Flandrin dans l'après-midi à Vichy. La confirmation officielle, parvient le lendemain jeudi 30 janvier par l'Ambassade d'Allemagne. Il parait évidant qu'Otto Abetz, n'a toujours pas digéré l'éviction de Laval et qu'il veut le faire payer à Pétain. Pierre Etienne Flandrin, beaucoup moins collaborationniste que son prédécesseur, a vu son crédit définitivement entamé avec la création du Conseil National le 22 janvier dernier. Si sur le principe ce Conseil, n'a qu'un pouvoir consultatif, il peut être interprété dans l'esprit des allemands, comme une force d'opposition à la politique de collaboration. Pétain consulte, un nom vient à l'esprit celui de l'Amiral Darlan, plutôt bien vu des allemands. Le Maréchal veut limiter les pouvoirs, des uns et des autres. Il propose à Darlan de rencontrer Laval, pour lui proposer un poste ministériel.

La rencontre a lieu le 3 février à Paris. Laval ne veut pas d'un strapontin et donne une fin de non-recevoir à Darlan, exigeant la présidence du Conseil. Pétain naturellement ne peut pas se déjuger. Flandrin démissionne officiellement le 9 février, Philippe Pétain nomme le lendemain, François Darlan comme vice-premier ministre et ministre des Affaires de Étrangères.

Histoire de couper un peu plus l'herbe sous le pied de Laval, il intronise l'Amiral comme son successeur.

Mercredi 5 février, la Gestapo vient arrêter directement au 1 bis rue de Lutèce, siège de la Préfecture de Police le Préfet Roger Langeron*. Inutile de préciser l'émoi que cela suscite dans les bureaux. Langeron, en place depuis 1934, représente une sorte d'institution. Il a traversé tous les changements de régime sans anicroche.

La police allemande, l'a dans le collimateur depuis qu'il a protesté officiellement contre la déportation de sept commissaires de police. Mon premier réflexe, est naturellement de prévenir von Riegsburg par téléphone. Ce dernier m'indique qu'il n'est au courant de rien, confirmant ainsi l'antagonisme grandissant entre l'Ahbwer et la Gestapo.

8 jours plus tard Langeron est remplacé par Camille Marchand*, jusqu'à présent directeur de la police municipale de la Préfecture de Police. Chacun d'entre nous, pense qu'il s'agit d'un intérim, Marchand n'a visiblement pas la carrure, sa nomination se fait plus par défaut, en attendant de trouver une personnalité plus en concordance avec le poste.

Marcel Déat et Eugène Deloncle, créent à Paris le Rassemblement National et Populaire (RNP), parti fasciste, collaborationniste et antisémite. Le RNP, est de la même veine que le PPF de Jacques Doriot conçu en 1936, ou le Parti Fasciste de Jacques Bucard, pionnier en la matière, avec une existence datant de septembre 1933. Dans la foulée, l'hebdomadaire de Roger Brasillach, « Je suis Partout » interdit en juin 1940, reparaît.

Mardi 11 février, les ennuis continuent pour la résistance française. Le réseau dit « du Musée de l'Homme » vient de tomber après une opération minutieusement préparée par les SS. Un employé du musée et membre du réseau, Albert Gaveau* a trahi ses camarades.

Les allemands, ne laissent aucune chance aux membres du réseau en cernant le palais de Chaillot. À noter que ce réseau, conduit par Boris Vildé* est le plus important de la zone occupée, avec des secteurs dirigés par Maurice Duteil de la Rochère*, Paul Huet* et Germaine Tillon*. Vildé est arrêté en même temps que sa fiancée Yvonne Oddon*, Anatole Lewinsky*, Jules Andrieu*, Georges Ithier*, Léon Nordmann* René Sénéchal* et Pierre Walter*. (*Emprisonnés, gardés en otage, les hommes seront finalement jugés et fusillés au Mont Valérien le 23 février 1942. Yvonne Oddon sera internée dans le camp de Ravensbrück, avant de reprendre sa place au Musée en 1946. Albert Gaveau verra son procès se tenir en 1949.*

Parmi d'autres témoignages, nous retrouvons celui de Germaine Tillon, la cour finira par le condamner aux travaux forcés à perpétuité.)

Le lendemain, j'ai naturellement un appel téléphonique de von Riegsburg, se gaussant de notre manque de renseignements sur les réseaux de résistance Je lui fais remarquer, que Londres pas plus que Vichy ne me tiennent au courant, des agents envoyés en zone occupée. *(Historiquement prouvé, les différents réseaux ne sont pas mélangés afin d'éviter de les mettre en péril, quand l'un d'eux tombe, la plupart du temps sur dénonciation.)*

De mon côté, je continue mes émissions dans le grenier de la Préfecture, étant relativement épargné depuis l'intervention de la Funkabwerhr. Néanmoins je redouble de vigilance en séparant émission et réception, permutant fréquence et indicatif, dépersonnalisant ma manière de « pianoter ». Toutes ces précautions dont prises afin d'égarer le repérage « gonio ».

Jeudi 13 février en début de Matinée, je reçois un appel du standard, me disant que ma sœur veut me rencontrer. Je descends à l'accueil pour la retrouver :

- Bonjour, pourquoi cette visite matinale ?

- Pierre c'est très grave, il faut que je te parle ! elle a sa mine décomposée des mauvais jours, je l'entraîne en dehors du bâtiment pour rejoindre les quais de Seine.

- Qu'est ce qui se passe ?

- Écoute j'ai une collègue infirmière à l'hôpital d'Argenteuil Sarah Zimmerman, d'origine israélite qui est traquée par la police ! Il faudrait qu'elle puisse passer en zone libre ! je réfléchis un instant.

- Oui, mais pour circuler il lui faudrait des faux papiers !

- Tu peux t'en occuper !

- C'est possible, mais il me faut un peu de temps et que tu me procures deux photos d'identité la représentant !

- D'accord je m'en occupe !

- Autre chose, tu lui demandes de se mettre en maladie en attendant et tu l'as fait loger par les parents à Colombes !

- Merci petit frère ! elle m'applique deux baisers sur les joues avant de se sauver.

Avant de m'occuper des faux papiers, nous cherchons à en savoir plus sur la traque du réseau du « Musée de l'Homme ». Duval intrigué par le rôle qu'a pu jouer l'Ahbwer dans l'arrestation, suite au coup de fil pour le moins hâbleur de von Riegsburg, me demande de me rendre le lendemain en civil, chez le colonel Paul Huet*. Il réside boulevard Suchet à proximité du Musée des Colonies de la porte dorée. Le capitaine me recommande de me présenter comme étant « Grenelle ». Je m'aperçois qu'ignorant moi-même les pratiques du « Musée de l'Homme », Duval, de son côté connaît parfaitement le réseau. Huet fait partie de l'UNCC (Union Nationale des Combattants Coloniaux), il est secondé par Germaine Tillon et tient un rôle actif dans la diffusion de « La vérité française », un journal clandestin de la droite modérée.

En ce vendredi, il fait un soleil magnifique, je décide de me rendre à pied boulevard Suchet, à un quart d'heure de marche de mon domicile. L'immeuble est semblable à celui de la rue Sibuet, mais il ne contient pas de cour intérieure. L'appartement du colonel au deuxième, donne directement sur le boulevard. Après avoir pris l'ascenseur, je sonne à sa porte. Un voix un peu chevrotante me répond :

- Qu'est ce que c'est ?

- « Grenelle » ! le judas se soulève et un œil inquisiteur me regarde. J'attends le claquement des verrous que l'on débloque.

- Entrez lieutenant ! l'homme de 73 ans, en robe de chambre fait plus âgé.

- Merci mon Colonel !

- Comment va « Glacière » ? Il me reste un doigt de porto si vous voulez ? du porto à 10 heures du matin c'est peut-être un peu trop tôt.

- Non merci mon colonel, un verre d'eau me suffira ! Le capitaine va très bien, il vous salue! nous passons dans le séjour d'un deux pièces semblable au mien.

- Qu'est ce que je peux faire pour vous ?

- Nous sommes très inquiets, du rôle qu'a pu jouer l'Ahbwer dans l'arrestation du Musée de l'homme !

- Je comprends, connaissez-vous le Major Karl Bömelburg* ?

- Pas personnellement ! Je sais qu'il dirige la Gestapo sur Paris depuis le 11 rue des Saussaies !

- Oui mais pas seulement ! Le sturmbannfürher Bömelburg (*appellation réservée au Major de la SS)*, est entré au parti nazi dès 1931, il est d'abord embauché par la SA avant de rejoindre la SS et la Gestapo en 1933. Il fréquente von Ribbentrop *(ministre des Affaires Étrangères),* qui le bombarde attaché de l'Ambassade d'Allemagne à Paris en 1938.

- Il parle parfaitement le français et noue des relations avec des organisations d'extrême-droite, qu'il met en relation avec l'Ahbwer. Finalement il est expulsé du territoire en janvier 1939, par Antoine Mondanel*, l'inspecteur général de la Police Judiciaire. Il se retrouve ensuite à Prague, comme exécuteur des basses œuvres, avant de revenir sur Paris en juin dernier. Il a été promu lieutenant-colonel depuis le mois d'août.

- Je vois ! le colonel est intarissable sur le sujet.

- De plus, il est en relation étroite avec « la Carlingue » (*Gestapo française)*, de Pierre Bonny et Henri Lafont au 93 rue Lauriston ! Vous flairez, il s'infiltre partout Gestapo, SS, Ahbwer et Carlingue. Bömelburg, est craint et respecté, il peut se permettre de coordonner des services allemands qui ne peuvent pas se sentir entre eux ! C'est l'ennemi numéro 1 !

Le portrait, que m'en fait le colonel est à la fois précis et glaçant, je comprends mieux l'efficacité du coup de filet au Trocadéro. Je cherche à en savoir un peu plus sur les méthodes de renseignement des allemands.

- Pour mener une telle opération, il a bien fallu avoir des informations extrêmement précises ?

- L'Ahbwer et le Gestapo, savent très bien manipuler nos compatriotes, soit par de l'argent, soit en faisant pression sur leurs familles. Le cas d'Albert Gaveau* est bien particulier. De base, il travaille comme ouvrier mécanicien, se fait passer pour un résistant avant d'intégrer le Musée de l'Homme. Germaine Tillon m'a remis une lettre rédigée en langue « chaoui » qu'elle a pratiquée au contact des Auressiens, pendant son séjour en Algérie au sud des Aurès. Elle le décrit comme un coureur de jupons, je pense que les allemands s'en sont servi pour le retourner !

La culture et les connaissances du Colonel Huet, me font passer pour « un amateur » du renseignement. Je le remercie pour la leçon avant de prendre congé. De retour à la Préfecture, j'attends le départ de Bernadette pour faire un rapport détaillé à Duval. Nous convenons, qu'avec le développement rapide des réseaux de résistance et la traque de plus en plus systématique des allemands, bien aidé par « la Carlingue », il va falloir redoubler de prudence et de vigilance.

Me voilà en week-end, Mathilde mobilisée par l'hôpital, je décide d'aller passer un moment chez mes parents. Je n'ai pas pris le temps de me changer et j'arrive au pavillon en uniforme, sans crier gare. En ouvrant la porte, je me trouve nez à nez, devant une jeune femme brune complètement apeurée.

Toujours plongé dans mes problèmes, j'ai complètement oublié, il doit s'agir de la fameuse Sarah. Les deux mains en avant j'essaye de la rassurer :

- Ne craignez rien, je suis Pierre, le frère de Jacqueline ! la voilà un peu rassurée.

- Bonsoir Pierre, excusez-moi, mais je vous ai pris pour un policier venant m'arrêter !

- Mes parents sont absents ?

- Votre mère est partie faire des courses et votre père n'est pas encore rentré du garage ! Quant à Jacqueline, elle est de permanence à l'hôpital jusqu'à demain matin !

- Bon, mais la prochaine fois, quand vous vous retrouvez dans ce genre de situation, enfermez-vous en verrouillant les portes ! Décontractez-vous, je vais me changer, vous ne verrez plus d'uniforme ce soir ! Entre temps ma mère pénètre dans la maison.

- Ah, je vois que vous avez déjà fait connaissance ! j'embrasse Maman Greta et j'ajoute :

- Oui de manière un peu inattendue !

Sarah, s'active en débarrassant Maman de ses paquets, puis elles se dirigent toutes deux vers la cuisine. Mon père arrive peu après de fort bonne humeur, mais bientôt son visage s'assombrit en me parlant de Sarah. Il me pose la question franchement :

- Qu'est ce que tu penses d'elle ? je fais semblant de ne pas comprendre.

- Je ne sais pas, je la connais que depuis dix minutes ! il hésite un peu.

- Oui elle très agréable, mais ta sœur, nous fait prendre d'énormes risques en nous demandant de l'héberger !

[128]

- Je sais, mais c'est très provisoire, je vais faire le nécessaire pour lui trouver des papiers et la faire passer en zone libre !

La soirée n'est pas de la plus grande gaieté. J'apprends que les parents de Sarah et sa jeune sœur Rachel ont déjà été arrêtés par la Gestapo.

Aux dernières nouvelles, ils seraient transférés dans le camp de Jargeau du côté d'Orléans. Sarah ayant son propre appartement, a pu échapper à la rafle. Ma chambre étant squattée par l'invité surprise, je me rabats pour dormir dans celle de ma sœur. Jacqueline rentre de sa garde, le samedi peu après 8 heures. Les traits tirés par sa nuit, je la prends en tête à tête, avant qu'elle ne se couche :

- Papa est drôlement nerveux, avec ta copine sous son toit !

- Oui je sais, tu as avancé pour ses papiers ?

- Non pas encore, j'attendais d'avoir les photos !

- Tiens, elle me tend une pellicule non développée, j'espère que tu vas pouvoir faire avec ?

- Je t'avais demandé deux photos !

- Ben, nous n'allions pas prendre le risque de l'amener chez le photographe, j'ai fait les clichés moi-même ! Je sais que tu as le matériel pour les développer chez toi !

Je n'avais pas envisagé cette possibilité pour les photos, mais je suis bien obligé de faire avec. Je passe le samedi chez mes parents, avant de rentrer le soir rue Sibuet. Le dimanche matin, je me mets à pied d'œuvre dans la cuisine pour développer la pellicule. Je prends un maximum de précaution, pour éviter de la voiler. J'ai masqué la fenêtre pour la lumière, changé la lampe du plafond, pour monter une ampoule rouge et je procède avec des bassines pour les bains. Je n'ai plus ensuite, qu'à faire sécher au-dessus de la baignoire, place généralement attribuée à mon linge. Le résultat est satisfaisant, il ne reste plus maintenant qu'à trouver le faussaire.

J'aborde le sujet le lundi, lors de notre promenade digestive en bord de Seine avec le Capitaine Duval :

- Mon Capitaine, j'ai besoin de faire passer en zone libre, une jeune personne traquée par la Gestapo ! Pour ce faire, j'ai besoin de faux papiers !

- Le plus performant en la matière, s'appelle Michel Bernstein* !

- Comment puis je le rencontrer ?

- Il ne reçoit jamais personne et vit chez lui comme un véritable ermite ! Pour toutes nos transactions, nous passons par une librairie située au 28 rue Mazarine, dans le 6ᵉ arrondissement et tenue par son amie Monique Rollin*.

- Parfait comment puis-je m'organiser ?

- Ce soir je vais laisser un mot dans la boîte à lettres de Berstein, prévenant que vous passerez demain à la librairie. Venez vêtu en tenue civile, munissez-vous d'un exemplaire du quotidien « Le Matin » et présentez-vous comme étant « Grenelle ! »

Mardi 18 février, je décide de me rendre à la librairie par le bus, moins contrôlé que le métro par la Gestapo ou la police française. La boutique de la rue Mazarine, n'est qu'une petite échoppe discrète.

Sa façade entièrement vitrée, soutenue par quelques entretoises en bois, laisse découvrir à l'intérieur de larges étagères bourrées de livres, touchant le plafond.

Le grelot de la porte d'entrée annonce mon entrée. Une personne que je présume être Monique Rollin, discute avec une cliente. Je fais semblant de m'intéresser à un livre placé sur un pupitre. La cliente finit par sortir, je montre ostensiblement mon journal, la vendeuse m'interpelle :

- Vous êtes « Grenelle » je suppose ?

- Oui, bonjour Madame !

- Pour une carte d'identité, j'ai besoin d'un certain nombre de choses ! Outre les deux photos, une date de naissance en rapport avec l'âge de la personne, sa taille, sa couleur d'yeux ! je n'avais pas pensé à toutes ces obligations et je dois fouiller dans ma mémoire.

- Nous sommes le 18 février aujourd'hui ! tout en réfléchissant tout haut je pense que Sarah a sensiblement l'âge de ma sœur. Disons pour la date de naissance le 18 février 1919, 1m65, yeux marrons ! Madame Rollin prend des notes en même temps.

- Souhaitez-vous, un lieu de naissance, un prénom, un nom particulier à me donner ?

- Non pas franchement, du moment que ça fait « franchouillard » !

- Parfait, j'ai tout, il nous faut une semaine pour réaliser le travail, vous pouvez passer disons mercredi prochain ! simple efficace, je n'ai plus qu'à remettre à Monique, l'enveloppe avec les photos, ainsi qu'une somme d'argent liquide pour les faux frais.

Le reste de la semaine se déroule normalement, après avoir envisagé de passer le week-end à Reims, je préfère demander à Mathilde de venir sur Paris.

La promiscuité entre Sarah et mes parents se prolongeant, je pense préférable de garder un œil sur la famille. Comme à son habitude, ma chérie arrive le samedi en fin de matinée par la gare de l'Est.

- Je te trouve soucieux mon Pierrot ! je lui explique la situation.

- Mes parents, hébergent à ma demande une jeune juive, collègue de Jacqueline, je dois la faire passer prochainement en zone libre et ce n'est pas sans poser de problèmes !

Nous arrivons pour déjeuner au pavillon de Colombes, tout le monde est un peu sous tension. Après les embrassades coutumières, la question du moment arrive rapidement sur le tapis, Jacqueline lance le débat :

- Tu as des nouvelles pour les papiers de Sarah ?

- Oui, je dois les récupérer mercredi prochain ! mon père enchérit.

- Et après, comment vois-tu les choses !

- Je partirai sans doute samedi prochain par le train avec Sarah, pour lui faire passer la ligne de démarcation à Bourges ! Mathilde s'inquiète.

- Il y'a surement des risques ?

- Le risque zéro n'existe pas, après je vais prendre un maximum de précautions ! Je serai en uniforme, avec un ordre de mission bidon pour Vichy, en faisant passer Sarah pour ma secrétaire !

Mes certitudes calment le débat, le repas se veut plus détendu. Nous pouvons regagner mon domicile le soir Mathilde et moi, avec me concernant, plus de sérénité. La « Mathoche » par contre n'est pas rassurée :

- Je suis inquiète, vivement que tout ça soit fini !

- Je ne peux pas dire que cette situation m'enchante, néanmoins Jacqueline et moi, nous ne pouvions pas laisser Sarah, dans les mains de la Gestapo !

- Tu vas l'héberger, chez toi avant de partir !

- Bien sûr et je vais lui faire l'amour toute la nuit ! En attendant je vais m'exercer sur toi !

Après m'avoir bourré l'épaule de coups de poing avec un rire nerveux, Mathilde revient à de meilleurs sentiments…

[132]

Mercredi 26 février, Je retourne toujours par le bus à la librairie. La boutique avec trois clients à l'intérieur est presque encombrée. Je me glisse discrètement dans un coin, Monique Rollin m'aperçoit :

- Bonjour Monsieur, j'ai reçu votre ouvrage ! elle sort de sous un comptoir « La Chartreuse de Parme ». Proposer cet œuvre à un militaire est une forme d'ironie, ce n'est pas la dernière. Je suppose naturellement, que la carte d'identité se trouve à l'intérieur.

- Combien je vous dois Madame ?

- Trois francs cinquante ! je lui tends un billet de cinq francs, sur lequel elle me rend la monnaie. La transaction n'a pas duré cinq minutes.

- Merci Monsieur et bonne lecture !

Me voilà reparti pour rejoindre mon bus, je vais attendre d'être plus au calme pour vérifier le travail du faussaire. Nous n'avons pas fait plus de deux arrêts, que trois gardiens de la paix montent dans l'autobus :

- Bonjour Messieurs Dames, contrôle des papiers ! pendant qu'un des agents effectue la vérification, les deux autres se livrent à une fouille.

Arrive mon tour, par chance le gardien me reconnaît, il me salue :

- Vous êtes en promenade mon lieutenant ?

- Oui...enfin je reviens de chez une amie ! Il aperçoit mon bouquin.

- Stendhal, très bonne lecture !

- Oui je connais déjà, mais j'avais envie de le relire ! alors que son collègue s'approche, il lui fait signe me concernant que ce n'est pas nécessaire, et l'agent passe au passager suivant.

De retour à la préfecture, je suis seul dans le bureau, je cherche la carte d'identité dans « la Chartreuse de Parme » sans la trouver. Un instant de panique m'envahit, serait-elle tombée dans l'autobus ou ailleurs ? En examinant de plus près la deuxième de couverture, je sens une surépaisseur. À l'aide d'un coupe papier, je décolle la doublure papier de la couverture pour y trouver le précieux sésame.

Je découvre la nouvelle identité de Sarah Zimmermann, Sylvie Sachy née à Paris. La copie est parfaite, par contre je ne sais que penser des initiales choisies SS accolé au nom de Sachy. Faut-il prendre le patronyme, au premier ou au deuxième degré...

CHAPITRE 10 : PASSAGE EN ZONE LIBRE.

Me voilà prêt à taper à la machine, mon pseudo ordre de mission pour Vichy. Une tâche normalement attribuée à Bernadette. Néanmoins comme Duval et moi avons toujours autant confiance en elle, je préfère le faire moi-même. Moins de questions se poseront sur le passé ou le présent de « Sylvie Sachy », plus nous serons en sécurité.

Le texte définitif, porte les noms du Lieutenant Pierre Malet et de Mademoiselle Sylvie Sachy. Après l'estampillage des cachets de la Préfecture de Police et de l'État français, le capitaine Duval n'a plus qu'à porter son paraphe sur le document. Une fois la partie administrative bouclée, reste à mettre au point toute la logistique. Le point le plus délicat, sera notre arrivée à Bourges avec le Cher, pour frontière naturelle au passage de la ligne de démarcation. Nous devons retrouver le passeur à la gare, alors que nous sommes censés regagner Vichy. Il faut trouver un prétexte crédible, pour sortir de la station.

J'imagine déjà le stratagème. « Sylvie » simulera un malaise à l'arrivée du train, afin de pouvoir être évacuée dans un local de la gare. Le passeur déguisé en infirmier et accompagné d'une autre personne, viendra la chercher. Le jeudi soir, je passe toutes ces instructions par radiographie chiffrée à notre contact en zone libre. Je reçois l'accusé de réception, tout est mis en place, il n'y a plus qu'à croiser les doigts, pour que l'opération se déroule suivant le plan prévu.

Vendredi dernier jour du mois, je n'ai pas vraiment la tête au travail. De mauvaises nouvelles arrivent de Vichy, concernant nos colonies en Asie. Depuis quelques jours le gouvernement japonais, menace d'intervenir par la force sur un conflit frontalier.

L'ultimatum vient d'expirer, faute de moyens militaires suffisants, la France ne peut pas s'interposer entre l'Indochine et la Thaïlande. Le gouvernement se plie aux exigences nippones, confirmant son accord de céder à la Thaïlande, le territoire du Laos à l'Ouest du Mékong et une parcelle importante au nord-ouest du Cambodge. La pression du Japon n'est pas neutre, il s'agit d'implanter des bases militaires, dans le Sud indonésien et en Thaïlande, afin d'établir un peu plus son emprise sur tout le continent asiatique.

Avec l'accord de Duval, je quitte le bureau à 16 heures. Toujours aussi désagréable Bernadette me demande si « Je prends mon après-midi ? » Je laisse échapper que dans l'Armée, il y a des comptes à rendre, mais seulement à ses supérieurs. J'ajoute que bientôt ce sera au tour des fonctionnaires. Son sourire figé se transforme en rictus, n'arrangeant en rien « sa beauté ».

Le soir, je suis chez mes parents « pour la veillée d'arme ». Je remets à Sarah sa nouvelle identité. Elle détaille le document :

- Ah bon je suis née 18 février 1919 ! En fait, je fais plus jeune que mon âge de presque deux ans !

La remarque, a au moins le mérite de détendre l'atmosphère, néanmoins je préfère la mettre en garde.

- Sarah n'existe plus, il faut que tu t'habitues, tu es Sylvie Sachy, tu dois connaître par cœur, la nouvelle date, ton lieu de naissance, et tout ira bien !

Après notre dîner, je demande à « Sylvie » de préparer sa valise avec le strict nécessaire. Les adieux sont un peu longs. Mon père qui d'habitude, cache bien ses émotions à le regard embué. Une dernière bise à maman Greta, puis les deux infirmières sont dans les bras l'une et l'autre, pour une longue étreinte. Jacqueline lui glisse des mots à l'oreille, Sarah fait oui de la tête.

Nous voilà rue Sibuet, je passe devant la loge de la concierge qui me regarde derrière son rideau, « d'un air entre deux airs ». Elle a dû remarquer que je ne rentrais pas avec Mathilde, la bignole n'a pas fini de cancaner. Arrivé à l'appartement, je passe les dernières consignes. Dans le train, nous échangerons un minimum avec un vouvoiement obligatoire. J'ai pris soin, de prendre dans une serviette des papiers sans importance. Je les lui ferai lire et corriger dans le train, pour rajouter de la crédibilité à nos personnages, l'officier avec sa secrétaire.

Puis vient l'heure de l'extinction des feux. J'ai complètement oublié de prendre un vieux matelas chez mes parents. Sarah pose la question :

- Comment nous organisons- nous pour dormir ? je ne peux retenir un fou rire en pensant à la remarque que j'ai faite à Mathilde la semaine précédente : « Nous allons faire l'amour toute la nuit ! »

- Excuse-moi, une idée m'a traversé l'esprit ! puis je reprends mon sérieux. Ne t'inquiète pas, je vais prendre une couverture et aller dormir dans le séjour !

- Nous pouvons faire le contraire si tu veux ? je souris

- Non non pas du tout, tu gardes le lit ! vous voyez je suis doublement déçu, non seulement « mon charme naturel » ne marche pas à tous les coups, mais en plus je vais avoir le dos cassé.

Samedi 1ᵉʳ mars, après une mauvaise nuit, je me réveille avec des douleurs musculaires et articulaires. Il est temps de nous préparer. Sylvie et moi, nous n'échangeons pas beaucoup, concentrés chacun sur notre rôle. L'administration fait bien les choses nous avons des billets de première. Sur les six places disponibles dans le compartiment, deux seulement sont occupées. Un homme âgé et une dame plutôt bien mise, la quarantaine, sont assis près du couloir. Nous prenons place en vis-à-vis côté fenêtre.

Le premier contrôle, se déroule après notre arrêt en gare d'Orléans. Le contrôleur est escorté par deux hommes en civil, portant cuir noir, avec le brassard rouge à croix gammée. La Gestapo a remplacé la Feldgendarmerie. Nous commençons notre numéro avec Sylvie. Je descends mon porte-document, et je tends les papiers « à ma secrétaire ».

- Vous pouvez me relire Mademoiselle Sachy !

- Oui mon lieutenant ! l'employé poinçonne les billets, pendant qu'un premier policier contrôle les identités des deux autres personnes, l'autre vient vers nous.

- Irhe Ausweis bitte ! nous sortons nos papiers et je lui présente mon ordre de mission.

Le deuxième policier attire alors l'attention du premier sur la dame, en lui montrant un document. Nous récupérons nos papiers, pendant ce temps les agents attirent la femme en dehors du compartiment. Je fais signe non de la tête à Sylvie, pour qu'elle évite la moindre réaction.

Nous nous regardons avec le vieil homme, sans rien dire. Néanmoins, je perçois une voix féminine s'exprimer en allemand, sans pouvoir en saisir le sens.

La dame, revient dix minutes plus tard, comme si rien ne s'était passé. Puis elle cherche à engager la conversation, demande à Sylvie qu'elle est son rôle et sa destination. Ma secrétaire s'en sort au mieux, néanmoins pour interrompre la conversation, je lui indique que je vais fumer une cigarette dans le couloir. Sylvie, comprend le message et fait signe qu'elle se rend aux toilettes. De retour, j'échange quelques mots elle, avant de reprendre nos places :

- Je n'aime pas du tout cette bonne femme, je vais faire le nécessaire pour interrompre cet entretien ! elle cherche de nouveau à en savoir plus.

- Ou en étions-nous restés ? je m'interpose.

- Et vous chère Madame, vous ne nous avez pas encore parler de vous ! Qu'est-ce que vous faites dans la vie ? ma question, semble la prendre de court. Elle réfléchit quelques secondes.

- Je m'appelle Rose Delbart, je suis modiste à Paris ! je ne suis pas vraiment convaincu, je continue en la saoulant de questions.

- Dites-moi avec les restrictions en ce moment, vous devez avoir de la difficulté à trouver de la matière première, du tissu, du fil ?

Sarah, comprend mon manège et enchaîne en parlant chiffon. Finalement, au bout d'un moment la conversation s'éteint d'elle-même. Nous approchons de Bourges, Sylvie va devoir jouer sa grande scène. Dès l'entrée en gare, elle simule un malaise de femme enceinte.

- Mon lieutenant, je ne me sens pas bien ! elle semble tourner de l'œil, je lui tapote la joue.

- Sylvie qu'est ce qui se passe ?

Elle ne réagit pas, quelle actrice, c'est autre chose qu'Orane Demazis* dans Marius ! Suivant le scénario établi, je décide de la faire descendre du train aidé par un contrôleur. Rose Delbart prend la décision de s'en mêler :

- Je vous accompagne !

- Si vous voulez vous rendre utile, prenez donc nos bagages !

Nous voilà sur le quai, avec la Rose aux fesses équipée de ma sacoche et de la valise de Sylvie. Les faux infirmiers nous ont déjà repérés mais pour l'instant, nous devons franchir une rangée de Feldgendarmes accompagnés de bergers allemands peu engageants. Un Unteroffizier (*caporal*) m'interpelle :

- Ihre Papiere raus ! (*Présentez vos papiers !*) je profite de mon statut d'officier et de la discipline allemande.

- Si vous voulez nos papiers, il va falloir, nous accompagner à l'infirmerie de la gare !

Je ne suis pas sûr que le soldat comprenne tout mon français, néanmoins il nous accompagne escorté par un de ses collègues. Dans le même temps, je sens le souffle de Rose de plus en plus saccadé, perdant du terrain. Nous sommes au service médical de la gare. L'infirmière présente, examine Sylvie qui voyant la scène « reprend doucement ses esprits » :

- Êtes-vous enceinte ?

- Non je ne crois pas ! nos deux faux brancardiers arrivent sur cet entre fait. L'infirmière dit :

- Je ne vois pas, où est le problème, son pouls bat normalement ! pour monter ma bonne volonté aux militaires je sors nos papiers et alors qu'ils les examinent, « la mère Rose » en profite pour essayer de farfouiller dans mon porte document. L'un des soldats s'en aperçoit.

- Sie Kennen diese Person ? (*Connaissez-vous cette personne ?*) Je me lance en allemand.

- Nicht wirklich ! (*Pas vraiment !*) le feldgendarme, lui arrache la sacoche des mains et me la tend.

Du coup la « mère Delbart » devient le principal centre d'intérêt, et la suspecte numéro1, des Feldgendarmes. Dans la confusion je récupère nos papiers, les brancardiers indiquent à l'infirmière, qu'ils accompagnent Sylvie à l'hôpital pour un contrôle médical plus poussé.

Nous voilà partis pendant que Rose s'explique toujours avec les allemands. Les résistants ont bien fait les choses, ils nous embarquent dans un break Peugeot 202 ambulance. Je monte à côté du chauffeur, qui me branche sur « l'inconnue du train ».

- Qui est cette personne, que les soldats interrogeaient ?

- Franchement je n'en sais rien ! Je vais mener mon enquête en rentrant sur Paris et au besoin, je reviendrai vers vous ! nous descendons vers le sud en empruntant la D 2151. Où allons-nous ?

- Non loin de Morthomiers à une douzaine de kilomètres ! Le village a la particularité d'être coupé par la ligne de démarcation !

Noua empruntons un chemin forestier, menant à une sorte de maison de bûcherons. Une fois sur place, nous sommes invités à pénétrer rapidement dans la maisonnette, pendant que l'ambulance se gare à l'abri des regards indiscrets. Le second ambulancier n'est autre que le passeur :

- Mon lieutenant, je ne voudrais pas vous presser, mais il va falloir faire rapidement vos adieux « à la petite demoiselle », il n'est pas bon de traîner trop longtemps dans les secteurs à cause des patrouilles !

Sylvie, n'arrête pas de me complimenter, je lui fais remarquer qu'il sera toujours temps de me remercier, quand elle sera en zone libre. Je repars seul avec le chauffeur direction Bourges, lisant mon inquiétude il me rassure :

Ne vous en faites pas, « Solo », à l'habitude de faire passer la ligne, il n'y aura pas d'anicroche !

- « Solo » ?

- Oui c'est son nom de code, choisi parce qu'il travaille toujours en solitaire ! Le passage se fera cette nuit !

- Je ne pense pas avoir de train pour rentrer ce soir ! Pouvez-vous me trouver un hôtel pour la nuit ?

- Vous êtes sûr ? Par prudence, vous ne préférez pas coucher chez l'habitant ?

- Non mon uniforme me protège, j'ai un Ausweis et un ordre de mission en règle, tout ira bien ! Mon chauffeur me dépose au « Cèdre Bleu ».

- J'ai choisi cet établissement parce qu'il est discret ! nous partageons une poignée de main, en nous promettant de rester en contact par radio.

CHAPITRE 11 : DANS LES GRIFFES DE LA GESTAPO

L'hôtel est une maison bourgeoise, construite à la fin du 19ᵉ siècle sur le parc de l'Abbaye Bénédictine. Le jardin au dos de l'établissement, comporte un kiosque à musique, rendant l'endroit charmant et reposant.

Le propriétaire ne dispose à l'étage que de quatre chambres toutes inoccupées. J'ai donc l'embarras du choix et j'opte pour une des deux donnant sur le jardin. Je ne suis installé que depuis une petite heure, quand j'entends tambouriner à la porte de ma chambre. Deux silhouettes chapeaux mous, manteaux de cuir noirs, font irruption, sans que je ne puisse esquisser le moindre geste.

- Ihre Papiere raus ! (*Présentez vos papiers* !) je sors tout l'attirail, carte d'identité, Ausweis et ordre de mission. Les deux hommes épluchent attentivement le tout.

- Ich habe den befehl hier bei mir, der bericht erwähnt dass sie sich zweï ! (S*ur votre ordre de mission, il est indiqué que vous devez être deux !)* je lui fais signe de la tête que je ne comprends pas.

Je suis embarqué séance tenante pour la rue Michel de Bourges, siège de la Gestapo et présenté au « Scharfürer » (*Sergent-Chef SS)* Schultz*. Son physique n'a rien d'engageant, une tête à jouer « les méchants » dans un film, monté sur un corps de nabot. Ses cheveux gris font ton sur ton avec son uniforme. Comme il parle un très mauvais français, il s'est adjoint un traducteur.

Je lui explique qui je suis, officier du 2ᵉ bureau en mission, je reçois pour toute réponse une gifle dans la figure. Il sort ensuite un Luger de son étui, dont il me menace, puis il débite une longue phrase en allemand. Le traducteur me demande où est la fille qui m'accompagnait ? Je lui confirme qu'elle était malade et a été évacuée sur l'hôpital de Bourges. Il me demande de préciser, l'Hôpital Général, l'Hôpital Saint Julien ou l'Hôtel Dieu ? Je lui réponds que je n'en sais rien, je n'étais pas dans l'ambulance pendant son transport et je reçois une deuxième baffe. Je crois comprendre qu'ils vont vérifier. Dans la pièce voisine, une femme, s'exprime à la fois en français et en allemand, je pense reconnaître le timbre de voix de Rose Delbart.

En attendant je suis transféré à la prison du Bordiot, qui surplombe la voie de chemin de Fer. Je suis plongé à l'isolement dans une cellule, jusqu'au dimanche matin. Je commence à regretter sérieusement la proposition faite la veille, de me faire coucher chez l'habitant. En réfléchissant bien, je ne vois que l'hôtelier pour avoir prévenu la Gestapo. Un frère franciscain, vient m'apporter un peu de nourriture le lendemain matin. Il s'appelle Alfred Stanke* (*Immortalisé par le film de Claude Autant Lara le « Franciscain de Bourges » d'après l'œuvre de Marc Tolédano.*) D'origine polonaise, Alfred de son vrai nom Stanisewski, a été germanisé. Affecté comme surveillant infirmier à la prison dès juillet 1940, il semble garder une certaine empathie pour les détenus.

Comme je me méfie, je lui ressers la même version que celle présentée à Schultz la veille. Il m'écoute et me demande ce qu'il peut faire pour moi. N'ayant plus rien à perdre, je lui donne le numéro de la Préfecture de Police, en lui demandant de joindre dès lundi à la première heure le capitaine Duval, pour lui faire part de ma situation. Je n'ai plus qu'à ronger mon frein pendant toute la journée de dimanche.

Lundi 3 mars, je me retrouve de nouveau au 12 rue Michel de Bourges dès 9 heures. Schultz* commence à me hurler dessus en m'injuriant. L'interprète traduit :

- Aucune Sylvie Sachy, n'a été admise dans les Hôpitaux sur Bourges, dans les dernières 48 heures ! je réponds en jouant l'innocence.

- Ah bon, sans doute un oubli d'enregistrement sur les registres ! Pour toute réponse je reçois des coups de badine, me cinglant le visage.

Le téléphone sonne, le traducteur décroche et passe rapidement le combiné à Schultz. Nouvelle crise d'hystérie du Scharfürer. Il raccroche brutalement et passe ses nerfs, à grands coups de cravache sur son bureau. Puis il ouvre la porte, appelle deux soldats, qui me ramènent bientôt en cellule à Bordiot.

Le frère Alfred, m'apporte son réconfort, dans un premier temps en nettoyant les plaies tuméfiées de mon visage, puis un peu plus tard en évoquant mon devenir. Il est prévu de me transférer, le lendemain par le train à la Gestapo de Paris. Je lui demande une dernière faveur, à savoir de bien vouloir prévenir Duval de mon rapatriement. Il accepte sans sourciller.

Mardi 4 mars, menotté et, escorté par deux hommes, nous nous rendons à pied à la gare de Bourges, séparée de moins de dix minutes de la prison. Dans le train, nous avons droit à un compartiment individuel.

Une fois installé, je demande que l'on me retire mes menottes. J'essuie un premier refus et j'ai beau insister, en donnant « ma parole d'officier » que je ne vais pas chercher à m'évader, les deux cerbères, refusent ostensiblement. Pendant le trajet, j'ai tout le temps de refaire le point. Dans la version optimiste, je me dis que mon traitement à Paris ne peut pas être pire, que celui que l'on m'a infligé à Bourges. Schultz a dû céder à la pression en haut lieu, je ne suis pas persuadé qu'il ait digéré, le camouflet infligé par la Gestapo parisienne. J'espère simplement que frère Alfred, a réussi à joindre Duval, pour que le capitaine fasse jouer nos relations, auprès de l'Ambassade d'Allemagne et « chez nos amis » de l'Ahbwer.

Le train, entre en gare d'Austerlitz sous un soleil printanier. Un présage peut-être, afin que ma journée ne se transforme en Waterloo. Une voiture nous attend, pour nous conduire dans le 8ᵉ au 11 rue des Saussaies. J'ai le privilège, si l'on peut dire, d'être reçu par le capitaine SS Doering*numéro 3 de la Gestapo parisienne, derrière Karl Bömelburg* et Hans Kieffer*. Le début de l'entretien est plutôt courtois, on me retire mes pinces pour la première fois depuis Bourges, le capitaine s'exprime d'officier à officier :

- Lieutenant, nous n'avons retrouvé nulle part, de trace de Sylvie Sachy ! Que ce soit physiquement ou administrativement !

- Mon capitaine, administrativement je peux vous répondre, il s'agit d'une jeune secrétaire que nous avons embauchée dernièrement ! Notre voyage sur Vichy était fait pour la familiariser à nos procédures administratives !

- Oui, mais depuis, elle a totalement disparu !

- D'un autre côté, on ne peut pas lui en vouloir, vu le traitement, que j'ai subi à Bourges ! Doering esquisse un sourire.

- Comment vous expliquez, que nous n'ayons aucune info sur elle ?

- Primo, Sylvie Sachy n'a pas assez d'ancienneté ! Si je prends l'exemple de Bernadette Bourdet à la préfecture, vous savez tout sur elle, parce qu'elle fait partie des meubles ! Secundo, est ce que vous pensez, que nous avons la liste complète de vos « Wehrmachtshelferinnen » (*auxiliaires féminines de l'armée allemande).*

Avant qu'il ne me réponde, quelqu'un frappe et entre en même temps dans le bureau. Il s'agit de Manfred von Riegsburg :

- Guten Morgen Haupsturmfhürer, sorgen sie leutnant Malet ! (*Bonjour capitaine, veuillez libérer le lieutenant Malet !)* von Riegsburg tend une lettre, Doering l'ouvre, je crois reconnaître une entête de l'Ambassade d'Allemagne. Le SS bredouille :

- Ich bin noch nicht mit der verhör ! *(Je n'ai pas fini mon interrogatoire !)* von Riegsburg découvre mes plaies au visage.

- Deswegen schlugen sie ihn ? *(Vous l'avez tabassé pour ça ?)* Doering se défend¨ :

- Nein, er in den staaten aufgetaucht ist ! *(Non, il est arrivé dans cet état !)* la tension monte, von Riegsburg fait mine de décrocher le téléphone.

- Was möchten der Botschaft anrufen ? *(Vous préférez que j'appelle l'ambassade ?)* Doering finit par céder.

- Nein ich kann ja selber, kann bringen ! *(Mais non c'est inutile, vous pouvez l'emmener !)*

Nous sortons du siège de la Gestapo, sans demander notre reste, von Riegsburg m'ouvre la portière de sa Mercedes :

- Dans quel état vous êtes ! effectivement je suis cabossé, crasseux et le reste de mon uniforme est partiellement en guenille. Je vous ramène à votre domicile ?

- Non Manfred, merci pour tout ce que vous avez fait, je préfère passer d'abord à la préfecture, pour les rassurer !

- Comme vous voudrez !

Une fois sur place, von Riegsburg est toujours aux petits soins pour moi. Il m'ouvre les portes, sous le regard horrifié et médusé des personnes que nous croisons. Je me laisse tomber sur une chaise en arrivant au bureau. Pendant que Bernadette se montre pour une fois avenante, en m'apportant une tasse de thé, Duval échange quelques paroles à voix feutrée avec von Riegsburg. Une dernière poignée de main entre les deux officiers, et le capitaine se tourne vers moi :

- C'est incroyable Pierre, comment ont-ils osé ? À sa mine déconfite, je crois faire plus peur que je ne l'imagine.

- Maurice, nous ne sommes à l'abri de rien ni de personne ! Il va falloir redoubler de prudence !

[147]

- Je vais vous faire raccompagner à votre domicile en voiture ! Prenez quelques jours de repos pour récupérer !

- Non juste la journée de demain suffira ! J'ai encore quelques points à éclaircir, sur les raisons de mon incarcération !

De retour chez moi, je me déshabille pour me glisser sous la douche. Une fois sorti de la baignoire, je suis effrayé par ma tête devant la glace. Je n'aspire qu'à une chose, me coucher pour dormir. Je ne suis réveillé que le lendemain matin, sur le coup de 9 heures par le téléphone. Mathilde affolée, tout comme Jacqueline, cherche à avoir de mes nouvelles depuis 48 heures. Elle vient d'apprendre mon aventure par la préfecture de la bouche de Bernadette et s'exprime avec difficulté, sous le coup de l'émotion. J'essaye de la rassurer en lui disant que tout est fini maintenant :

- Pierre, j'ai encore quelques jours de vacances à prendre ! Je vais les poser et je te rejoins au plus vite !

- Merci mon cœur à bientôt !

Je n'ai plus qu'à me recoucher. Combien de temps ai-je dormi, je ne sais pas, toujours est-il que je suis frais et dispo pour retourner travailler. Je n'ai qu'une obsession tout savoir sur cette Rose Delbart. J'apprends rapidement, qu'il n'existe aucune modiste sur Paris portant ce nom. Je contacte nos services à Vichy, pour qu'ils mènent une enquête de leur côté.

Le lendemain, le 2e bureau me fait un retour. Rose Delbart s'appelle en réalité Rosie Sidemann, née le 2 avril 1900 à Colmar, d'un père allemand et d'une mère alsacienne. Elle réside à Moulins le BMA, la soupçonne de travailler pour les allemands et la tient sous étroite surveillance. Ma conviction est faite, il faut l'éliminer. Je décide de contacter le réseau « Kleber *», formé d'anciens membres du 2e et du 5e bureau, remerciés en 1940, pour ne pas être assez proches des allemands et de la politique de Vichy. Les membres du réseau, devraient lui faire une proposition, qu'elle ne pourra pas refuser…

Nous sommes le vendredi 7 mars, à ma grande surprise, Jacqueline et Mathilde, viennent me rendre visite au bureau vers 16 heures.

Je porte, encore les stigmates de mon traitement par la Gestapo sur le visage. Les deux filles décident de le jouer sur le ton de la plaisanterie, en commençant par ma sœur :

- Tu as fait 15 rounds contre Max Schmeling ? (*Boxeur allemand, champion du Monde des poids lourds au début des années 30*). Mathilde renchérit.

- Ah moi, je trouve que cela lui donne un petit côté viril !

- Je te remercie, je ne pensais pas avoir besoin de ça !

Puis c'est Manfred von Riegsburg, qui s'invite pour prendre de mes nouvelles. L'officier allemand nous la joue grand seigneur, en voyant les deux filles :

- Vous ne faites pas les présentations Pierre ?

- Ma sœur Jacqueline la blonde, et mon amie Mathilde, la brune.

Il sourit poliment à Mathilde, et semble absolument subjugué par ma sœur. Il retire sa casquette :

- Graf (*comte*) Manfred Von Riegsburg ! le tout accompagné d'un baise main et d'un claquement de botte à faire pâlir d'envie Erich von Strohcim « dans la Grande Illusion » (*film de Jean Renoir*).

Puis il enchaîne, en vantant la vie autrichienne, sa capitale Vienne, son château en Styrie. Bref, il cherche à en mettre plein la vue à Jacqueline. Dans le même temps, Mathilde et moi conversons de notre côté. Jacqueline répond poliment, sur son métier, qui lui laisse peu de loisirs, voyant visiblement que le « Graf » cherche à prolonger cette première rencontre. Au bout d'un moment Manfred, comprend qu'il n'aura pas gain de cause, du moins aujourd'hui et il présente ses hommages. :

- Pierre, je suis heureux de vous compter de nouveau parmi nous ! Mathilde cette fois à droit à un baise main, plus accentué que celui adressé à ma sœur.

- Chère Jacqueline, ce fut un réel plaisir, j'espère que nous aurons l'occasion de nous revoir très bientôt !

Une fois partie, les deux filles éclatent de rire, je modère leurs joies :

- Jacqueline, merci de te montrer agréable avec lui, si tu as l'occasion de le revoir ! Je te rappelle qu'il m'a sorti des griffes de la Gestapo et par conséquent il vaut mieux l'avoir en allié qu'en ennemi ! Jacqueline sourit

- D'autant, qu'il est plutôt beau garçon ! Tu ne trouves pas Mathilde ? le duo des deux chipies continue.

La semaine est terminée, Jacqueline rentre par le train à Colombes, pendant que Mathilde et moi retrouvons mon domicile rue Sibuet. Nous avons tous prévu de nous retrouver demain samedi, pour un repas familial concocté par « Maman Greta ».

La conversation du lendemain au déjeuner tourne autour de Mathilde. Mon père et ma mère cherchent à en connaître plus sur son existence. Ses parents en exil à Carmaux, les larmes commencent à venir, avant qu'elle n'éclate en sanglots en évoquant ses frères. Jacqueline prend la situation en main :

- Dit donc, Pierre c'est le moment de faire jouer tes relations avec von Riegsburg ! J'ai lu dans la presse que quelques centaines de prisonniers de guerre ont été rapatriées, en fonction de leurs situations, des chargés de famille, des exploitants agricoles, ou pour des raisons médicales ! Tu dois pouvoir faire quelque chose pour Sylvain ! je réfléchis un instant.

- Oui pourquoi pas ! Je peux toujours appâter von Riegsburg « à la Jacqueline » ! Mathilde en rigole, mais parents s'interrogent et ma sœur le prend au premier degré.

- Crétin ! le reste du week-end se déroule dans la bonne humeur.

Comme mademoiselle Seigneur, est en vacances en ce début de semaine, je décide de monter une stratégie pour attirer von Riegsburg. Je l'appelle le lundi matin à l'Hôtel Lutétia.

- Manfred bonjour, Pierre à l'appareil, notre repas à « l'Escargot » de l'autre jour était bien sympathique, que diriez-vous si nous remettions le couvert demain ?

- Oui, avec plaisir, mais ça manquait de présence féminine !

- Ne vous inquiétez pas, demain je viens accompagné !

J'ai réservé une table pour trois, Mathilde et moi arrivons les premiers. Von Riegsburg, essaye de cacher tant bien que mal sa déception en pensant que je viendrais avec Jacqueline. Néanmoins, il reste fairplay et affable :

- Votre sœur, va-t-elle bien Pierre ?

- Fort bien elle vous salue ! Elle n'a pas pu venir à cause de son travail ! Nous avons un gros service à vous demander !

Mathilde, lui explique la situation de Sylvain, son incarcération au stalag XIII B de Wessel, en Rhénanie du Nord Westphalie. Sans en rajouter, je la trouve particulièrement touchante. Von Riegsburg marque le coup, il prend un carnet et note :

- Très bien, je vais voir ce que je que je peux faire ! une idée saugrenue me traverse l'esprit.

- Si vous voulez faire plaisir à Jacqueline, vous pouvez également vous occuper de Marcel Marchal un ami d'enfance de ma sœur (*en fait son ex fiancé*) ! Il est détenu au XII D de Trèves ! pour le coup, la motivation « du Graf » redouble.

- Je fais le nécessaire et je vous recontacte dès que possible !

À la sortie, Mathilde me prend à la taille et me serre :

- Tu crois que je vais revoir Sylvain bientôt ?

- Oui mon cœur, j'en suis sûr !

[151]

Dans la semaine, lors d'un de mes contacts radio avec le réseau Kléber*, je reçois le message laconique suivant : « Infirmière bien arrivée et opérationnelle, par contre « La Rose » s'est fanée définitivement...

CHAPITRE 12 : JEU DE RÔLE.

Deux semaines se sont écoulées, depuis notre déjeuner avec von Riegsburg. La libération de Sylvain Seigneur, devient effective, le Graf a tenu parole. Je suis invité le week-end suivant à Reims, pour faire sa connaissance.

Je me rends directement en voiture à l'ancienne ferme du Thillois. Je n'ai jamais vu Mathilde dans un pareil état d'excitation.

- Bonjour mon chéri, je te présente mon petit frère Sylvain !

Je reste sans voix, tant la ressemblance avec sa sœur est stupéfiante. Visage identique, même cheveux bruns bouclés. Il est certes plus grand, sans atteindre toutefois un mètre soixante-dix. Sylvain, pourrait être le jumeau que Mathilde a perdu à sa naissance. Il me fait une accolade en ajoutant : « Pierre merci pour tout ! » Son regard, dégage la timidité que j'ai connue chez sa sœur, lors de notre première rencontre. Je sens ses côtes apparentes. Je suppose qu'en temps normal, il ne doit pas être très épais, néanmoins « le régime stalag » ne l'a pas arrangé.

Toujours aussi exubérante, Mathilde me fait un topo du week-end. Marie Thérèse doit nous rejoindre en fin de matinée, pour un repas à « l'Auberge de la Garenne », Puis le lendemain c'est elle qui nous invite, dans son appartement de Reims.

Nous nous retrouvons dans le petit salon particulier du restaurant, que j'avais partagé avec Mathilde la première fois. La « Mathoche » et l'antillaise monopolisent la parole, nous échangeons de temps en temps un œil complice avec Sylvain. Comme la dernière fois le tenancier ne nous présente pas l'addition, mais cette fois j'insiste pour payer.

Le dimanche, à quatre dans l'appartement plutôt « cocooning » de Marie Thérèse, il n'y a pas de quoi organiser une Garden Party. Nous avons droit à un repas exotique revisité compte tenu de l'approvisionnement. Des acras servent d'entrée, mais je n'ose pas demander quelle viande compose le Colombo. Sylvain reste la principale attraction, il a prévu de reprendre rapidement son métier d'ébéniste. Marie Thérèse, le considère comme son demi-frère, et la complicité avec sa sœur, semble encore plus étroite que celle que je partage avec Jacqueline.

Le week-end, champenois terminé, je dois me replonger dans la réalité parisienne. Je passe un coup de fil à von Riegsburg, pour le remercier de la libération de Sylvain, il m'indique que celle de Marcel Marchal suit. J'avais complètement oublié ma demande un peu folle, il va falloir que je prépare Jacqueline. Si j'ai réussi à combler Mathilde avec le retour de Sylvain, je ne suis pas certain que cette nouvelle, trouve le même impact sur ma sœur concernant Marcel. Je passe au pavillon de Colombes pour la préparer, j'aurais pu choisir une autre date que le 1er avril… :

- Jacqueline, von Riegsburg fait les choses bien, après la libération de Sylvain, il s'occupe de celle de Marcel ! ma sœur me scrute d'un regard interrogatif.

- Ah ! …Écoute Pierre, je suis bien contente pour lui, mais il ne faut pas qu'il se fasse d'illusion, tout est fini entre nous !

- Vous vous êtes écrit, pendant sa captivité ?

- Oui de temps en temps, lui plus souvent qu'à mon tour !

- Dans tes lettres, que lui disais tu ?

- Des banalités, j'ai essayé de lui faire comprendre… !

- Oui sauf que maintenant, il va falloir que tu sois un peu plus formelle !

- Oh ne t'inquiète pas, j'assume ! Je vais lui dire de vive voix ! sa détermination, ne laisse pas de place au doute.

-   Bon, mais il faudra quand même que tu y mettes les formes !
    Il sort de dix mois de détention !

J'ai beau ne pas avoir spécialement d'atomes crochus, avec Marcel, j'imagine sa situation. La défaite de juin, l'emprisonnement, et pour couronner le tout la rupture, la situation devient difficile pour un seul homme. Nous commettons tous les deux l'imprudence de ne pas prévenir les parents. Par conséquent, Maman, l'invite à la maison pour le déjeuner dominical. Apprenant la chose, je prends Jacqueline entre quatre yeux, pour éviter le clash en plein repas.

Marcel amaigri, parait totalement étranger, à sa nouvelle situation sentimentale. Il part dans des diatribes sans queue ni tête. Négligeant totalement l'occupation, il fait des projets d'avenir parfaitement surréalistes. Le « Cécel », chasse ses vieux démons, dans une sorte de fuite en avant. Dans le même temps, Jacqueline ne pipe pas le moindre mot. Néanmoins, je vois à son regard sombre des mauvais jours, que l'implosion n'est pas loin.

La rupture se produit dans l'après-midi. Pendant que je discute avec mes parents sur le canapé du salon. Nous entendons des éclats de voix venant de la terrasse. Les paroles sont dures. Je ne saisis que quelques brides de la conversation, par contre les derniers mots de Marcel, pénétrant dans la maison, sont d'une violence inouïe :

-   Tu vas me le payer très cher Jacqueline !

Il prend ensuite son manteau, un regard plein de haine, tout en nous ignorant, avant de claquer la porte d'entrée. Quelques secondes plus tard Jacqueline franchit le palier, pour se précipiter en pleurs dans sa chambre. Mes parents me fixent d'un regard incrédule :

-   Ne bougez pas je m'en occupe !

Quand je pénètre dans la pièce, ma sœur couchée sur son lit, la tête enfouie sous un oreiller, cherche à étouffer des convulsions. Je la prends dans mes bras.

- Pierre, il a été horrible, il m'a dit des horreurs, j'ai cru à un moment qu'il allait me frapper ! le tout, articulé difficilement entre deux spasmes.

- C'est fini, je pense qu'il ne s'y attendait pas ! Ses mots ont dépassé sa pensée !

- Je suis certaine qu'il est capable de faire un mauvais coup !

- Pour plus de sécurité, je vais faire le nécessaire, afin qu'il ne t'approche plus !

Jacqueline, petit à petit retrouve son calme, je la laisse se reposer, pendant que je vais expliquer la situation aux parents. Maman savait très bien, suivant quelques confidences de ma sœur, que Marcel ne ferait pas partie de la famille. Toutefois, elle pensait sincèrement, qu'il pouvait rester un ami pour tous.

Lundi 7 avril, je décide de ne pas laisser traîner le « dossier Marcel Marchal ». La solution de facilité, consisterait à faire agir la Gestapo ou la Carlingue, un peu radical, mais efficace. Je me contente d'alerter la Gendarmerie. Un militaire donnant des directives à un autre militaire, me semble d'une portée suffisante. J'ai d'autant plus facilement les mains libres, que je peux agir sous couvert du 2e Bureau. Marcel sous surveillance, devra désormais pointer toutes les semaines à la Gendarmerie.

Je préviens Jacqueline et les parents afin de les rassurer. Ma sœur est d'humeur joyeuse. Elle reste bien mystérieuse, quand je lui pose la question sur les raisons de son allégresse. La connaissant, elle me fait penser à une adolescente, qui vient de se trouver un nouveau petit copain. Moins de 48 heures après sa rupture, avec Marcel, le délai me parait un peu court.

Tout ce vaudeville me semble bien futile alors que la guerre continue. Hitler poursuit son bras de fer avec la Yougoslavie. Le 27 mars dernier, le Conseil de régence du Prince Paul a abdiqué. À l'âge de 17ans, son neveu Pierre II prend sa succession. Il nomme le général Dusan Simonovich au poste de premier ministre, qui dans la foulée provoque un coup d'état.

Avec l'appui de la population de Belgrade, il laisse éclater pendant deux jours des manifestations antiallemandes. Le pays se retrouve plus que jamais divisé, entre les Serbes pro-anglais, et les Croates pro-allemands.

La signature deux jours plus tôt « du pacte de l'Axe » à Vienne, a déclenché la crise. Le premier ministre yougoslave du moment Dragisa Cvetkovic, paraphe un traité le liant aux puissances de l'Axe, avec pour conséquence d'envenimer la situation. Dans un premier temps, le chancelier du Reich exige la démobilisation immédiate des forces militaires yougoslaves, ainsi que des excuses publiques, pour les manifestations antinazies se déroulant dans le pays depuis cinq jours. Conscient du danger, le gouvernement essaye de négocier un traité de non-agression avec l'Union soviétique. Peine perdue le sort du pays est déjà scellé.

Le 8 avril, les bombardiers Stuka et Junker 88 du général Löhr, décollent de Bucarest pour l'opération « Châtiment ». 17 000 personnes, seront tuées dans cette première action. Les troupes au sol, venant de Hongrie, Roumanie et Bulgarie n'ont plus qu'à intervenir pour parachever le travail. Après trois jours de combats, le sort de l'armée yougoslave est réglé.

Mathilde, a décidé de délaisser son petit frère pour le week-end afin de venir me retrouver sur Paris :

-   Ne t'inquiète pas mon chéri, avec Marie Thérèse il est entre de bonnes mains ! je lui lance un clin d'œil accentué.

-   Ah, ah,, une idylle se prépare ?

-   Bien sûr que non, ça serait trop incestueux !

-   À propos d'idylle, je trouve Jacqueline particulièrement bizarre depuis lundi dernier ? Mathilde, baisse le regard vers chez chaussures.

-   Pierre je suis gênée, pour te le dire… mais de toutes façons, tu le sauras d'une manière ou d'une autre…

- Qu'est-ce qu'il lui arrive ? dans l'instant, je le dis sur un ton amusé.

- À l'heure actuelle, Jacqueline fait du cheval avec Manfred von Riegsburg, dans le bois de Boulogne !

Sur le moment, je n'en reviens pas, mon sourire se fige et je ne trouve rien de plus stupide à dire que :

- Mais elle n'a jamais fait d'équitation ! Mathilde pouffe de rire et se croit obliger de rajouter.

- Tu sais Pierre, c'est uniquement le cheval qu'elle monte ! Enfin je pense ! voyant que je ne rigole pas de sa plaisanterie, elle cherche à m'apaiser. Il ne faut pas voir le mal partout ! Tu le sais bien, Manfred est un parfait gentleman !

- Ah parce que tu l'appelles Manfred maintenant ?

J'avoue, que je suis totalement déstabilisé par ces révélations et j'admets ne pas savoir comment gérer la situation. Mathilde a beau essayer de me distraire, jusqu'au dimanche en fin d'après-midi, je n'arrive pas de me détacher d'une image de Jacqueline, dans les bras du Graf Manfred von Riegsburg.

Lundi 14 avril, nous découvrons l'ampleur de la situation dans les Balkans. À Budapest, la semaine dernière, le premier Hongrois le comte Teleki, a mis fin à ses jours d'un coup de fusil. Dans sa lettre d'adieu, laissée au régent l'amiral Horthy, il explique qu'il préfère périr que de capituler dans le déshonneur, la guerre devenant inévitable. Sa mort, n'a bien entendu aucun influence sur Hitler, en quête d'expansionnisme.

En fin de matinée, von Riegsburg se pointe à la Préfecture sans crier gare :

- Bonjour Pierre, je suis venu vous apporter un carton d'invitation pour le capitaine Duval et vous-même ! L'ambassadeur donne une grande réception à l'Ambassade pour fêter les 52 ans du Führer, dimanche prochain !

- Je vous remercie Manfred, nous nous y rendrons bien volontiers avec le Capitaine ! la bonne humeur du Graf et son invitation ne me font pas spécialement plaisir.

- J'espère que vous viendrez accompagné de votre charmante amie Mathilde ! Ah au fait... je me suis permis de faire inviter également votre sœur Jacqueline... Vous savez que c'est une excellente cavalière, surtout pour une débutante !

Von Riegsburg, part dans un long monologue, devient intarissable sur ma sœur, au point de m'en donner la migraine. Une fois éclipsé, je vais voir Duval pour lui montrer le carton d'invitation :

- Je suppose que nous ne pouvons faire autrement, que de répondre favorablement ?

- Naturellement, mais je pense que nous ne perdrons pas notre temps ! C'est le genre d'endroit, où il faut savoir se montrer ! De plus tout le gratin des ambassades européennes voire davantage peut-être y sera. Qu'est-ce qui vous rend perplexe Pierre ?

- Von Riegsburg, cherche à fricoter avec ma sœur Jacqueline, inutile de vous dire que je ne suis pas aux anges !

- Je comprends ! Duval, baisse la tête et se replonge dans ses papiers.

Je rumine toute la journée, au point de rentrer le soir à Colombes, pour avoir quelques explications. Ma mère est toute surprise :

- C'est gentil Pierre de passer nous voir, mais tu aurais dû prévenir ! Je te préviens pour ce soir, il n'y a plus que des restes pour dîner !

- Aucune importance maman, je ne suis pas venu pour me goinfrer, mais simplement pour vous voir !

Jacqueline, qui d'habitude s'empresse de venir me parler, m'évite soigneusement. Je finis par la rejoindre dans sa chambre à la fin du repas :

- L'équitation ne te fatigue pas trop ! Tu as l'air épuisée !

- Oui Pierre, je suis fatiguée par mon travail ! Oui Pierre, de temps en temps, j'ai besoin de me distraire !

- Tu aurais pu m'en parler avant ! Maintenant, je passe pour une andouille ! Et les parents, ils ne sont pas au courant, tu t'imagines quand ils vont l'apprendre...

- Je te rappelle, que c'est toi qui m'as demandé d'être gentille avec lui !

- Je t'ai demandé d'être aimable ! Je ne t'ai pas dit de le vamper !

- Écoute, Christian est charmant et se comporte parfaitement avec moi !

- Christian ? Ce n'est pas Manfred ?

- Oui mais Manfred je n'aime pas ! Je préfère l'appeler par son deuxième prénom Christian ! je me dis que je vis un cauchemar, que je vais me réveiller.

- Au fait, tu es invitée dimanche prochain à l'Ambassade d'Allemagne ?

- Oui, c'est d'ailleurs un problème je n'ai rien à me mettre ! parfois j'ai envie d'être sourd.

- Ne compte pas sur moi, pour te prêter un de mes uniformes ! excédé, je finis par quitter sa chambre.

Ne plus penser à cette réception, tel est mon leitmotiv pour le reste de la semaine. L'actualité, laisse le temps de cogiter à autres choses. Henri Fresnay, fait paraître « les Petites Ailes de la France », premier journal clandestin publié dans les deux zones.

À Moscou, Staline se pose de sérieuses questions. En signant avec Hitler le pacte de non-agression, « le petit père des peuples » pensait se mettre à l'abri en consolidant sa frontière occidentale.

L'invasion des Balkans et la violation flagrante des promesses de ce pacte, réduisent à presque rien, ses espérances d'éviter un conflit avec l'Allemagne. Il devient urgent de prendre des mesures de sauvegarde. 150 000 ouvriers du bâtiment sont enrôlés, faute de matières premières comme le bois et le ciment, les travaux sont retardés.

Côté diplomatique, Joseph Staline cherche de nouveaux partenaires. L'URSS et le Japon signent un pacte de non-agression pour cinq ans. Union Soviétique, doit faire une concession en cédant le Mandchoukouo aux japonais. Les russes occupent ce territoire d'origine chinoise, depuis 1903, après la construction de la ligne ferroviaire du Transsibérien. Dès 1931, le Japon revendique ce territoire, comprenant des frontières avec l'URSS, la Chine et la Mongolie. Avec la signature de ce pacte, les soviétiques reconnaissent officiellement cette partie du continent comme possession japonaise. Les nippons se voient faciliter avec cette nouvelle base, pour leur politique d'expansion de l'Empire. Une invasion de leurs voisins, devient d'actualité.

Belgrade le 17 avril, la Yougoslavie dépose les armes. À Sarajevo, les restes de l'armée yougoslave ? à savoir 6000 officiers et 335 000 soldats sont faits prisonniers. Le roi Pierre et son gouvernement, prennent la fuite direction la Grèce. Une partie des soldats, essentiellement d'origine serbe, rejoint le maquis.

Nous sommes vendredi soir, j'ai la journée du lendemain pour me préparer à la soirée de gala à l'ambassade. Depuis lundi dernier, je n'ai eu aucune nouvelle, ni de von Riegsburg, ni de ma sœur…

CHAPITRE 13 : « BEAUHARNAIS », NID D'ESPIONS.

Mathilde de permanence à l'Hôpital, je vais devoir passer la soirée seul en compagnie de Maurice Duval. Je ne sais pas encore si je dois m'en réjouir ou le déplorer. Nous arrivons avec le capitaine à l'Hôtel Beauharnais, parmi les premiers convives.

Nous sommes accueillis de manière charmante, par Suzanne de Bruyker, l'épouse de l'ambassadeur. Suzanne se réjouit de notre présence et déplore le peu d'invités de nationalité française. Il faut relativiser la remarque, « le gratin de la collaboration » arrive petit à petit. Tout est réuni pour faire une conférence de presse, entre Jean Luchaire*, Pierre Drieu La Rochelle*, Marcel Déat* ou encore Fernand de Brinon*.

Les légations étrangères, fournissent naturellement le gros des invités, avec des représentants de l'axe, d'Italie d'Espagne, de Finlande, mais également d'Union Soviétique et du Japon. L'Ambassade des États-Unis a répondu favorablement. Otto Abetz, peut être satisfait, il a réussi à mobiliser pour la soirée, pays amis et ennemis, à l'exception de la Grande Bretagne.

Duval jubile, vous voyez Pierre, je vous ai dit que nous ne perdrions pas notre temps. Puis vient le clou de la soirée, von Riegsburg arrive bras dessus, bras dessous, avec Jacqueline.

Instantanément, ma sœur électrise la salle. Tous les regards se tournent vers elle. La tenue qu'elle porte, une robe lamé or, laissant les épaules dénudées avec un décolleté avantageux, a de quoi attiser les tentations. Von Riegsburg, fait les présentations, des différentes personnes qu'il croise. Ils arrivent à ma hauteur. Tout sourire, le Graf me sert la main comme à un vieux pote, sans son salut protocolaire :

- Bonsoir Pierre, comment allez-vous ?

- Bonsoir Manfred ! Excusez-moi, je voudrais dire un mot à ma sœur en particulier ! sans attendre son assentiment, j'attire Jacqueline dans un coin.

- Tu peux me dire d'où sort cette tenue ?

- Ah oui, c'est une robe de soirée, que m'a prêtée Monique ! Nous n'avons pas eu le temps de la retoucher ! Elle m'arrive à mi mollet et je suis un peu serrée dedans ! c'est le moins que l'on puisse dire, le tissu lui fait comme une deuxième peau. Elle tourne sur elle-même. Comment la trouves -tu ?

- Carrément indécente !

- Oh là là, ce que tu peux être vieux jeu ! En tout cas elle plaît beaucoup à Christian ! ce n'est pas fait pour me rassurer. Elle s'éclipse pour le rejoindre. Duval se rapproche de moi et me glisse :

- Pierre, votre sœur, est particulièrement ravissante ce soir ! comme nous ne sommes pas plus dans les mondanités, que dans le protocole, je lui rétorque :

- Merci Maurice, mais ce n'est pas la peine d'en rajouter !

Puis vient le discours de l'Ambassadeur Otto Abetz, pour l'ouverture officielle de la soirée.

Il se félicite d'avoir pu réunir autant de personnalités, pour l'anniversaire du Führer. Enfin, il adresse un message personnel à l'attention des anglais.

« Notre Führer, Adolf Hitler souhaite conclure une paix rapide avec l'Angleterre, dans l'intérêt de nos deux peuples ! Nous rappelons, que la France et la Grande Bretagne ont déclaré conjointement la guerre à l'Allemagne. Il est donc indispensable, que le Royaume-Unis fasse le premier pas vers le grand Reich ! »

Si officiellement, la Grande Bretagne n'est pas représentée, quelques bonnes âmes se trouvent dans la salle, avec en particulier l'amiral Leahy* (*Ambassadeur des États-Unis à Vichy),* pour faire passer le message à Winston Churchill.

Je comprends la remarque de Suzanne de Bruyker, en début de soirée, concernant la représentation française. Vichy officiellement, n'a adoubé que Jacques Barnaud*, délégué général aux Affaires Économiques franco-allemandes. Un peu léger, pour représenter à la fois Pétain et Darlan, d'autant que le lieu et l'instant, ne se prêtent guère pour faire du commerce.

Duval en profite, pour me faire un inventaire de ses connaissances. Il me désigne Gianni Longo et Roberto Garcia, les deux attachés culturels des Ambassades d'Italie et d'Espagne, en grande discussion. *(Les attachés culturels, ont la réputation d'être des agents de renseignements aux services de leurs pays.)* Ils sont bientôt rejoints par Lasse Knudsen, leur homologue finnois, sans doute, pour des histoires de barbouzes.

Plus conforme, Otto Abetz spécule longuement avec le professeur Bogomolov*, ambassadeur d'Union Soviétique à Vichy. La question des Balkans, doit alimenter la conversation, dommage que nous ne puissions pas suivre l'entretien avec le Capitaine Duval. Le buffet est excellent, même si je ne le goûte que très modérément.

Je surveille toujours von Riegsburg et ma sœur du coin de l'œil. Jacqueline passe une bonne soirée, je l'entends rire de bon cœur, aux petits mots que lui glisse Manfred dans l'oreille.

L'orchestre ouvre le bal par une valse. Otto Abetz, le premier entre dans la danse avec son épouse, ils sont suivis de près par le « couple improbable ». De mon côté, je ronge mon frein, au bout de trois ou quatre danses, ils viennent me rejoindre :

-   Pierre, vous ne trouvez pas que nous formons un joli couple avec votre sœur ? je manque de m'étouffer avec mon toast, même si je dois reconnaître que ma Jacqueline avec ses talons hauts, s'assortit parfaitement au Graf. Je lâche du bout des lèvres :

-   Oui ! Pour la soirée…seulement ! je sens leurs haleines déjà chargées d'alcool.

-   Vous n'avez pas envie de danser !

-   Si Manfred, je vous emprunte Jacqueline pour cinq minutes ! nous voilà entrés dans la ronde.

-   Tu es contente, tu te donnes en spectacle !

-   Oh, pour une fois que je m'amuse !

-   Tu vas me faire le plaisir d'arrêter de boire ! Tu as descendu combien de coupe de Champagne ?

-   Je ne sais pas, cinq ou six, je n'ai pas compté !

-   Bon maintenant tu arrêtes ! Je n'ai pas envie que tu passes pour une pocharde et que l'on te ramasse à la fin de la soirée au milieu des invités !

Visiblement, mon sermon porte ses fruits. Von Riegsburg lui propose un nouveau verre, que Jacqueline refuse poliment. Nous continuons nos discussions avec Duval, passons d'un groupe à l'autre, pour essayer de glaner quelques informations sur les tendances politiques du moment. Puis le Capitaine m'interpelle : « Vous avez remarqué, que von Riegsburg et Jacqueline sont partis ? »

Non dans le feu de l'action je n'ai rien remarqué. D'un regard panoramique, je constate que la salle de réception s'est en partie vidée. Je fais signe à Duval, qu'il est peut-être temps de prendre congé. Nous remercions, Suzanne de Bruyker « pour cette bonne soirée », qui se sent obligée d'en remettre une deuxième couche : « Lieutenant votre sœur et le Graf von Riegsburg, forment vraiment un joli couple ! »

Fin avril, les regards se tournent vers la Grèce. Le premier ministre Koziris* vient de se suicider. La situation militaire se dégrade de jours en jours, amenant les alliés à tenir un conseil de défense, pour établir une résistance à la progression allemande. Les généraux grec Papagos et anglais Wavell et Maitland Wilson en arrivent à la même conclusion, il faut évacuer la Grèce continentale. En effet, la chute de la Yougoslavie, a provoqué une brèche dans le front des alliés. Les troupes grecques, sont sous la menace d'être contournées en Albanie et en Macédoine. Les gouvernements anglais et grecs, acceptent le principe de replier le corps expéditionnaire sur la Crète. La position stratégique de l'île en méditerranée, permet de sécuriser la partie orientale.

Une semaine plus tard, la croix gammée flotte sur l'Acropole. Le 27 au matin les panzers entrent dans Athènes, rien ni personne, n'a pu contenir l'avance allemande. Trois jours plus tard, les dernières troupes britanniques, australiennes, néo-zélandaises, se dirigent à Kalamata au sud du Péloponnèse. Sous les bombardements de la Luftwaffe, la Royal Navy réussit à embarquer plus de 50 000 hommes, dans une sorte de mini Dunkerque. Comme sur les plages du nord de la France, un précieux matériel militaire comprenant, véhicules et armes lourdes a du être abandonné à l'ennemi.

À l'heure des comptes, le bilan est lourd. Le corps expéditionnaire britannique a perdu 13 000 hommes tués ou disparus, 9000 sont faits prisonniers. Côté Grecs, 16 000 victimes, 218 000 prisonniers, sont dénombrés pour 1500 morts et 3400 blessés côté allemand.

L'avancée des troupes du Reich semble inéluctable. Le 1er mai, alors que les premières rumeurs provenant de l'Ambassade soviétique à Berlin, prévient d'une attaque éminente, le drapeau rouge flotte sur les terrils des mines du Nord et du Pas de Calais. À Lambersart, un sous-officier de la Wehrmacht est exécuté par des mineurs.

Le 4 mai, au Kroll Opéra House de Berlin, Adolf Hitler, fait une de ses grandes messes dont il a le secret. « En cette ère de capitalisme juif, l'État national-socialiste se dresse comme un solide édifice plein de bon sens. Il vivra encore mille ans », déclare-t 'il devant un parterre de députés tous acquis.

Le véritable événement du mois, se déroule le samedi 10 mai. Rudolf Hess, considéré comme le dauphin du Führer, après avoir décollé en catimini de l'aérodrome d'Augsbourg à bord d'un Messerschmitt 110 équipé de deux réservoirs supplémentaires, saute en parachute au-dessus du domaine de Dungavel en Écosse. Son objectif, rencontrer le duc d'Hamilton, propriétaire des lieux et connaissance d'Hess depuis 1936. Il est réceptionné au sol avec une fracture de la cheville, par un fermier du coin, David Maclean, qui le transporte chez lui.

Hess, souhaite qu'Hamilton serve d'intermédiaire auprès de Lord Halifax, opposant et successeur potentiel de Churchill, pour faire passer un message de paix. *(Le bien fondé de cet expédition, ne sera jamais clairement établi. D'un côté Hitler voyant son projet d'envahir le Grande Bretagne s'enliser avec un désir d'expansion à l'Est en préparation, aurait guidé voir manipulé Hess pour cette mission ? Possible, mais pas certain. De l'autre, la thèse d'Hess, souffrant de problème psychiatrique a été évoqué. Rudolf Hess, est retrouvé pendu à un fil électrique de la maisonnette aménagée en salle de lecture à la prison. Il décède à Berlin le 17 août 1987, à l'âge de 93 ans, après 46 ans de détention. Là encore le mystère reste entier, suicide ou exécution ?)*

Dimanche, je suis à Colombes avec Mathilde chez mes parents. Les seules rares nouvelles que nous ayons de Jacqueline, viennent de « ma chère et tendre ». Aux dernières informations, ma sœur « poursuivrait ses cours d'équitation ».

Ma mère n'arrive pas à comprendre, qu'elle ne lui présente « son nouvel ami », sans savoir bien sûr qu'il s'agit d'un officier allemand.

Cette situation, a le don de me taper sur le système. Mathilde essaye de me calmer, en se tenant prête pour servir d'intermédiaire, mais pour faire passer quel message ? Elle insiste, sur le fait que Jacqueline à l'air de tenir à son « Cricri d'amour ».

Lundi 11 mai, huit mois après l'entrevue de Montoire, Hitler rencontre Darlan dans son nid d'aigle de Berchtesgaden. L'amiral, a pour objectif de trouver un accord politique global avec l'Allemagne. Il est accompagné du capitaine de Vaisseau Fontaine*, de Jacques Benoist-Méchin* *(traducteur, Secrétaire Général adjoint à la vice-présidence du Conseil)* et de l'amiral de La Monneray* *(Chef d'état-major)*. La délégation française, reçoit un accueil pour le moins mitigé.

Le führer très préoccupé dans la préparation de son plan « Barbarossa », destiné à envahir l'Union Soviétique, ne prête qu'une oreille distraite aux petites manigances de Darlan. Il écarte, toute idée d'une participation active de la France à la guerre. « Le Reich n'a pas besoin d'elle pour vaincre, mais de son attitude dépendra la durée du conflit ! ». « Si la France la prolonge, elle en subira les conséquences ! Si elle l'abrège, pour chaque acte positif, je lui accorderai une concession équivalente ! » Darlan répond : « En somme, il s'agit d'un jeu donnant donnant ! » « Vous m'avez très bien compris ! » conclut le chancelier. Le vice-président du Conseil a fait le voyage pour rien. Qui peut encore croire aux promesses d'Adolf Hitler ?

Le lendemain en fin d'après-midi, von Riegsburg passe à la Préfecture de Police. Je suis seul dans le bureau :

- Comment allez-vous Pierre ? son ton mielleux, m'exaspère d'entrée. Je lui réponds plutôt sèchement.

- Fort bien Manfred, ma sœur aussi j'espère ?

[168]

- Tour à fait, en ce moment elle est parfaitement épanouie ! son arrogance d'aristocrate toute germanique, me hérisse au plus haut point.

- Que puis-je faire pour vous ?

- Pierre, où en êtes-vous avec les différents réseaux de résistance ? la question me surprend.

- Dans ce domaine, vous savez très bien que vos services avancent plus vite que les nôtres !

- Non, je voulais juste savoir, si « Grenelle » avance plus vite que Pierre ! j'essaye de garder une contenance.

- Je ne comprends pas ?

- Mais si, « Mon cher beau-frère », vous comprenez très bien ! le « cricri d'amour » me chauffe les oreilles, je veux bien qu'il soit mon frère, mais pas mon beau-frère.

- Je vous assure, Manfred, que je ne comprends pas !

- Rassurez-vous Pierre, chez les von Riegsburg, nous ne « balançons » pas la famille, comme vous dites, vous les français, ! Je vais même vous faire une confidence ! Je n'ai aucune espèce de sympathie, pour « ce petit caporal » qui nous gouverne ! Je suis simplement un militaire qui fait son devoir, pour défendre les intérêts de mon pays en guerre !

Je reste naturellement sans voix. Je pense que le Graf, n'est pas dans le bluff, j'essaye de comprendre comment a-t-il pu savoir ?

- Si je suis là, c'est simplement pour vous prévenir, protégez vos arrières ! Je ne serais pas toujours là pour vous sortir des griffes de la Gestapo !

Il me tend une main ferme avant d'ajouter : « Vous manquez beaucoup à Jacqueline, n'hésitez pas à la joindre à l'hôpital ! »

Après son départ, je reprends doucement mes esprits. Une fois calmé, je me fais une check-list des consignes à appliquer en cas de crise. Je griffonne sur un papier : « Code écarlate, les doryphores attaquent, traitement en cours square Got ! ». Il faut traduire, par *« Urgence absolue, les allemands au courant d'un sujet très sensible, rendez-vous demain soir, chez le commandant d'Autrevaux. »*

Je vais ensuite déposer mon message « Chez Léa ». Dans le bistrot, règne une ambiance de grands soirs, d'avant le couvre-feu. Dans la salle copieusement garnie et enfumée, je me dirige vers le bar pour commander un cognac, histoire de faire passer mes émotions. Je choisis bien le moment, nous sommes « jour avec alcool ». Je glisse à Léa ma dépêche, au moment où elle me sert. Après l'avoir lu discrètement, la patronne me fait un signe de tête, pour me montrer qu'elle en a saisi tout son sens. Je n'ai plus qu'à aller me coucher.

Difficile de trouver le sommeil dans ces conditions. L'étape suivante consiste à me faire porter pâle le lendemain matin. Je tombe sur Bernadette et lui demande, de bien vouloir prévenir Duval que je suis souffrant, mais qu'il peut me rappeler à mon domicile. Il le fait quelques minutes plus tard : « Oui mon capitaine, un début de grippe, mais je crains que le mal ne se développe ! » Pas besoin d'en dire plus.

Nous nous retrouvons tous en civil, le mercredi soir dans le 20e, chez le Commandant d'Autrevaux. Je fais l'exposé, point par point de ma conversation avec le Graf. Ils m'écoutent tous les deux, dans une sérénité de cathédrale, puis d'Autrevaux finit par briser le silence :

- Quelle est votre réflexion, sur la situation Lieutenant ? question pour le moins bateau, qui demande une certaine réflexion.

- Écoutez mon Commandant, je pense que von Riegsburg, n a pas connaissance de mon identité, néanmoins je sais qu'il a de sérieux doutes !

- Comment a-t-il pu savoir ? Duval intervient.

- Par votre sœur ?

- Certainement pas ! Jacqueline, ne connaît rien de mon activité et encore moins mon nom de code ! De plus elle représente sans doute mon meilleur rempart et la raison pour laquelle von Riegsburg, ne va pas me dénoncer ! D'Autrevaux finit par trancher.

- Bon nous n'allons pas diverger ! Lieutenant, vous envoyez un message à Londres et au réseau « Kleber » dès que possible, pour dire que « Grenelle » se déconnecte ! il ajoute : Au moins provisoirement ! Vous prenez huit jours de vacances, en vous éloignant de Paris ! Capitaine, vous me tenez au courant de l'évolution de la situation au jour le jour, et nous aviserons pour la suite !

La destination de mes vacances forcées coule de source, direction Reims. Je n'ai plus qu'à passer le vendredi soir au bureau, pour envoyer mes deux messages, en prétextant récupérer des papiers. Je reçois en retour : « infirmière, aux petits soins avec nous ! » Sous-entendu, Sarah a intégré le réseau « Kleber » ...

CHAPITRE 14 : LE FANTÔME DE L'OPÉRA.

Mon départ pour Reims, se fait un peu dans l'improvisation. J'ai naturellement prévenu Mathilde de mon arrivée, mes parents sont étonnés par la précipitation de ma décision. De plus, je n'ai pas eu le temps de suivre les recommandations de von Riegsburg, en appelant Jacqueline.

J'invoque comme prétextes pour les uns et les aux autres, une grande fatigue et un besoin de changer d'air. Je débarque à l'ancienne ferme du Thillois le samedi soir. Mathilde, de permanence à l'hôpital pour le week-end, m'a laissé les clefs de la maisonnette sous une pierre. Quand je vous parle de fatigue, ce n'est pas un vain mot. Les pressions de ces dernières 72 heures, m'ont épuisé. En mode décompression, je vais pouvoir passer la majorité du dimanche à dormir.

Les retrouvailles du lundi avec Mathilde sont plus que joyeuses, mais l'euphorie ne dure pas. J'ai du mal à cacher mon angoisse :

- Pierre, je sens que quelque chose ne va pas ? Du côté de Jacqueline, c'est pareil ! Je l'ai eu au téléphone, elle était en pleurs.

- Oui, je vais aller à la poste dans la journée pour essayer de la joindre ! quelque part je suis rassuré, Mathoche pense qu'il s'agit simplement d'un problème, entre ma sœur et moi.

Je profite que Mathilde se repose de sa garde, pour appeler l'hôpital d'Argenteuil :

- Pierre, je vois bien que tu m'en veux pour Christian, mais tu sais nous nous aimons vraiment ! Son propos, se fond dans un véritable cri de sincérité.

- Oui j'en suis persuadé ! Mais la situation n'est pas si simple !

- Christian, se fait beaucoup de soucis pour toi !

Difficile d'expliquer les choses, lorsque l'on n'a pas le droit d'en parler. Von Riegsburg, se retrouve dans la même position, en conséquence, je dois me contenter de noyer le poisson :

- Jacqueline, tu sais très bien que je ne veux que ton bonheur ! Nous en reparlerons, quand je rentrerai sur Paris ! me voilà soulagé au moins pour un temps.

Mathilde n'a pas pu changer son planning d'infirmière, de ce fait nous ne faisons pas grand-chose ensemble. J'en profite pour passer voir son frère Sylvain, qui a repris son activité d'ébéniste et s'est trouvé un petit studio dans le centre de Reims. Les journées sont longues. Je me suis coupé de l'actualité, à part des nouvelles radiophoniques, toujours aussi orientées vers l'occupant.

Je ne suis pas le seul à avoir des problèmes avec les allemands. Jean Paulhan*, écrivain, journaliste, dénoncé à la Gestapo pour avoir entreposé une ronéo destinée à imprimer des tracts, trouve son « von Riegsburg » en la personne de Drieu La Rochelle. Ce dernier, profite de ses nombreuses relations avec l'occupant, pour le faire libérer des nazis.

Samedi 17 mai, je peux enfin disposer d'une journée complète avec ma Mathoche. Sylvain m'a prêté un vélo et nous pouvons partir tous les trois faire un pique-nique. Nous profitons du beau temps pour rejoindre la coulée verte du centre-ville et rouler plus à l'est.

[173]

Après avoir traversé la plaine céréalière et vinicole, nous pouvons implanter « notre salle à manger » à 267 mètres, point culminant du Mont de Beru.

De retour le lendemain rue Sibuet, ma priorité consiste d'abord à passer « Chez Léa », pour récupérer un éventuel message. Nous sommes à l'heure de la fermeture. La patronne, vire le dernier pochetron et me glisse au même moment discrètement, une enveloppe dans la poche. Je prends connaissance du contenu dans mon appartement : « Nous sommes tous les deux partis en cure, merci de prolonger vos vacances d'une semaine. » Il faut interpréter par d'Autrevaux et Duval en déplacement à Vichy, ne vous présentez pas au bureau avant notre retour.

Comment dois-je prendre cette interdiction ? Dois-je m'en inquiéter ? N'ayant pas de réponse à y apporter, je préfère passer à autres choses. Prendre rendez-vous avec Jacqueline, me parait une bonne idée, même si je sais très bien qu'elle n'apprendra rien de la bouche de von Riegsburg.

Nous convenons de nous retrouver le mercredi, dans un café sur Argenteuil. J'entre dans le vif du sujet, sans plus de précaution :

- Tes relations avec Manfred, sont-elles toujours au beau fixe ?

- Oui tout va bien ! De temps à autres, je le rejoins à l'hôtel Lutetia ! tout est dit ou presque.

- Et le reste du temps ?

- Ben, je retrouve ma chambre chez les parents !

- Ils ne sont toujours pas au courant je suppose ? elle baisse les yeux.

- Non, je ne vois pas de qu'elle façon, présenter les choses ?

- Au fait Manfred, t'a reparlé de moi, depuis notre dernière conversation téléphonique ?

- Oui, sans plus ! L'autre fois il avait l'air inquiet, mais je pense que ce n'est plus d'actualité !

- Comment vois-tu ton avenir avec lui ?

- Christian, voulait que j'arrête de travailler, j'ai refusé ! Nous sommes bien ensemble, mais je lui ai fait comprendre, que j'avais besoin d'une certaine indépendance !

Jacqueline ne se soumet pas. Je la reconnais bien dans ses propos, son caractère ressort et quelque part, je me sens rassuré.

Lundi 25 mai, nous voilà tous de retour au bureau. Duval décontracté me fait un clin d'œil et me dit discrètement : « À tout à l'heure, pour le débriefing ! » La matinée se passe sans plus de commentaire. Après le déjeuner, nous longeons les quais de Seine pour aborder le sujet sensible :

- Nous avons été convoqués avec le Commandant d'Autrevaux à Vichy, directement par le Colonel Rivet ! Inutile de vous dire que votre histoire avec von Riegsburg, fait des vagues au BMA et au 2e Bureau !

- Qu'en est-il ressorti ?

- L'affaire semble se tasser, néanmoins Rivet n'en démord pas une taupe se cache à la préfecture de police ! Il nous demande de la découvrir et de la neutraliser !

- Vous pensez à Bernadette ?

- Oui peut-être, mais pas seulement ! Je ne la vois pas alerter directement von Riegsburg ! Par contre je la vois bien aller cancaner à droite et à gauche !

- Je comprends, il faut donc confondre cette autre personne !

- Comme en ce moment, vous êtes sur la touche pour la « partie officieuse », n'hésitez pas à surveiller ses faits et gestes !

Il s'agit pour l'instant, de faire copain copain avec « La Bourdet », tout en restant crédible. En d'autres termes, Il ne faut pas me montrer trop gentil, pour ne pas éveiller les soupçons. Toute cette stratégie, risque de prendre un peu de temps.

Le lendemain, les mineurs du Pas de Calais haussent le ton. À Montigny en Gohelle, dans le Pas de Calais, le puits numéro 7 surnommé le Dahomey, lance un mouvement de grève.

Pendant que « les bassins résistent », Vichy fait des concessions. Le 28 mai, le Général Warlimont* et l'amiral Darlan signent un protocole avec le Général Vogl*, autorisant les avions allemands à transiter par la Syrie et la possibilité pour l'Axe d'utiliser l'aérodrome d'Alep. Un deuxième, permet à l'Afrikakorps d'utiliser le port de Bizerte en Tunisie, enfin un troisième, donne l'opportunité aux U-boots d'avoir un port d'attache à Dakar. Il s'agit probablement du « donnant, donnant » convenu entre Darlan et Hitler. Le « retour d'ascenseur » de la part du führer, va se faire attendre.

J'ai beau être sur la touche, je continue à recevoir des informations, de la part de d'Autrevaux. Le lieutenant Philippon*, alias « Hilarion », poursuit son travail d'espionnage de son poste d'observation de Brest. Il transmet l'information suivante : « À Lanvéoc, des piliers d'amarrage sont en construction pouvant accueillir un navire de 35 000 tonnes ! » Deux jours plus tard, il confirme : « Bismarck vers Brest, attendu prochainement ! »

Tous ces mouvements, n'empêchent pas « le Gross Paris » de vivre de ses animations culturelles. Je reçois bientôt un carton d'invitation, de la part de von Riegsburg pour Mathilde et moi. L'Opéra de Paris donne le 14 juin prochain la première du « Vaisseau Fantôme » de Richard Wagner.

Vichy le 6 juin, Maxime Weygand rue dans les brancards. Revenu d'Algérie, le délégué du gouvernement aux Affaires en Afrique du Nord, fait pression sur le Maréchal Pétain, pour que ce dernier ne ratifie pas l'accord conclu par Darlan à Paris le 28 mai. Il déclare en plein Conseil des ministres : « Je ferai tirer sur les allemands, sans suivre les ordres du gouvernement ! »

Weygand s'appuie sur le soutien armé du gouverneur d'AEF (*Afrique Équatoriale Française*), le Général Boisson*. Pour sortir de l'impasse et appliquer l'accord, Vichy demande la suppression des frais d'occupation, ainsi que le retour de tous les prisonniers. Exigences parfaitement inacceptables, pour Adolf Hitler.

De quoi contrarier le führer, d'autant que le mouvement de grève dans les mines du Nord, fait tache d'huile. Les puits de Dourges, Carvin, Noeux et Courrières, ont tous cessé le travail, bientôt suivis par les ouvriers du bâtiment, du rail et des centrales électriques. Les allemands réagissent en traquant les communistes et les syndicalistes impliqués dans le mouvement.

Le lendemain 7 juin, c'est la région de Bordeaux qui s'enflamme. À Pessac, les résistants mettent en place l'opération « Joséphine B* ». Une équipe de quatre hommes, parachutée de la France Libre, escalade le mur d'un poste de transformateur, pour le saboter. En moins de 30 minutes, ils mettent en place des charges explosives. Six des huit transformateurs sont détruits plongeant les projecteurs de la Flak dans l'obscurité. Les Lancaster britanniques, n'ont plus qu'à larguer leurs bombes en toute sécurité.

Le 10 juin, la faim vient à bout des mineurs du Pas de Calais. Après 13 jours de siège de la part des policiers et des militaires, faute de ravitaillement, les ouvriers finissent par mettre leurs vies en danger. Humainement, la répression devient particulièrement brutale. Plus de 400 mineurs sont arrêtés, une partie va être internée à Huy en Belgique. Des rumeurs de déportation et de condamnations à mort, courent à la Préfecture.

D'un côté la résistance s'organise avec tous les risques qu'elle encourt, de l'autre le Paris allemand continue ses spectacles. Tout le gratin de la capitale est convié, pour la première du « Vaisseau Fantôme » en ce dernier samedi de printemps.

Les militaires essentiellement allemands, sont en grand uniforme d'apparat, les civils en smoking et la plupart des femmes en robe du soir. Mathilde, flotte un peu dans une jolie et élégante robe noire très sobre.

[177]

Lorsque je lui pose la question, elle m'indique qu'il s'agit encore d'une des nombreuses tenues de Monique. La sobriété, ne fait toujours pas partie de l'accoutrement de ma sœur, qui est passée du lamé or au strass argenté. Toutefois, sa toilette plus ajustée et descendant aux chevilles, se montre moins provocatrice, que celle portée à la soirée de l'ambassadeur. Elle me précise, que la robe vient de la Maison Chanel, offerte naturellement par « Christian ».

Le Graf, se montre aimable d'abord avec Mathilde, par un baise main, puis envers moi, dans un salut très protocolaire. Il nous invite à le suivre pour rejoindre, « la baignoire côté jardin » réservée pour nous quatre. Près de 2000 personnes occupent la salle. Tout le monde se lève à l'arrivée de l'Ambassadeur Otto Abetz, qui occupe le centre du 3e étage, avec « toute sa cour ». Le chef d'orchestre Philippe Gaubert*, fait jouer au même moment « Deutch land Uber Ales », les bras se tendent instantanément vers l'ambassadeur, je suis un des rares militaires, à me contenter d'un salut traditionnel.

Concrètement, nous sommes parfaitement dans l'ambiance de la collaboration. Nous pouvons nous rasseoir et nous plonger dans le programme. L'affiche alléchante, présente la cantatrice Germaine Hoerner* entourée du ténor Georges Jouatte*, du Baryton Martial Singher* et de la basse Henri Médus*.

Visuellement, nous sommes correctement placés, néanmoins une proximité avec les cuivres de l'orchestre, n'est pas sans nous poser quelques nuisances sonores. Le silence de l'entracte, nous permet de retrouver un peu d'acuité auditive. Jacqueline et Manfred en profitent pour s'éclipser un instant. En les voyant s'éloigner, Mathilde se blottit, contre moi tout en me souriant :

- Ils sont mignons tous les deux, tu ne trouves pas ? On sent, qu'ils sont bien ensemble !

- Oui, mais pour combien de temps ? je ne sais trop pourquoi, j'ai toujours eu le don de flairer les mauvais pressentiments.

- Ben et nous, tu crois que notre couple va durer ?

- J'espère bien ! pour confirmation, je lui applique un bisou sur les lèvres.

Le spectacle reprend, nous passons une excellente soirée. À la fin de la représentation étant placés à proximité de la fosse d'orchestre, nous laissons passer le gros des spectateurs, pour sortir dans les derniers. Une fois sur le parvis de l'opéra, Manfred lève la tête. Il scrute le ciel constellé d'étoiles et dans la douceur de fin de printemps et propose à Jacqueline de rentrer à pied pour rejoindre l'hôtel Lutétia.

Soudain, nous entendons le bruit d'une moto pétaradante se rapprocher. Deux détonations claquent comme pour des éclats d'échappement. Manfred s'écroule d'un bloc, malgré le soutien de Jacqueline, dans le même temps la deux roues s'éloigne déjà.

Nous entendons quelques cris autour de nous. Ma sœur, s'efforce de plaquer ses mains sur le Graf, pour l'empêcher de se vider de son sang. Dans le même temps, Mathilde a déchiré un pan de sa robe, pour effectuer des pansements. Pendant que les deux infirmières, s'affairent, un début d'attroupement se forme. Je demande à un soldat allemand, de faire venir immédiatement une ambulance.

Elle arrive quelques minutes plus tard. J'apprends que le fourgon qui l'emporte Manfred se dirige vers « Lariboisière ». Jacqueline a réussi à trouver une place à bord. Mathilde, me fixe d'un regard interrogateur signifiant : « Que faisons-nous ? » Je décide de rejoindre l'hôpital en vélo taxi. Les deux kilomètres séparant la place de l'Opéra, à la rue Ambroise Paré, semblent interminables. Une fois sur place, nous retrouvons ma sœur assise sur une chaise dans un couloir, sanglotant seule :

- Où est-il ?

- Toujours au bloc ! sa robe argenté, a viré au rouge sang.

- Il devrait s'en sortir ? entre deux spasmes, elle articule :

- Je ne sais pas…Pierre, il faut que je te dise quelque chose… Le tireur … je suis sûre… qu'il s'agit de Marcel ! nos visages à Mathilde et à moi, marquent un certain scepticisme.

- Comment peux-tu être aussi affirmative ? Il faisait nuit !

- Il s'est arrêté sous un réverbère… m'a fixée une ou deux secondes… avant de tirer ! Je l'ai reconnu… sous son casque et ses lunettes ! En plus…il a tiré de la main gauche ! (*Marcel est effectivement gaucher*).

Un médecin s'approche de nous, je me dirige vers lui, pendant que Jacqueline fond en larme dans le bras de Mathilde. Il me confirme que l'opération du Graf, s'est passé normalement, que deux balles ont été extraites de la poitrine, mais qu'il a perdu beaucoup de sang. Pour l'instant, Manfred se trouve en coma artificiel, le toubib réserve son pronostic, pour la suite.

Je rejoins Jacqueline, en essayant de me montrer plus rassurant que le médecin. Un officier allemand escorté d'un chauffeur, propose alors de ramener ma sœur à l'Hôtel Lutétia. Jacqueline connaît visiblement l'officier. Mathilde insiste pour qu'elle parte, en lui expliquant que de rester ne changera rien. Elle finit par se laisser convaincre. Avant de partir, je la prends dans mes bras, je lui glisse à l'oreille, de ne rien dire pour l'instant sur Marcel et que nous viendrons la chercher demain. Elle me fait signe d'un « oui » de la tête.

Une fois partie, Mathilde me demande des détails sur la conversation que j'ai pu avoir avec le médecin. Je ne lui réponds rien, me contentant d'une grimace et d'un signe de la main, signifiant couci-couça.

Mathilde et moi, avons du mal à trouver le sommeil pour le reste d'une nuit déjà bien entamée. Comme prévu, nous passons le dimanche matin de bon heure, pour récupérer Jacqueline à l'Hôtel Lutetia. Elle nous attend, le regard vide, affalée dans un fauteuil de l'entrée.

Nous rejoignons rapidement l'hôpital Lariboisière, sans échanger un seul mot. Une fois arrivés à l'étage où repose le Graf, nous constatons que deux hommes en arme gardent sa chambre. Les visites sont interdites, néanmoins ma sœur obtient l'autorisation de voir Manfred quelques minutes.

Nous patientons ma chérie et moi, assis sur une chaise dans le couloir. Jacqueline finit par sortir de la chambre en pleurs, elle se tourne vers Mathilde et lui lâche laconiquement : « Il est toujours inconscient…il faut attendre… »

CHAPITRE 15 : L'ÉTAU SE RESSERRE.

Lundi 16 juin, la semaine commence difficilement, Mathilde a dû rentrer à Reims et me retrouver seul dans ces circonstances me pèse. Une fois au bureau, Duval me tombe dessus pour me demander des explications, sur la soirée de samedi. Il vient d'être contacté par la Gestapo chargée de l'enquête. Je suis convoqué « comme témoin », pour le lendemain 10 heures au 11 rue des Saussaies.

Je lui décris notre fin de soirée, sans entrer plus dans les détails concernant le motard. Le Capitaine a reçu également des coups de fil de l'Ambassade et de l'Ahbwer. Il me propose d'essayer de faire le tour des questions que pourraient me poser les allemands :

- Pensez-vous que la cible a été choisie au hasard ?

- Je ne sais pas ! Nous étions parmi les derniers à sortir ! Je pense que le tireur était conscient de prendre moins de risques, une fois la majorité des spectateurs partis ! *(Bien sûr, s'il s'agit de Marcel, c'est autre chose.)*

- Ils vont vous parler des relations de von Riegsburg, avec votre sœur !

- Oui sans aucun doute ! Mais là, je pense que sa relation avec Jacqueline, joue plutôt en notre faveur !

- Bon j'espère qu'il va s'en sortir ! Sinon, il y'a un énorme risque de représailles à suivre !

Le mardi, je me rends à l'heure précise, au siège de la Gestapo en grand uniforme. Comme pour la première fois, je suis reçu par le capitaine SS Doering*, mais cette fois, il est assisté par Hans Kieffer*numéro 2 de la police politique allemande. Connaissant les relations que je peux entretenir avec l'Ahbwer et l'Ambassade, ils se montrent à la fois courtois et prudents. Après deux ou trois échanges banals, Doering devient plus incisif :

- Comment ce terroriste, a pu agresser le Graf von Riegsburg, sans complicité ? Il a dû bénéficier de votre appui !

- C'est ridicule, je vous fais remarquer que sans l'intervention de ma sœur et de ma compagne Mathilde, Manfred serait probablement déjà mort ! *(J'emploie volontiers, le prénom de von Riegsburg, pour bien leur montrer, la proximité qu'il peut exister entre le Graf et moi.)*

Kieffer, jusque-là tapi dans l'ombre sans dire un mot, se montre acerbe :

- Nous savons que vous entretenez des relations avec Londres !

Je me pose une seconde et en réfléchissant, je me dis qu'il bluffe. Si Kieffer avait vraiment des éléments pour me confondre, il m'aurait interpellé sous mon pseudonyme de « Grenelle ». Je lui réponds le plus calmement du monde.

- Bien sûr que j'entretiens des relations avec les anglais ! Tout le monde entretient des relations avec les anglais ! Comment croyez-vous que l'Ahbwer fonctionne pour avoir des renseignements ? Et vous voudriez que le BMA et le 2e bureau fonctionnent différemment ?

J'ai fait mouche, privés d'argument les deux hommes me laissent repartir comme j'étais venu. Voilà un problème de réglé, du moins provisoirement, toutefois le dossier n'est pas encore refermé. J'ai bien l'intention d'aller demander quelques comptes « au Marcel ».

Mercredi 18 juin, une nouvelle nous arrive de l'Ambassade d'Union Soviétique. Un soldat allemand, après avoir déserté et traversé l'Ukraine, prévient qu'Hitler va déclencher l'attaque contre l'URSS le 22 juin à 4 heures du matin. Staline néanmoins maintient ses vacances.

L'après-midi, je décide de prendre le chemin d'Ennery, dans la banlieue de Pontoise. Je rejoins l'imprimerie où Marcel travaille, afin d'avoir quelques éclaircissements :

- Qu'est ce que tu veux Pierre, ça ne te suffit pas de m'avoir mis les gendarmes au cul ? Je l'entraîne à l'écart, pour que personne ne puisse entendre notre conversation.

- D'abord bonjour Marcel ! Ensuite, tu peux me dire qu'est ce que tu faisais du côté de l'Opéra samedi soir ? À ma grande surprise, il ne nie rien.

- Moi, je suis un résistant et ce n'est pas un collaborateur de Vichy, qui va me donner des leçons !

- Toi un résistant ? Tu sais très bien, que tu as tiré sur la personne qui t'a sortie de ton stalag ! Dis-moi plutôt que tu as agi par jalousie ! le ton monte.

- Écoute Pierre, j'en n'ai rien à f... de ce que tu penses ! Tu peux même me balancer aux flics, si tu veux ! Maintenant tu me laisses, j'ai du travail !

Il repart dans l'atelier, sans demander son reste, au moins je suis fixé. Reste à savoir, quelles suites je dois donner. Je n'ai pas à me poser la question très longtemps. Le lendemain la gendarmerie de Pontoise, me signale que Marcel Marchal, n'est pas venu « pointer ». Un avis de recherche est de ce fait lancé contre lui.

Je n'oublie pas ma mission de « surveillance », concernant Bernadette Bourdet. Si j'ai pris un peu de temps pour l'amadouer, mes investigations commencent néanmoins à porter leurs fruits. Celle que l'on pensait être une célibataire endurcie, fréquente un certain Francis Brunoy, un obscur comptable de la préfecture, tout aussi « gris » que sa chère et tendre. Ma « nouvelle cible » est désormais identifiée.

Samedi 21 juin, des avions de reconnaissance de la Luftwaffe, survolent le territoire russe. La chasse soviétique reçoit l'ordre de ne pas tirer, néanmoins les gardes-frontière sont mis en alerte. Ce ne sont que les prémices de l'attaque prévue pour le lendemain. « Barbarossa » se déclenche à 3 h15 du matin, sur une ligne de front s'étendant de la Baltique à la mer noire.

152 divisions soit plus de 3 millions d'hommes soutenues par des unités blindées, des chars, de l'artillerie et des avions, se ruent à l'assaut de l'armée rouge. Comme la France en 40, l'URSS de 41 se trouve désorganisée et mal préparée. La purge orchestrée par Staline de ses meilleurs officiers en 1936-37, paralyse une partie de son efficacité défensive.

La bonne nouvelle vient de l'hôpital Lariboisière, le Graf vient de sortir du coma. Je décide de lui rendre une petite visite le lundi suivant. Jacqueline veille à son chevet, il semble avoir récupéré en partie et se montre d'humeur joyeuse :

- Ah mon cher beau-frère, je suis heureux de vous revoir ! Je voulais vous remercier ! Sans votre sœur et votre amie Mathilde, je ne serais probablement plus de ce monde !

- Moi aussi Manfred, je suis heureux de vous voir en meilleure santé qu'il y'a huit jours !

- Dites-moi, savez-vous si les recherches avancent ?

- Non je n'ai pas d'information, l'enquête revient à la Gestapo !

- Dans ce cas, je comprends que vous n'ayez pas d'écho ! Et surtout, je ne suis pas sûr qu'ils obtiennent un résultat ! il esquisse un sourire suivi d'une grimace. Il ne faut pas que je rigole, j'ai encore mal aux côtes !

- Par contre, j'ai une autre nouvelle, vos troupes sont entrées en Union Soviétique ! cette fois son rictus, se veut plus accentué.

- Je ne suis pas sûr que vous m'annonciez une bonne nouvelle ! Cette sale guerre n'en finira donc jamais ! Jacqueline intervient.

- Christian, mon chéri, il faut que tu reposes maintenant ! Nous allons te laisser ! ma sœur l'embrasse en lui promettant de revenir demain.

Une fois sortie de ma chambre, Jacqueline se montre un peu plus curieuse :

- Pierre je ne veux pas croire, que tu n'as pas mené l'enquête de ton côté ?

- Si tu veux que je te parle de Marcel, il est actuellement en fuite et activement recherché par la gendarmerie !

Suivant un plan bien établi, les allemands continuent leur marche en avant sous le signe de la « blitz Krieg ». Les Panzer de Guderian progressent de 40 km par jour. Après 8 jours ils ont atteint Minsk, en faisant 150 000 prisonniers, détruit 1200 chars et quelques 600 canons. Les forces germaniques, se déploient en 3 armées, avec au nord le maréchal von Lech* dans les états baltes en direction de Léningrad, au centre les forces blindées du maréchal von Bock* et au sud en partant de Roumanie, le maréchal von Rundstedt*, fonce sur Kiev, dans une manœuvre d'encerclement. La réponse de Staline, est pour le moins radicale, il fait exécuter par le NKVD, le général Dmitri Pavlov*, commandant sur le front ouest.

1er juillet, excellente nouvelle pour Jacqueline, Manfred sort de l'hôpital. Sa joie reste de courte durée. Le Graf doit partir en fin de semaine en convalescence, dans sa résidence autrichienne. En raison de l'attentat, son retour reste incertain. Sécurité oblige, il est question d'une mutation à l'Ambassade d'Allemagne à Rome.

Si ce changement devait se confirmer, le BMA se trouverait coupé d'un précieux relais. Pour l'instant, son poste devient vaquant, avec le capitaine Duval, nous cherchons comment nous réorganiser en interne.

Dans la semaine, nous sommes confrontés à un problème stupide et embarrassant, venant à la fois de la Gestapo et de Vichy. Dans les salles de cinéma, les projections des actualités régulièrement revues et corrigées par la censure des services de Vichy, sont copieusement conspuées. Les spectateurs, profitent de l'obscurité des salles pour se lâcher un peu trop librement. Les allemands de leur côté, refusent de se priver d'un outil de propagande extraordinaire. Nous proposons comme solution, de diffuser leur projection, dans des salles éclairées, afin que les perturbateurs, puissent être repérés. Les Allemands rajoutent, que désormais leurs diffusions deviennent obligatoires.

Mardi 8 juillet, au Palais de Justice de Paris, à 4 heures du matin, 21 communistes s'évadent du dépôt dans lequel ils sont détenus. Les fuyards bénéficient de complicité extérieure. Les prisonniers chantent, pendant qu'ils scient les barreaux de la fenêtre donnant sur la place Dauphine. Le leader de l'opération, n'est autre que Pierre Hervé*, un jeune professeur de philosophie de 27 ans. Les scies ont été fournies par sa compagne Annie Noel*. Nous recevons naturellement un appel de l'Ahbwer dans la journée, nous convoquant Duval et moi, pour le lendemain dans l'après-midi.

Nous voilà une nouvelle fois à l'Hôtel Lutétia, endroit désormais déserté par Jacqueline, de retour chez les parents. Pour la réception, nous sommes reçus par les « Grosser Führer » (grands chefs), les colonels Friedrich Rudolf* et Arnold Garthe*. Si l'accueil, reste aimable, nous n'avons droit ni au café, ni au thé. Le colonel Garthe ouvre le débat :

-   Savez-vous Messieurs, pourquoi nous vous avons fait venir ? Duval répond.

-   Pour l'évasion du Palais de Justice, je suppose ?

-   Exactement, qu'est ce que vous pouvez nous en dire ? partant du principe que l'offensive est la meilleure défense, je tente un débordement :

-   Sauf vôtre respect mon colonel, nous n'avons pas en charge, le gardiennage des prisonniers !

-   Je sais lieutenant, Monsieur Camille Marchand (Préfet de Police) était assis à votre place ce matin ! Nous avons reçu sa version, nous aimerions avoir la vôtre ! Duval, ré explique nos missions.

-   Le BMA, a été mis en place pour traquer prioritairement, les Communistes et le Gaullistes ! Pierre Hervé* fait partie de nos cibles, depuis qu'il a été affecté au Lycée Marcellin-Bertelot de Saint Maur des fossés, en janvier dernier ! Depuis, nous avons envoyé, un rapport détaillé au Capitaine von Riegsburg, sur ses actions présumées !

- Inutile de vous rappeler que le Graf von Riegsburg, n'est plus en poste ! En conséquence, nous aurons beaucoup moins de bienveillance à votre égard et nous attendons un peu plus d'efficacité de votre part !

La menace est à peine voilée et nous prenons congé sur cette dernière parole. De retour au bureau nous débriefons. :

- Que pensez-vous de leurs réactions mon Capitaine ?

- Je pense que l'éloignement de von Riegsburg, n'est pas dû uniquement à un problème de sécurité ! La proximité du Graf avec votre sœur, a fini par déplaire en haut lieu et nous avons le retour de bâton ! De plus, les actions de la résistance sont de plus en plus fréquentes, avec pour conséquence probable de l'Ambassade, de mettre la pression sur l'Ahbwer et la Gestapo ! Nous allons devoir travailler, dans des conditions de plus en plus difficiles !

La prédiction de Duval ne tarde pas, à Pau le 18 juillet Loustanau-Lacau*, chef du réseau « Alliance » tombe. Le BCRA réagit en mettant en place Marie-Madelaine Méric*, pour lui succéder. Autre sujet d'inquiétude, le Colonel Groussard, de passage à Londres pour rencontrer Churchill afin d'établir un contact à la demande du Général Huntziger, est arrêté à Vichy à son retour de mission, sur l'ordre de Darlan.

Si Duval et moi, ne continuons pas à montrer un zèle particulier vis-à-vis des allemands, d'autres s'en chargent à notre place. Le 25 juillet, Xavier Vallat* commissaire aux questions juives, étend à la zone libre son programme d'épuration économique. Adieu les belles promesses du gouvernement de Vichy, de ne toucher ni aux biens, ni aux personnes. Vallat, rejoint les nazis dans les lois antisémites, sans aucune pression de leur part, au prétexte, je cite : « d'éliminer toute influence juive dans l'économie nationale. »

Tout aussi grave Marx Dormoy, un proche de mon père à la SFIO, ancien Ministre de l'intérieur du front populaire est assassiné le 26 à Montélimar dans la Drôme.

Une bombe à retardement a été placée sous son lit, à l'Hôtel « Le relais de l'empereur » où il est sous surveillance. Maurice Marbach*, Yves Monier* et Horace Vaillant*, trois anciens « cagoulards », en sont les auteurs avec la complicité d'une comédienne Annie Mouraille*, servant d'appât. Les trois hommes, sont désormais militants du Parti Populaire Français de Jacques Doriot.

La fin de mois, se termine encore sur une mauvaise note. Le 30, le Colonel Rémy, perd Bernard Lhermitte*, un de ses radios, arrêté par la police allemande à Angers. Il a fait une faute, en dépassant son temps d'émission vers Londres, permettant aux voitures de radiogoniométrie de le repérer. À Clermont Ferrand, le premier numéro de « Libération » parait sous la coupe de syndicalistes, regroupés autour d'André Philip* et d'Emmanuel d'Astier de la Vigerie*.

Face aux critiques qui pleuvent sur son gouvernement, le Maréchal Pétain, se sent obligé de faire une intervention radiophonique, le 12 août : « De plusieurs régions de France, je sens se lever depuis quelques semaines un vent mauvais. » Depuis un an, le Maréchal n'a pu obtenir des allemands que des concessions mineures, ne modifiant en rien la condition de vie des français, de plus en plus précaires. Devant un mécontentement devenant général, le régime choisit de renforcer ses pouvoirs.

Pétain interdit désormais, toute activité politique en zone libre. Le pouvoir de la police et des préfets, s'en trouve renforcé, un conseil de Justice sera chargé de punir les responsables de la défaite de la France. Pour faire, il fait passer Pierre Pucheu*, de Secrétaire d'Etat à la Production Industrielle, à Secrétaire d'État puis Ministre de l'Intérieur, avec sous ses ordres préfets et policiers. L'homme n'est pas un tendre, ancien condisciple de Marcel Déat, anticommuniste et antigaulliste, dans un interview accordée à « La Gerbe », il se prononce pour un parti unique. Il dépend directement de l'Amiral Darlan, qui demande une aggravation des peines pour la répression des menées antinationales, pouvant aller jusqu'à la peine capitale.

Loin de calmer les esprits, les déclarations du Maréchal Pétain, font l'effet d'un coup d'épée dans l'eau. Le jeudi 21 août à 8 heures, sur le quai de la station de métro Barbès-Rochechouart, Pierre Georges, alias « le colonel Fabien » abat de deux coups de revolver Alphonse Moser, aspirant de la Kriegsmarine. Cette condamnation, répond en représailles à l'exécution de deux militants communistes, arrêtés au cours d'une manifestation. Cette fois « le rouge est mis », ce sera désormais œil pour œil dent pour dent. Les allemands communiquent par voies de presse, affichage et radiophonique, des prises d'otages seront faites à chaque attentat, avec exécution par les armes. Signe des temps, Duval et moi ne sommes même plus convoqués.

Si les allemands sont visés, les collabos aussi. Le 27 août, Pierre Laval et Marcel Déat, passent en revue à Versailles, le premier contingent de la Légion des Volontaires Français (LVF), partant pour le front russe. Paul Collette*, un mécanicien de Marine âgé de 21 ans, sort du rang et vide son chargeur. Laval touché à la poitrine s'écroule et Déat, directeur du journal pronazi « L'œuvre », reçoit une balle dans l'abdomen. L'arme un 6,35, ne fait pas de lésion fatale. Des gendarmes entraînent Collette à l'écart, alors qu'un groupe de la Légion, s'apprête à le lyncher. Condamné à mort le 1er octobre 1941, par un tribunal d'exception, paradoxalement, il ne doit la vie sauve que sur l'intervention de Laval. Sa peine, est commuée en travaux forcés à perpétuité par Pétain. (*Détenu dans plusieurs prisons françaises, il est expédié, au camp d'extermination de Mauthausen en février 44, avant d'être est libéré en mai 1945.*)

Au mois de septembre, les attentats se multiplient à Paris, le 12, douze otages sont arrêtés, huit sont fusillés. Le 16, suite à l'agression contre le capitaine Schoben* de la Wehrmacht, dix sont passés par les armes. Le général von Stülpnagel, commandant du « Gross Paris », durcit le couvre-feu. La voie public, est désormais interdite dans le département de la Seine, de 21 heures à 5 heures du matin. Les salles de spectacles parisiennes, doivent fermer leurs portes à 20 heures au plus tard.

Le 4 octobre, Vichy présente sa « Charte du Travail ». La rédaction a été confiée à René Belin*, un ancien de la CGT. Le texte doit assurer un nouvel ordre social, comprenant ni libéralisme, ni capitalisme, ni communisme. Le droit de grève est supprimé, le droit d'association, se limite à un échelon régional.

Faisant suite à la nomination de Pucheu au Ministère de l'intérieur en août dernier, le 16 octobre, Blum, Daladier et le Général Gamelin, sont incarcérés au fort du Portalet dans les Basses Pyrénées, en attente de leurs procès.

Les représailles continuent, le 23 octobre, 27 otages sont exécutés à Chateaubriant, parmi eux un jeune militant communiste de 17 ans Guy Moquet. 21 autres sont fusillés à la prison de Nantes et 50 au camp de Souges, près de Bordeaux. Devant ce carnage, le Maréchal Pétain, désemparé, se propose en otage. À Londres, le Général de Gaulle, réagit en demandant aux résistants, de ne plus tuer ouvertement des allemands. Les principales victimes, sont le Lieutenant-Colonel Karl Hotz*, commandant la place de Nantes et le Conseiller Militaire Reimers*, place Peyberland à Bordeaux.

La réaction de Pétain et de de Gaulle, semble avoir quelques effets. Le 31 octobre, les exécutions sont suspendues en France, le Général, demande en signe de recueillement, de faire cinq minutes de silence. La consigne est globalement respectée par les français.

Pendant ce temps, je suis toujours « en réserve de la république », assistant impuissant à tous ces événements. Le 4 novembre, voit le jour à Grenoble, du mouvement « Combat ». Il s'agit du rapprochement de deux groupes de résistance, dirigé l'un par un professeur de droit de la faculté de Lyon, François de Menthon, l'autre par Henri Fresnay du groupe Libération Nationale.

Le 12 novembre, le général Charles Huntziger revient d'Afrique, suite à un rendez-vous avec Maxime Weygand, concernant une demande des allemands pour utiliser nos bases d'Afrique du Nord. Le Potez 662 qui le ramène, vole au-dessus des Cévennes, par un temps épouvantable, où brouillard et neige se mêlent. L'avion, s'écrase au col du Minier près du Vigan.

Le Ministre de la Guerre périt en même temps que six autres personnes. Son décès, représente une perte importante, dans la défense des intérêts de la France face aux nazis et son opposition permanente à Laval.

La semaine suivante, Darlan, suite aux pressions allemandes, relève Weygand de ses fonctions en Afrique du Nord. Il est mis à la retraite d'office.

Pendant que les fêtes de fin d'année se préparent, le dernier acte de la guerre mondiale s'enclenche. À l'aube du 7 décembre, les japonais attaquent la base américaine de Pearl Harbor. Depuis plusieurs semaines déjà, la menace couvait. Les anglais et les américains, ayant réussi un embargo pétrolier, pour contrer le pays du « Soleil Levant », dans son expansionnisme, les japonais répliquent en s'attaquant à la flotte américaine.

Le presse mondiale couvre l'événement, moins de 48 heures plus tard. En France, « Le Matin » et « Paris-Midi » soulignent le succès incontestable de l'attaque au signal « Tora, Tora, Tora ! » (*Tigre, tigre, tigre !)* Les bombardiers torpilleurs Val et Kate, réussissent à couler dans le port, les cuirassés « Arizona », « Oklahoma » et « Utah ». Le « California » le « West Virginia » et le « Tennessee » sont fortement endommagés. Par contre, contrairement aux idées reçues des journaux français, aucun des portes avions américains, ne mouillaient dans les eaux d'Honolulu. Autre son de cloche, celui du « New York Times », qui souligne à une voix près, l'unanimité du Congrès en faveur de la déclaration de guerre.

Depuis trois mois Mathilde et moi, faisons des aller-retours en fin de semaine, un coup sur Reims, un autre sur Paris. Manfred von Riegsburg s'est vu confirmé dans son poste à l'Ambassade d'Allemagne à Rome. Jacqueline, doit le rejoindre en Italie, pour passer les fêtes de fin d'année avec lui…

CHAPITRE 16 : OPÉRATION RUTTER.

Le Führer, déclare Paris capitale intellectuelle, elle doit devenir la Babylone des plaisirs, une sorte de « Luna Park de l'Europe Nazie ». En conséquence, l'occupant se montre bienveillant envers les lieux de plaisirs, comme les boîtes de nuit et les maisons de tolérance.

Les endroits les plus prisés sont le « Bœuf sur le toit » qui vient de recevoir une attribution de huit tonnes de charbon, pour que « les p'tites femmes de Paris » continuent leurs spectacles de nu, sans craindre une bronchite. « Le Moulin de la Galette », réservé aux permissionnaires allemands, « Le Shéhérazade » et le « Tabarin », avec son numéro d'écuyères, particulièrement suggestif, sont aussi très fréquentés. Pour les plus coquins, il existe le 122 rue de Provence, plus connu sous le nom de « One-Two-Two ».

Si les allemands sont majoritaires dans ce genre d'endroits, certains français proches du pouvoir allemand, s'y retrouvent régulièrement. Les vainqueurs apprécient leurs présences, sans eux on s'y ennuierait ! Pour la majorité des parisiens, Noël et jour de l'an ne représentent plus un jour particulier. La seule distraction, consiste à chercher à se nourrir et à se chauffer au quotidien.

Je retrouve Jacqueline de retour de son séjour à Rome. Ma sœur visiblement, a passé un excellent moment avec le Graf « dans la ville éternelle ». Toutefois, les circonstances et l'éloignement, font qu'ils décident de mettre fin à leur histoire d'amour, tout en restant amis. À Paris, l'Ahbwer a trouvé un successeur à von Riegsburg. Un certain Friedrich Müller.

Au moins je suis sûr que Jacqueline, ne va pas tomber sous son charme. Il est petit, laid et chauve et se montre désagréable de premier abord.

En ce début d'année 1942, une contre-offensive du Général Joukov, bouscule pour la première fois les allemands sur le front de l'Est. Alors que les troupes du Reich, marquent une pose en attendant le printemps, l'armée rouge attaque d'une ligne s'étendant de Briansk au nord jusqu'à Rjev. La réaction d'Hitler ne tarde pas, le 17 janvier, il limoge ses meilleurs généraux. Après von Rundstedt et von Brauchitsch, victime d'une crise cardiaque, c'est au tour de von Bock, puis d'Hoepner, en tout 35 généraux, sont relevés de leurs fonctions.

Au bureau, toujours dans l'attente d'être « remis dans le circuit » je m'ennuie profondément. En rentrant chez moi ce lundi 26 janvier, un événement va me faire sortir de mon hibernation. Une sonnerie simple de téléphone, me signale que « Léa, la bistrotière » a besoin de me voir. Je me pointe le lendemain à l'ouverture du zinc, tout en évitant de commander son épouvantable café. Le chocolat servi n'est guère meilleur, mon intérêt se porte sur la boîte d'allumettes, qu'elle me présente ostensiblement. Je la glisse discrètement dans ma poche avant de quitter le bar.

Mon premier réflexe en arrivant au bureau, est d'en toucher un mot à Duval. Visiblement, il manifeste son étonnement et me conseille de prendre connaissance du contenu de la boite, uniquement le soir en rentrant chez moi. Naturellement, je piaffe d'impatience toute la journée.

En arrivant à mon domicile, je découvre le précieux trésor, il s'agit d'un microfilm, comprenant une série de photos avec une lettre jointe. Je me précipite, pour sortir une loupe d'un tiroir de la console d'entrée. Je remarque instantanément, que le courrier rédigé en anglais, porte l'entête du « Foreign office ».

Deux signatures, sont apposées au bas du document, celle d'Anthony Eden (*Ministre des Affaires Étrangères Britanniques)* et d'André Dewavrin pour le BCRA.

Pas besoin d'être grand clerc, pour comprendre que le message doit être d'importance. En examinant, les premiers clichés, je découvre des vues aériennes de côtes maritimes, ainsi que le contour d'un port, sans pouvoir identifier l'endroit avec certitude. Je m'applique désormais à déchiffrer la lettre. Il s'agit du port du Dieppe, et l'on me demande d'aller vérifier sur place, dans le courant du mois de février, les éléments correspondants aux photos et d'en faire un rapport détaillé en retour.

Dès le lendemain, je consulte Duval et d'Autrevaux, pour mettre la logistique en place. Nous convenons que je ne dois pas m'y rendre seul. « Maria la Louve » devra m'accompagner en qualité d'assistante. De plus comme, il hors de question que je me déplace avec une radio, il faut trouver « un pianiste », pour assurer la liaison. Le commandant de son côté, va chercher à en savoir plus sur la finalité de ma mission.

Mercredi 28 janvier, j'appelle la poste de Tierceville :

-   Bonjour Marie, Pierre à l'appareil, je t'appelle pour le week-end, que nous nous étions promis au bord de la mer !

-   Ah oui, si tu veux, tu peux passer ce soir chez moi pour en discuter !

Je me pointe en civil chez elle à 19 heures, à la fermeture de la poste. Je lui fais un topo de la situation, elle cherche à en savoir plus :

-   Combien de temps pour accomplir la mission ?

-   Je pense que 72 heures, devraient faire l'affaire !

-   L'idéal, serait que nous partions un samedi à midi heure de fermeture de la poste ! Le dimanche et lundi elle est fermée, et au besoin, je peux me faire remplacer le mardi !

-   Parfait, il te faudra aussi une autre identité ! Marie me sort d'un tiroir une carte plus vraie que nature, au nom de Geneviève Maurice.

-   Reste à trouver l'opérateur radio ?

- Nous sommes dans la zone opérationnelle d'Henri Bourreau ! Je le contacte, pour savoir quand il peut se rendre disponible ! Tu dînes avec moi ce soir ?

- Non je préfère rentrer, j'ai encore des détails à régler, nous aurons bien le temps à Dieppe !

En fin de semaine, d'Autrevaux réussit à en savoir plus, sur le pourquoi du comment de ma mission. Depuis l'invasion de l'Union Soviétique, par les allemands, la tendance s'est inversée. Churchill et Staline, ont noué une nouvelle alliance et ce dernier souhaite que son nouvel allié, ouvre un deuxième front à l'Ouest le plus tôt possible. La Grande Bretagne n'est pas prête, toutefois le premier Ministre, n'est pas contre d'éprouver l'occupant en France, par une opération ponctuelle. Un test grandeur nature est envisagé, en vue du débarquement prévu pour 1943, sous le nom de « Round up ».

Les raids aériens prévus avec pour indicatif « Sledgehammer » (*coup de massue)* se transforment en véritable opération de débarquement baptisée « Rutter ». Churchill en profite pour rajeunir son état‑ major. Il remplace le septuagénaire amiral Keyes*, par le cousin du roi, le Commodore lord Mountbatten 42 ans. Après avoir envisagé, un débarquement sur le Pas de Calais, plus proche, des côtes anglaises, la solution de Dieppe à 120 km de Newhaven est finalement retenue, pour une arrivée de nuit afin de provoquer la surprise. De plus, le port normand, reste dans le rayon d'action de la RAF, pour l'appui aérien.

Nous calons notre déplacement pour le samedi 21 février, avec un retour prévu au mardi 24, au plus tard.

Dans le même temps, attentats et condamnations se poursuivent. À Fresnes le 17 février, à la suite d'une instruction bâclée, les juges allemands, rendent leur verdict dans le procès du « Musée de l'homme ». Le capitaine von Rostoken* préside, il énumère le nom des sept hommes et trois femmes, condamnés à la peine capitale. Parmi eux, Boris Vildé* le meneur, Anatole Lewinsky* son adjoint et l'instituteur Jules Andrieux*, grand mutilé de guerre 14/18. La sentence, sera exécutée le 23 février au Mont Valérien.

L'actualité du 19 février, se tourne vers un autre procès. Il s'agit de juger « les fauteurs de défaite » à Riom. Dans le box des accusés, figurent Léon Blum, Edouard Daladier (*anciens Présidents du Conseil*), le Généralissime Maurice Gamelin, l'ancien contrôleur général des armées Robert Jacomet et le Ministre de l'Air, Guy de la Chambre. À noter que l'occupant, n'a aucune influence sur la tenue du procès, voulu par Philippe Pétain. Il faut pour le Maréchal, cautionner sa nouvelle politique de « Révolution Nationale », au détriment de la 3e République en général et du Front Populaire en particulier. Les débats tournent vite à la confusion. Les accusés, le « jouent à l'envers », en dénonçant la conduite de Pétain dès son arrivée « aux affaires » en 1934, comme membre du Conseil de Guerre, avec une réduction du budget des armées de 20 %.

Toujours le 19, suivant les directives du Général de Gaulle, d'éviter aux français de s'en prendre directement à l'occupant, les résistants privilégient désormais les collabos. Déat et Doriot, sont pris pour cible à la sortie du Lido sur les Champs Elysées. Le responsable est un jeune communiste de 21 ans Georges Tondelier*, alias « le tondu », cette fois il échoue. (*Tondelier est reconnu coupable de 10 tentatives d'attentats, sur la période 1941/1942. Il est arrêté, condamné à mort et fusillé, le 11 juin 1942 au Mont Valérien.*)

Notre pseudo ordre de mission au nom du lieutenant Malet et de Mademoiselle Geneviève Maurice est édité. « Officiellement », Il s'agit de faire une tournée d'inspection des gendarmeries, du canton de Dieppe, pour contrôler des registres sur des communistes, où des gaullistes présumés. Les établissements sont au nombre de trois. Un en agglomération, route escarpe, le plus important se situe rue Jehan de Blainville et surtout la Gendarmerie Maritime, quai Guynemer, permet d'avoir un accès aux installations portuaires.

Pour les appareils photographiques, il n'existe rien de mieux que « les fridolins ». J'ai réussi à me munir d'un Zeiss Ikon Ikonta B 532, avec un objectif de 80m/m et pour rester dans le plus discret, du dernier « Minox Riga ». Notre contact sur place s'appelle Svetislav Tsirich*, un garagiste d'origine Serbe. Henri Bourreau, doit le retrouver dans un atelier situé à Bracquemont, en banlieue nord de Dieppe.

Nous trouvons difficilement à nous loger avec « Geneviève ». Les deux principaux établissements le « Royal » et le « Select » étant réquisitionnés par les allemands, nous trouvons refuge, un comble, dans « l'Hôtel des Étrangers » avec une seule chambre à deux lits.

Je récupère « Marie la louve » dans la discrétion, à sa cabane, le samedi vers 13 heures. 100 km à peine nous séparent de la préfecture de la Seine Maritime, nous bouclons le trajet en moins de deux heures. Histoire d'être crédibles, nous nous présentons à la première Gendarmerie, celle de Jehan de Blainville. Loin des installations qui nous intéressent, elle ne présente guère d'intérêt. Toutefois l'important pour nous, est de nous faire voir et surtout d'être vus « officiellement », le contrôle de pur forme que nous effectuons, n'aura de toutes façons aucune suite.

Nous déposons, nos bagages à l'hôtel, en fin d'après-midi avant de rejoindre l'atelier de Bracquemont. « Riton », déjà sur place, nous n'avons plus qu'à établir un plan de travail avec Tsirich, pour les 48 ou 72 heures à suivre.

Les photos aériennes fournies, représentent une surface de côte d'environ 30 km, s'étendant de Berneval au nord, à Quiberville au sud. L'objectif, étant de prendre au sol des photos correspondant aux vues aériennes, avec le plus de précision possible. Les cibles sont bien entendues, les plages permettant de réaliser un débarquement, avec leurs systèmes de défense, canons côtiers, DCA et nids de mitrailleuses.

La première action, est fixée pour le lendemain dimanche, sur la rive droite de l'Arques, de Berneval à Neuville, au nord de Dieppe. Le soir dans la chambre, je discute avec Marie de l'envahissement de l'Union Soviétique. Elle me répond que la concernant, le retournement du PCF ne l'intéresse pas, qu'elle a détruit sa carte du parti et ne souhaite pas renouer avec ses anciens amis.

Dimanche 22 février, je suis habillé en civil pas d'inspection de gendarmerie prévue aujourd'hui. Marie et moi muni de mon Zeiss autour du cou, faisons penser à de parfaits touristes.

Avec un plafond nuageux et un vent à décorner des bœufs, il faut vraiment avoir envie, au plutôt besoin, de se promener en bord de côte. Nous nous rapprochons du point numéro 1, les quatre batteries « Goebbels » surplombent la plage de Berneval. Avant que je n'aie pu prendre la moindre photo en m'approchant des barbelés, des gardes en armes se rapprochent de nous. Instinctivement je prends Marie dans mes bras et je lui glisse un bisou appuyé dans le cou. Les soldats en rigolent :

- Die Franzosen, liebe immer liebe ! *(Les français, l'amour toujours l'amour !)* Ils nous font signes de nous écarter, sans plus de formalité. Par contre Marie en nous éloignant fait mine de protester.

- Le baiser, c'est une chose, mais les mains sur les fesses, était-ce bien nécessaire, lieutenant ? je lui souris.

- Dans ces cas-là, il vaut mieux prendre un maximum de précautions, pour être crédibles ! elle sourit, à son tour.

Nous descendons plus au sud, sur Belleville sur Mer, l'endroit moins surveillé me permet de shooter mes premiers clichés. Nous parcourons ensuite près de 10 km à pied, pour nous rendre au Puys. Là encore il s'agit de ne pas trop s'approcher. L'endroit donne à la hauteur de Neuville sur l'embouchure de l'Arques avec des défenses particulièrement musclées. Quatre batteries côtières dites « Rommel », sont prolongées par trois lourdes de DCA et cinq plus légères à l'estuaire du fleuve, le tout sous le nom de « Bismarck ».

Il est temps de rentrer, nous avons dû parcourir plus de 30 km à pied. À l'atelier de Bracquemont, nous retrouvons Henri, qui peut transmettre en crypté, les informations que j'ai pu recueillir. Je lui rappelle les consignes, moins de 10 minutes d'émission, puis après une pause, effectuer un changement de fréquence, avant de reprendre. Le soir à l'hôtel, il n'est pas nécessaire de nous bercer pour que trouvions le sommeil, la marche et le grand air ont eu raison, d'un possible rapprochement…

Lundi 23 février, au cœur de la ville, la balade à pied sera moins longue aujourd'hui. La visite commence par la Gendarmerie Maritime, comme le premier jour, nous sommes dans la gesticulation de principe. Une fois la corvée effectuée, nous pouvons poursuivre par du concret. J'ai abandonné le Zeiss, pour le Minox plus discret, et tout en tenant Marie par la taille, je mitraille le port avec ma main libre. Je constate plusieurs choses, l'ambiance globalement est plus décontractée que dans la capitale, moins soumise aux pressions terroristes. L'arsenal de la rive gauche se dévoile moins impressionnant, que celui de la rive droite. Cinq batteries légères de DCA dites « Hindenburg » et trois lourdes ceinturent la ville. Néanmoins, la station radar, protégée par les nids de mitrailleuses de la « ferme des quatre vents » peu visible, sur les photos aériennes, attire mon attention.

En rentrant à notre point de chute de l'atelier je m'en ouvre à Riton et à Tsirich. Henri a déjà détecté, une station de radar beaucoup plus importante au Havre, permettant de balayer la côte. Cette installation, peut avoir une influence pour un éventuel débarquement sur Dieppe. Je ne vais pas manquer de le souligner dans mon rapport, en attendant Riton passe en cryptographie, mes relevés de la journée.

Le soir, Marie et moi sommes moins vidés que la veille. Notre libido, se réveille, va-t'-elle faire fi de ses préjugés contre « les petits bourgeois ? » De mon côté, je pense fortement à Mathilde, pour repousser la tentation. Finalement, nous finissons par nous endormir, dans les bras l'un de l'autre, comme j'ai pu le faire de nombreuses fois avec Jacqueline.

Mardi 24 février, comme prévu nous finissons notre mission par la partie sud. La petite Gendarmerie de la route escarpe, n'est qu'une formalité, il s'agit d'examiner la zone allant de Varengeville-sur-Mer à Quiberville. Deux blocs composent la défense, avec un très gros sur Vasterival, comprenant cinq batteries de canons maritimes et deux de DCA légère. Le dispositif se termine à Sainte-Marguerite-sur-mer, par la batterie « Hess » composée de trois canons.

Nous faisons, un dernier crochet par l'atelier, pour fournir les informations à Riton et remercier Svetislav Tsirich, pour son accueil, avant de reprendre la route pour Gisors.

Nous regagnons, la cabane de Maria la louve en début de soirée. Elle m'indique qu'elle va y passer la nuit, tout en ajoutant : « Dommage que tu sois un petit bourgeois de droite ! » Je lui réponds avec un sourire : « Je regrette que tu aies gardé, tes manières d'adolescente communiste ! » Nous nous séparons avec deux bises sur les joues avant que je ne reprenne la route de Paris. La pluie commence à tomber, je n'atteins la capitale que vers minuit.

La soirée du lendemain consiste à débriefer, avec d'Autrevaux et Duval, mes trois jours passés en Normandie. Les deux hommes semblent perplexes, le commandant me demande :

-   Pensez-vous qu'un débarquement allié, soit possible avec une chance de succès ?

-   Sans doute, à condition d'y mettre de gros moyens ! En particulier aériens pour neutraliser, canons et DCA, sans oublier les stations radars, pour ménager l'effet de surprise !

Je consacre le restant de la semaine à rédiger mon rapport. Je le photographie avec mon « Minox », avant de glisser le film dans la boîte d'allumette, pour un retour à l'expéditeur via Léa. Il n'y a plus qu'à attendre, les résultats de la suite de notre travail.

J'ignore alors, que les radars dont m'a parlé Henri Bourreau, sont déjà dans le collimateur des troupes aéroportées britanniques. Dans la nuit du 27 au 28 février, le 2e bataillon parachutiste de la 1ere division aéroportée, se projette sur Bruneval, dans le cadre de l'opération « Biting ». L'action, consiste non pas à détruire les installations…mais à les dérober ! L'objectif se réalise au-delà de toute espérance. Les paras remplissent leur mission, s'emparant du matériel, faisant des prisonniers, ne perdant dans l'opération que deux hommes et revenant avec huit blessés, tous évacués dans les six péniches de rembarquement.

CHAPITRE 17 : VICHY DOUCHE LE 2e BUREAU.

Me revoilà en ce début de mois de mars, replongé dans la routine quotidienne du bureau. Le Bomber Command se charge de nous sortir de nos habitudes. Le mercredi 4, il bombarde les usines Renault de Boulogne Billancourt, l'objectif étant de détruire la fabrication de véhicules et de chars légers, fournis au autorités allemandes. 235 bombardiers, sont requisionnés pour survoler de nuit les bâtiments de fabrication. Ils déversent, des bombes de 2 tonnes et de 500kg.

Le bilan est particulièrement lourd, 486 morts et plus de 600 blessés, pour un résultat décevant. Seulement, 10% du parc des machines et 7% des locaux sont détruits. La presse collaborationniste en profite pour s'en donner à cœur joie.

Du côté du FNFL, les nouvelles ne sont pas plus réjouissantes. À Londres, le 6 mars, l'Amiral Muselier donne sa démission au général de Gaulle. Une partie « des connétables » de la France libre, s'engouffre dans la brèche créée par le conflit. André Labarthe, le commandant Moullec*, Chef d'état-major de Muselier, tirent les ficelles, avec l'appui discret du premier Lord de l'Amirauté, Victor Alexander et d'Anthony Eden, Ministre des Affaires Étrangères.

Muselier, reproche à de Gaulle de l'avoir plongé dans une opération à Saint Pierre et Miquelon, sans en avoir prévenu les alliés américains et anglais. Le 8 février, l'opération avait coûté, la perte de la corvette « Alysse » torpillée par les allemands, dont 22 marins avaient perdu la vie.

L'affaire se dégonfle le 19 mars. Muselier, fort de ses soutiens tente un bras de fer avec le Général, en appelant les marins du FNFL à une grève générale. L'amirauté et le gouvernement de sa majesté, goûtent très modérément la plaisanterie, surtout lorsqu'elle consiste pour des marins, à entrer dans une « sorte de mutinerie ! » L'Amiral perd leurs soutiens, ainsi que celui du général de Gaulle, qui dans une dernière tentative, avait tenté de le ramener à la raison.

Les collabos, restent la cible privilégiée des résistants. Le 16 mars au Théâtre de Tours, une bombe artisanale est lancée sur Marcel Déat. La mèche se détache, en heurtant le pupitre du conférencier, ne provocant aucun dégât. Les principaux protagonistes au nombre de quatre, dont Isidore Grimbert* et Georges Bernard*, sont arrêtés avant d'être passés par les armes.

De mon côté, j'ai des nouvelles « du résistant Marcel Marchal ». J'apprends par un de mes indics, qu'il vit planqué à « la mer de sable » d'Ermenonville, au milieu de réfractaires du S.T.O. J'évite d'aborder son sujet en général et en particulier avec Jacqueline.

Le 27 mars avec Duval, nous avons les brides d'un entretien entre Pétain et Laval, qui aurait eu lieu la veille en forêt de Randan, dans le Puy de Dôme. L'information venant du 2ᵉ bureau, est prise très au sérieux, d'autant que le lieu insolite et la mise à l'écart de la presse, laisse craindre le pire. Il se dit qu'Hitler aurait l'intention de nommer « un gauleiter » *(responsable politique et administratif allemand),* à la tête de l'état français. Laval, recommanderait une collaboration plus active, afin de préserver l'essentiel.

Au mois d'avril ne te découvre pas d'un fil. Néanmoins, les masques finissent par tomber. Le 11, le procès de Riom vire à la farce. « Der Lehrer Doctor Grimm* » conseiller juridique d'Hitler, est envoyé à Vichy, pour exiger l'arrêt des poursuites. Les débats contre les « fauteurs de guerre », se retournent contre les accusateurs. Le chancelier du Reich, se gausse de voir le régime de Vichy se fourvoyer, dans une situation devenue ubuesque. Toutefois, il estime qu'il est temps de siffler la fin de la récréation. Un rapport est envoyé à Pétain, par Joseph Barthélemy*, ministre de la justice et l'Amiral Darlan.

Le compte rendu réclame, la suspension du procès, en souhaitant qu'il se poursuive sous une autre forme. Cette autre forme, n'aura finalement jamais lieu…

Jeudi 16 avril, Les rumeurs d'un retour « aux affaires » de Pierre Laval semble se confirmer, il est reçu cette fois officiellement par le Maréchal à Vichy. Deux jours plus tard, alors que je m'apprête, à passer une soirée de samedi tranquille avec Mathilde à mon domicile, je reçois un coup de fil de d'Autrevaux :

- Lieutenant, c'est fait, Pétain vient de nommer Laval, Chef du gouvernement ! De plus, il cumule avec les postes de Ministre des Affaires Étrangères, de l'Intérieur et de l'Information ! sur le moment, je marque le coup et je prends mon temps pour répondre.

- Reçu ! Cette nouvelle situation, ne sent pas très bon pour nos matricules ! Que devient Darlan dans l'histoire ?

- Il garde le commandement des forces militaires ! Réunion de crise demain chez moi en fin d'après-midi ! Passez une bonne soirée !

Passer une bonne soirée, devient un euphémisme. Mon visage doit être décomposé, Mathilde se blottit contre moi. En gros, je lui explique la situation. Le câlin que je reçois de sa part en retour, a du mal à me faire oublier la réalité.

Nous voilà réunis encore une fois, avec Duval square Got. D'Autrevaux, nous fait un topo de la situation :

- Pour le moment, il est trop tôt pour avoir une étendue des conséquences du retour de Laval ! Une chose est certaine, Darlan a été évincé parce que jugé « trop mou » par les Allemands ! Attendons-nous donc à un sacré tour de vis ! De plus, je pense que la marge de manœuvre de Vichy, va être de plus en plus réduite, par rapport à l'occupant ! j'ose une question bateau.

- Que pouvons-nous faire en attendant ?

[204]

- Rien pour l'instant ! Je suppose que le Colonel Rivet ne va pas tarder à être convoqué par Laval ! Après leur entretien, nous saurons à quelle sauce nous allons être mangés ! Duval y va de son commentaire.

- Il ne faut pas se leurrer, Pétain n'avait pas le choix ! Il est suffisamment malin, pour profiter de l'impopularité de Laval auprès des français, pour que cette nomination ne rejaillisse pas sur sa personne ! j'ai le mot de la fin.

- Maintenant, nous sommes dans une collaboration subie ! Les allemands décident, à savoir si Vichy va être capable de moduler les décisions, prises par l'occupant ?

Curieusement la prédiction de d'Autrevaux, ne va pas survenir tout de suite. Le « seigneur de Châteldon », a probablement d'autres chats à fouetter et pour commencer, il faut d'abord « montrer patte blanche » à l'occupant. Il sait faire. Le 20 avril dans une émission de radio, Laval appelle à une collaboration plus étroite avec les Allemands. Il caresse le führer dans le sens du poil : « Hitler n'est pas un conquérant qui abuse de sa victoire. La bataille que va remporter l'Allemagne, contre les bolcheviques donne un sens nouveau à la guerre ! » Je ne suis pas sûr que du côté de Moscou et dans le cœur de la majorité des français, se partage ce même sentiment.

Le 26 avril, loin de ces considérations Hitler, dans sa folie paranoïaque s'octroie les pleins pouvoirs dans un grand discours à Berlin. Désormais, il a le droit de vie et de mort sur chaque Allemand. Il abolit toutes les lois susceptibles d'entraver son ascension. Le texte lu au Reichstag et approuvé par les députés, le promulgue Chef de la Nation, Commandant suprême des forces armées, Chef du Gouvernement, Chef des pouvoirs exécutif et législatif, enfin Chef du Parti unique. Bref, le Führer est plus que jamais le Führer !

Parmi les premières mesures prises par le gouvernement Laval numéro 2, un décret publie la nomination de René Bousquet* en qualité de Secrétaire Général de la Police.

Diplômé de la faculté de droit de Toulouse, ce jeune Haut fonctionnaire de 32 ans, est déjà rodé par un poste de sous-préfet dès 1933, suivi d'une expérience comme chef de cabinet du Ministre de l'Agriculture en 1935, avant que Roger Salengro* ministre de l'intérieur du Front Populaire, ne le bombarde responsable du fichier de la Sûreté Nationale.

Aujourd'hui mardi 5 mai, Bousquet fait le tour des bureaux de la préfecture de Police et passe quelques instants avec Duval et moi. Il se montre affable et disponible, tape dans l'œil de Bernadette, ce qui n'est pas une fin en soi. Elle lui propose de l'accompagner dans les autres services, « le René » accepte bien volontiers. Une fois parti, le Capitaine se tourne vers moi :

- Qu'est ce que vous pensez de lui ?

- Intelligent, brillant même, ambitieux voir arriviste, vu son passé, je pense qu'il possède un maximum de dossiers sur beaucoup de gens ! Ce type est dangereux !

- C'est aussi mon avis ! Surtout, pour un service comme le nôtre ! On essaye de le surveiller discrètement !

Le surveiller ne pose pas de véritable problème, si officiellement Bousquet travaille sur Vichy, il demande à se faire aménager rapidement, un autre bureau à la Préfecture de Police.

Le lendemain, Bousquet, en compagnie de Georges Hilaire*, Secrétaire Général de l'administration, rencontre à l'ambassade d'Allemagne, Reinhard Heydrich, chef de la sécurité du Reich, numéro 2 de la SS derrière Heinrich Himmler. Il lui présente Karl Albrecht Oberg*, policier bercé au nazisme depuis le début, avec pour tâche de suppléer Otto von Stülpnagel, gouverneur de Paris, dans sa lutte contre le terrorisme grandissant. La discussion tourne autour du désir d'Hitler, de créer une nouvelle police, composée de militants des partis collaborateurs.

Les cartes, commencent à être redistribuées. Xavier Vallat* nommé le 23 mars dernier, Commissaire Général aux affaires juives, jugé trop chauvin par les allemands, est prié de partir. Laval, le remplace dans la foulée par Louis Darquier de Pellepoix*, un ancien des « Croix de Feu », condamné en 1939 à 3 mois de prison, pour « incitation à la haine raciale ». En 1940, il fonde « l'Union française pour la défense de la race ». En gros, il a parfaitement le profil pour le poste.

Le 24 mai, nous avons quelques nouvelles de Londres. Charles de Gaulle rencontre Molotov, le ministre soviétique des affaires étrangères. Il lui promet de pousser Churchill, à ouvrir un deuxième front en Europe. Le plan Reuter, redevient d'actualité, le débarquement sur Dieppe, serait prévu début juillet, en fonction du coefficient des marées.

Le voyage d'Heydrich à Paris sera son dernier. Le 27 mai, de retour en Bohème, sa Mercédès vert foncé sillonne les rues de Prague, lors qu'au détour d'un virage à 180 degrés, profitant du ralentissement du véhicule, Josef Gabcik* essaye d'arroser les occupants de sa mitraillette, mais son arme s'enraille.

Son complice Jan Kubis* voyant la scène, en profite pour lancer une grenade dans la même direction, éjectant chauffeur et passager hors du véhicule. Heydrich gravement touché par les éclats, avec un éclatement de la rate, une côte cassée et le diaphragme perforé, est évacué d'urgence sur l'hôpital.

Dimanche 31 mai, comme tous les matins, les ménagères font la queue devant les magasins d'alimentation. Rue de Buci dans le 6e arrondissement, trois femmes forcent l'entrée du magasin, s'emparent de boîtes de conserve, les jettent dans la rue en criant des slogans : « On a faim ! À manger pour nos gosses ! Les Boches nous prennent tout ! ». La police intervient, sauf qu'il s'agit d'un piège. Postés à l'angle de la rue, des partisans tirent sur les forces de l'ordre, tuant au passage deux agents et en blessant deux autres.

Alors que je flâne au lit avec Mathilde, Duval me prévient en me demandant de le rejoindre sur les lieux. Une fois sur place nous ne pouvons que constater les dégâts. Le capitaine me prend à part :

- Trop c'est trop ! Après tout « notre boulot officiellement », c'est de chasser les communistes ! Ce genre de scénario a déjà eu lieu en province ! Nous devons intervenir !

- Bien mon Capitaine, je fais réactiver nos réseaux !

- Parfait, d'autant que cela va permettre de redorer notre blason auprès de Vichy et de l'Ahbwer !

C'est tout le problème, lorsque l'on est pris entre le marteau et l'enclume. Les militants communistes, dans leurs actes, se montrent souvent irresponsables. Agir contre eux, ne me plaît guère. Néanmoins, si nous ne le faisons pas, d'autres le feront à notre place et avec beaucoup plus de violence. Pourra-t-on les décourager de poursuivre ce genre d'actions ?

Prague 4 juin, Heydrich « le boucher » y laisse son dernier souffle. Il succombe à un empoisonnement du sang, dû à l'infection causée par les éclats de la grenade.

La veille, l'entretien à Vichy entre Laval et colonel Rivet, longtemps attendu, se déroule finalement à l'Hôtel du Parc (*extrait du livre « le deuxième bureau sous l'occupation », par Philip John Stead*).

- Je ne sais pas grand-chose de votre 2e bureau ? Les allemands, prétendent que nos Services Secrets, officiellement abolis, ont gardé

- Leur organisation intacte et poursuivent leurs activités ! Ils me pressent d'y mettre une terme. Que faites-vous exactement ? le colonel ne cherche pas d'échappatoire et joue la transparence.

- Le service B.M.A, se charge des tâches permanentes d'espionnage et de contre-espionnage au profit de la défense nationale, qui existe en dépit de la trêve ! Si maltraité qu'il soit notre pays, a toujours des secrets à défendre ou à découvrir ! Si nous voulons participer à l'assaut final contre l'Allemagne, nos chefs militaires et civils, ont besoin de connaître à tout moment l'état de ses forces, le degré de leur détérioration ! Les Allemands eux-mêmes ne se font pas faute de nous submerger de leurs agents !

Rivet, se montre particulièrement téméraire, pour parler d'une offensive contre l'Allemagne, que Laval considère comme invincible. Le chef du gouvernement ne dit rien et après un long silence, il demande :

- Selon vous, les renseignements que vous vous procurez secrètement, pourraient être d'un grand intérêt, de point de vue de ma politique étrangère ? Cela me surprend ! Que veulent ils savoir, alors que nous ne leur cachons rien ! Rivet continue à semer le doute.

- Sans doute vos futurs objectifs ! Le téléphone interrompt la discussion. Laval décroche, répond par monosyllabes, avant de raccrocher.

- C'était de Brinon !

Le chef des Services Spéciaux et le Chef du gouvernement sont à des années lumières, l'un de l'autre. Néanmoins Laval à la fin de l'entretien demande au Colonel, de lui communiquer tous les renseignements qu'il juge nécessaire, par l'intermédiaire de son premier secrétaire.

Laval continue de serrer l'étau, avec pour cible les juifs. Sous la pression des allemands, à partir du 7 juin, le port de « l'étoile jaune », devient obligatoire en zone occupée pour tous les israélites de 6 ans et plus.

Nous aidons avec Duval, le 18 juin à faire arrêter quelques militants communistes soupçonnés d'avoir participé à l'attentat contre les policiers, le 31 mai. Je n'en suis pas particulièrement fier, néanmoins c'était « le deal » pour tenter d'arrêter ce type d'action, de la part des partisans. Le 22 juin, 19 militants communistes, s'évadent de Royallieu, en forêt de Compiègne, par un tunnel de 40 mètres qu'ils ont creusé pendant deux mois.

Le même jour, Laval dans un discours radiophonique, tente une nouvelle fois « de vendre sa politique de collaboration » aux français. Le sujet du moment « la Relève ». Il s'agit d'échanger avec l'occupant un travailleur du STO se déplaçant en Allemagne, contre un prisonnier rentrant au pays.

(Ce un contre un, ne va pas tarder à se transformer en marché de dupes. Beaucoup plus de travailleurs vont partir en Allemagne, contre un retour de peu de prisonniers.)

Il prétend que la France va prendre sa part dans la victoire des allemands : « Notre génération, ne peut se résigner à être une génération de vaincus. Je voudrais que demain, nous puissions aimer une Europe dans laquelle la France aurait une place qui serait digne d'elle. Pour construire cette Europe, l'Allemagne doit consentir d'immenses sacrifices et elle ne ménage le sang de sa jeunesse. Je souhaite la victoire de l'Allemagne parce que, sans elle, le bolchevisme s'installerait partout ! »

Cette dernière phrase bien entendu est terrifiante, avec le risque de creuser un peu plus le fossé entre les français. *(Selon certaines sources, Pétain aurait fait modifier son texte à Laval pour faire passer le « je crois en la victoire de l'Allemagne », en « je souhaite… », donnant ainsi une portée différente.)*

Une affaire, va bientôt brouiller un peu plus les relations entre Laval et le 2ᵉ Bureau. Le 19 juin, un certain Henri Devillers* est fusillé à Lyon. Pétain, vient de refuser la grâce de cet agent double. Fait prisonnier en 1940, il échange sa liberté, en devenant un V-Mann *(Agent de pénétration de l'Ahbwer)*. Il s'introduit ensuite dans le Groupe Lyonnais « Combat » d'Henri Fresnay et Maurice Chevance, pour fournir des informations régulières aux allemands. Confondu, arrêté par la Surveillance du Territoire, il est inculpé le 16 avril avant d'être condamné à la peine capitale le 21 du même mois.

CHAPITRE 18 : LA RAFLE.

Vendredi 10 juillet, Le Colonel Rivet est reçu par Laval à sa demande cette fois. Rivet, veut lui parler de « la Relève ». Selon les sources officielles, 30 000 hommes sont partis en Allemagne. Le colonel lui, possède des documents, prouvant que le nombre de travailleurs déportés peut atteindre les 150 000. (*Extrait du livre « le deuxième bureau sous l'occupation », par Philip John Stead*).

- Que voulez-vous ? demande sèchement Laval.

- Vous donnez une nouvelle preuve de la mauvaise foi des Allemands ! Ils envisagent la déportation de 150 000 français... Rivet n'a pas l'occasion de développer.

- Un instant ! Pouvez-vous m'expliquer pourquoi un certain D..., que j'avais envoyé chercher un important document à Paris, a été arrêté par vos Services, traduit devant un conseil de guerre, condamné à mort et exécuté avec une hâte qui est une insulte à la légalité !

- « D » à un nom, je suppose que vous parlez d'Henri Devillers ? En fait, il ne s'agit ni plus ni moins, que d'un agent double !

[211]

- Permettez-moi d'en douter ! De toute manière, j'en ai assez ! Je veux que toutes ces choses cessent ! Cette activité, n'a plus de sens et les Allemands ne cessent de m'en faire grief ! Elle contrarie ma politique, qui doit passer avant tout le reste ! Laval ajoute :

- J'ai accepté que la police allemande collabore avec la notre en zone libre, pour rechercher les parachutages anglais ! Rudolf Rahn* *(diplomate allemand),* m'a suggéré une collaboration entre le 2ᵉ Bureau et les Allemands !

Pour Rivet, il s'agit de la phrase de trop. Il quitte le bureau de Laval, avant la fin de la conversation…

Le même jour à la préfecture de police, Bernadette toute émoustillée, regagne son bureau. Je l'interpelle :

- Vous semblez particulièrement joyeuse Bernadette aujourd'hui ?

- J'ai un document signé de Monsieur Hennequin* (*Emile Hennequin Directeur de la Police Municipale).* Une grande opération est prévue lundi prochain pour arrêter les juifs ! Duval sursaute.

- Je peux voir ce document Bernadette ? Bernadette lui tend tout en ajoutant.

- Le courrier est confidentiel, mais je sais que je peux avoir confiance dans deux officiers du 2ᵉ Bureau ! Je pense en moi-même, pauvre gourde, si tu savais.

Le texte, vise l'arrestation de tous les juifs étrangers actuellement sur le département de la Seine, âgés de 16 à 60 ans pour les hommes et de 16 à 55 ans pour les femmes ainsi que leurs enfants (*dont la plupart sont français*). Dix dérogations sont prévues, pour les femmes enceintes où nourrissant leurs bébés, les femmes ayant un enfant de moins de 2 ans, les femmes de prisonniers de guerre etc…22 000 seraient concernées.

Le vélodrome d'hiver de Paris, doit servir de plaque tournante, avant d'expédier les juifs à Drancy, Compiègne, Pithiviers et Beaune la Rolande.

Une fois seul avec Duval, nous constatons que nous n'avons plus que 48 heures pour agir.

Mathilde de permanence à Reims, je consacre tout mon week-end à contacter nos différents réseaux. Je passe le vendredi soir « Chez Léa » pour la mettre dans la boucle. L'objectif étant de prévenir un maximum de familles, avec un seul mot d'ordre : « fuyez ! »

Le lundi matin, je retourne au bureau de bonne heure. Difficile d'avoir des remontées sur nos différentes opérations, d'autant que j'apprends que pour des raisons d'organisation, l'intervention de la police, est décalée au jeudi 16, soit 3 jours plus tard. Certes, si ce report, nous laisse un peu plus temps pour agir, les conséquences ne sont pas forcément bénéfiques. Des familles déjà hésitantes pour partir, peuvent penser qu'il s'agit d'un fausse nouvelle et que « la rafle » n'aura pas lieu.

L'aube se lève sur ce sinistre jeudi 16 juillet 1942. 7000 policiers et gendarmes sont mobilisés, avec 57 bus de la ville de Paris réquisitionnés pour la logistique. La concentration au Vel d'Hiv de 8000 à 12 000 hommes, femmes et enfants, nécessite de se dérouler sur deux jours. Il doit être à peine 8 heures lorsque j'arrive à la Préfecture de Police. Contrairement à l'habitude, l'immeuble n'est occupé que par quelques bureaucrates la presque totalité des fonctionnaires s'activent sur le terrain.

Duval arrive peu après moi :

- Vous avez vu, tout ce chambardement dans les rues de Paris aujourd'hui ? me demande t'il.

- En partie seulement, je suis venu par le métro ! Les entrées et les sorties des bouches sont plus surveillées, avec un contrôle systématique des papiers !

- Je ne suis pas sûr que beaucoup de familles soient parties, en suivant notre mot d'ordre !

- C'est aussi mon opinion ! Je vais probablement passer au Vel d'Hiv ce samedi, pour me rendre compte de la situation !

- Bonne idée, même si je pense que nous ne pouvons rien faire de plus.

Cette journée et celle du lendemain, me semblent durer une éternité, je n'arrive pas à me concentrer sur un sujet quelconque. Seul soulagement, je dois récupérer Mathilde en fin d'après-midi gare de l'Est, pour une semaine de vacances.

- Bonjour mon chéri, tu en fais une tête ?

- Je suis désolé mon cœur, mais la situation est grave !

Je commence à lui faire un résumé des événements, en lui disant que son séjour va être gâché, je dois me rendre au vélodrome demain.

- Emmène-moi !

- Comment ça ?

- Écoute, des femmes et des enfants auront besoin de soins ! Tu peux me faire faire un laisser passer non ? je réfléchis une seconde.

- Oui bien sûr ! Nous passerons avant demain au bureau et je le taperai moi-même !

Samedi 18 juillet, le temps de passer à la préfecture, de dactylographier l'ordre de mission de Mathilde qui s'est munie d'un brassard de la Croix Rouge, nous arrivons boulevard de Grenelle vers 11 heures. Nous entrons sans difficulté dans le vélodrome d'hiver. Une odeur pestilentielle nous prend à la gorge, la température dépasse déjà les 35°. Des gamins courent dans les coursives, d'autres sont affalés sur le sol. Les gradins sont noirs de monde « jusqu'aux cintres » *(La partie la plus haute des tribunes)*.

Au centre du vélodrome, quatre grandes tentes blanche, sont tendues, pour accueillir les souffrants et les plus précaires. Nous rejoignons le groupe des soignants, pour nous présenter au seul médecin visible :

- Bonjour, je suis le docteur David Sheinbaum ! Vous êtes venue pour nous renforcer ? dit-il en s'adressant à Mathilde.

- Exactement, je suis Mathilde Seigneur de l'hôpital de Reims, actuellement en vacances !

- Je vous présente Annette Morel*, qui va vous mettre au courant de la situation !

Les deux infirmières, se dirigent sous une tente, pendant que le médecin me prend à part.

- Je suis tout seul ici avec 6 infirmières, Mathilde est la bienvenue ! Lieutenant, notre situation est catastrophique, les gens continuent d'affluer, alors qu'il n'y a rien à manger, ni à boire ! L'hygiène est précaire, j'ai des femmes enceintes sur le point d'accoucher et j'ai commencé à détecter des cas de scarlatine !

- Docteur, je suis démuni, je n'ai aucune autorité ici ! Pour l'eau et la nourriture, je vais essayer de faire quelque chose !

En moi-même je ne vois pas très bien comment faire, je m'efforce de réfléchir. Mathilde revient vers moi :

- Pierre, je vais passer la nuit ici ! Vois ce que tu peux faire de ton côté ?

- Bon d'accord, mais je ne peux rien te promettre !

- « Mon Pierrot » je sais que tu es quelqu'un d'exceptionnel, tu vas trouver ! elle me pose un bisou sur les lèvres, avant de repartir.

« Le Pierrot », quelqu'un d'exceptionnel, je veux bien, mais maintenant, il faut assumer. Je m'éloigne en cherchant une sortie, quand je croise, une petite fille au regard triste, qui semble être seule.

- Comment t'appelles-tu ?

- Rachel Baumann, Monsieur !

- Quel âge as-tu ? Sais-tu, où se trouvent tes parents ?

- J'ai 11 ans, Monsieur ! Non j'ai perdu mes parents, dans une bousculade ce matin, je ne sais pas où ils sont ?

- Si je te fais sortir d'ici, tu as un endroit où aller ?

- Peut-être ! … Chez madame Simone Wagnon ! C'est une amie de mes parents, qui fait des manteaux de fourrure !

Je scrute les différentes issues de secours, toutes gardées par des Gendarmes Mobiles en armes. Mon choix, se tourne vers celui qui me semble le plus jeune. Je prends la fillette par la main et l'entraîne avec moi, pour me diriger vers lui d'un pas décidé :

- Je dois évacuer cette jeune fille, à la demande du Docteur Sheinbaum, elle est porteuse d'un virus très contagieux ! Veuillez m'ouvrir la porte ! le jeune Gendarme, semble pétrifié.

- À vos ordres mon Lieutenant ! il s'exécute sans plus de formalité.

Le bol d'air que nous respirons, semble souffler comme un vent de liberté. J'entraîne la gamine, pour rejoindre ma Simca 8, stationnée un peu plus loin rue Phalempin.

- À quelle adresse habite l'amie de tes parents ?

- Rue Blomet au numéro 2 !

Nous sommes dans le 15e arrondissement, il ne me faut pas plus de dix minutes, pour rejoindre l'endroit en question. Au pied de l'immeuble, une plaque de bronze confirme que nous sommes bien au bon endroit : « Georges et Simone Wagnon, Fourreurs 2e étage ». Nous grimpons rapidement les escaliers, avant de sonner à la porte d'entrée. Je suis obligé d'insister. Un regard suspicieux me scrute à travers un judas :

- Qu'est-ce que c'est ?

- Bonjour Madame, je suis le Lieutenant Malet ! Je suis accompagné de la petite Rachel Baumann ! J'entends une série de verrous se débloquer, la lourde porte blindée comprend un système de sécurité impressionnant.

- Excusez-moi, Monsieur l'officier, mais vu la marchandise que nous entreposons, nous sommes obligés de prendre certaines précautions !

Rachel, se précipite dans les bras de la petite dame brune, qui ne doit pas mesurer plus d'un mètre cinquante. Elle me fait pénétrer dans son séjour, une vaste et épaisse planche posée sur des tréteaux couvre la moitié de la pièce. Dessus, figure une fourrure que j'identifie comme du vison, étirée par une multitude d'épingles.

- Voulez-vous vous asseoir ?

- Non je ne peux pas rester très longtemps !

- Depuis ce matin, que de bruits et bouleversements des policiers sont même venus vérifier mon identité !

Je lui explique vite fait, les raisons et indique que je vais essayer de me procurer une liste des personnes recensées, pour retrouver les parents de Rachel. Je m'éclipse peu de temps après.

La journée est déjà bien entamée, avec mon influence réduite et les administrations fermées le week-end, difficile d'être efficace. Je décide de contacter Jacqueline, d'astreinte à l'hôpital d'Argenteuil.

- Jacqueline c'est Pierre à l'appareil ! Mathilde s'est dévouée pour soigner des pauvres gens, embarqués de force au Vel' d'Hiv de Grenelle ! La situation sanitaire devient très préoccupante !

- Comment puis-je vous aider ?

- Je vais te faire un ordre de réquisition, pour que tu sois opérationnelle lundi à la première heure ! comme d'habitude, je suis tout de suite en phase avec ma sœur, il est inutile de discuter plus longtemps.

J'ai du mal à trouver le sommeil, je pense à Mathilde et je me dis que la journée de dimanche va être longue. Je finis par m'endormir, pour me réveiller tard et je ne regagne le boulevard de Grenelle qu'à l'heure de la messe. Je rentre sans trop de difficultés, par contre le service de sécurité, a été doublé sur les différentes portes de sortie.

L'odeur est encore plus prenante que la veille et j'ai du mal à me tracer un chemin, au niveau de la foule toujours plus dense. J'arrive enfin au niveau des tentes sanitaires, pour retrouver Mathilde :

- Bonjour mon chéri, j'étais inquiète de ne pas te voir arriver ! malgré la fatigue de la nuit, « la Mathoche », pétille toujours avec autant de dynamisme.

- Je suis désolé, j'ai eu une panne d'oreiller !

- Tu as pu avancer hier ?

- Pas vraiment, j'ai juste réussi à faire sortir une gamine, et à prévenir Jacqueline, pour qu'elle vienne vous renforcer demain ! le docteur Sheinbaum arrive au même moment.

- Du renfort, c'est bien ! Et pour le reste vous avez pu faire quelque chose ?

- Non toutes les administrations sont fermées, jusqu'à demain ! Cette odeur est insoutenable !

- Vous savez au bout d'un moment, on ne la sent même plus ! Bon lieutenant, nous allons devoir vous laisser avec Mathilde, nos patients nous attendent !

Je cherche à obtenir, une liste des détenus auprès des autorités présentes, pour retrouver les parents de Rachel, sans aucun succès.

En partant, je regarde à droite et à gauche, il n'y a pratiquement plus de mouvement. La rafle est terminée, les entrées ne se font plus qu'au compte-goutte, les gendarmes bloquent les sorties. Plus question pour moi de rejouer mon numéro d'hier. Je rejoins la préfecture, pour taper l'ordre de réquisition de Jacqueline, pour une durée de trois jours.

Une fois fait, j'appelle le standard, pour qu'il m'envoie une des navettes motocyclette de service. Je lui remets le document, pour le faire porter directement à l'hôpital d'Argenteuil.

Lundi 20 juillet, j'entends sonner à ma porte. Il est à peine 8 heures, Jacqueline se tient en tenue d'infirmière sur le palier :

- Comment tu n'es pas encore prêt ? Dépêche-toi !

J'ai juste le temps de finir d'endosser mon uniforme, et nous voilà déjà parti En arrivant sur place, je présente ma sœur au Docteur Sheinbaum. Jacqueline lève la tête, oriente sa vision, d'un mouvement périphérique le long des tribunes, avant d'aboyer :

- Pierre fait quelque chose ? Fait jouer tes relations ! Mathilde assise sur une chaise, commence à accuser la fatigue. Le regard humide, elle semble m'implorer.

- Bon d'accord, en sortant j'essaye d'avoir un rendez-vous avec l'Ambassade d'Allemagne ! Le toubib en rajoute une couche.

- Je vous rappelle, que nous n'avons toujours ni eau, ni nourriture !

Je sors du vélodrome, plutôt remonté. Qu'est-ce qu'ils croient tous que je peux faire des miracles !

Je ne me vois pas, me pointer dans le bureau d'Amédée Bussière* *(Préfet de Police)* en lui demandant de tout arrêter et de libérer tout le monde. En arrivant à mon poste Duval, me sent particulièrement énervé :

- Comment les choses évoluent au Vel d'hiv ?

- C'est pire que ce que vous pouvez imaginer !

Même Bernadette, me scrute d'un œil inquiet. J'appelle les pompiers de Paris, je tombe sur le capitaine Henri Pierret* :

- Mon capitaine, il faut absolument que vous interveniez au Vel' d'Hiv, avec des lances ! les gens meurent de soif et les conditions d'hygiène sont dramatiques !

- Je sais, j'ai fait une première intervention avant-hier !

- Les conditions se sont durcies, mais essayez une nouvelle fois en disant que l'ordre vient de Vichy et du 2e bureau !

- Ne vous inquiétez pas Lieutenant, je n'ai pas d'ordre à recevoir de la Gendarmerie ! Je suis déjà passé outre la première fois !

Je me tourne ensuite vers l'Ambassade d'Allemagne. Passer par Suzanne de Bruyker Abetz, me parait la meilleure stratégie :

- Bonjour Lieutenant, comment allez-vous, et votre charmante sœur ?

- Justement Madame de Bruyker, Jacqueline et moi avons une faveur à vous demander ?

- Eh bien, passez à l'Ambassade cet après-midi à l'heure du thé ! J'aurai plaisir de vous revoir !

Des mondanités en ces moments aussi dramatiques, me paraissent parfaitement déplacés, néanmoins il faut savoir faire contre mauvaise fortune bon cœur. Un peu plus tard dans l'après-midi :

- Madame de Bruyker, je viens vous voir pour les gens qui croupissent au vélodrome depuis jeudi, dans des conditions d'hygiène épouvantable, sans eau et sans nourriture !

- Ah oui, je suis au courant, les pauvres gens ! Écoutez « Otto », n'est pas là, mais je vais demander à Rudolf Schleier* (*1er Secrétaire d'Ambassade*) de vous recevoir !

En attendant prononcer son nom, je ne me fais guère d'illusion, Schleier est un antisémite notoire :

- Écoutez lieutenant, j'aimerais vous être agréable, mais il s'agit d'une affaire « franco-française » ! (*Historiquement exact.*) Nous n'avons pas et nous ne pouvons pas intervenir, sur une décision venant de Vichy !

Merveilleuse et élégante manière de botter en touche. Je sais désormais que je n'obtiendrai rien. Je n'ai plus qu'à prendre congé, en remerciant Suzanne Abetz pour son accueil et pour son thé. Elle me recommande, de passer son bon souvenir à Jacqueline, tout en me confirmant, que nous sommes toujours les bienvenus à l'Ambassade.

Mardi 21 juillet, un comité d'accueil m'attend boulevard de Grenelle. Un commandant de Gendarmerie flanqué de deux hommes en armes, me bloquent le passage.

- Vous vous prenez pour qui Lieutenant ? Vous vous croyez chez vous ? Vous cherchez à vous procurer la liste des détenus, vous faites des ordres de missions à des infirmières, sans en avoir le pouvoir pour la circonstance et vous demandez aux pompiers d'intervenir !

- Mon Commandant, je veux bien recevoir des leçons, mais je constate que la directive Hennequin*, n'est pas respectée en particulier sur les femmes enceintes…je n'ai pas le temps de finir ma phrase.

- Écoutez lieutenant, vous allez prendre vos deux infirmières et me débarrasser le plancher immédiatement ! De plus, je vais faire un rapport salé à vos supérieurs à Vichy !

J'aperçois, Jacqueline debout, tirant nerveusement sur une cigarette et Mathilde assise sur le bord du trottoir, la tête dans les genoux et les mains sur le haut du crâne :

- Tu t'es remise à fumer ?

- Non, c'est uniquement pour essayer de me calmer !

Elle écrase sa clope, prend Mathilde par les épaules pour la soulever et ajoute :

- On y va ? au même moment, le docteur Sheinbaum court vers nous pour nous rattraper.

- Lieutenant, je sais que vous avez tout essayé ! N'ayez pas de regret, nous allons commencer à être évacués dans l'après-midi ! Les filles, merci encore, vous avez été exceptionnelles !

Nous arrivons à la voiture. Jacqueline, dépose délicatement Mathilde sur la banquette arrière, puis vient s'installer près de moi sur le siège avant. Nous démarrons, seul le ronronnement du moteur brise le calme. « Mathoche », s'est endormie à l'arrière :

- Tu sais Pierre, Mathilde a été formidable ! je tourne la tête d'un air interrogatif.

- Pourquoi tu en doutais ?

- Elle a passé trois jours et trois nuits sans dormir, a abattu le boulot de trois infirmières... je la coupe.

- Où tu veux en venir ?

- J'espère simplement que tu ne vas faire la même c... qu'avec Monique ! Disparaître du jour au lendemain sans rien dire, puis réapparaître comme par enchantement !

- Ne confond pas tout ! Avec Monique, nous avons passé de très bons moments, mais je savais depuis quelque temps que nous ne passerions pas notre vie ensemble ! Le silence se fait de nouveau. Il se prolonge jusqu'à mon domicile, 36 rue Sibuet...

[222]

CHAPITRE 19 : DE RUTTER A JUBILEE.

Nous passons la nuit à trois dans mon lit. La tension relâchée, notre temps de sommeil frise les dix heures. Jacqueline se lève la première, je la suis de peu :

- Tu veux que je te dépose à Saint Lazare ?

- Non, j'irai par le métro ! Essaye plutôt, de passer un peu de temps avec Mathilde !

La Mathoche, somnole toujours plus ou moins, je viens m'allonger près d'elle, et je lui susurre à l'oreille :

- Mon cœur, je suis désolé de gâcher tes vacances !

- Ce n'est pas toi qui gâches mes vacances, mais la guerre ! Tu ne m'avais rien demandé pour le Vel d'hiv, j'ai voulu y aller, je ne regrette rien, il fallait le faire !

- Ne t'inquiète pas, je vais me rattraper ! au même moment Jacqueline sort de la salle de bain, juste vêtue d'une serviette.

- Dites, vous pourriez attendre que je sois partie, pour assouvir votre libido !

Heureusement que je suis son frère, car elle ne se gêne pas pour s'habiller devant nous. Une fois Jacqueline partie, nous pouvons reprendre où nous en étions restés avec Mathilde.

[223]

Nous grignotons un petit déjeuner, qui fait en même temps notre repas du midi :

- Mon cœur, je passe l'après-midi au bureau, pour les dernières nouvelles et j'essaye de me libérer pour le reste de la semaine !

- Reviens vite, je vais faire un peu de ménage, ton logement est un vrai appartement de célibataire !

Duval, m'accueille hilare en arrivant à la préfecture de police :

- Vous avez eu hier au Vel d'hiv, une sérieuse altercation avec le Commandant Dupuis ?

- Oui…eh ?

- Il a appelé le Colonel Rivet directement à Vichy ! … Le Colonel l'a envoyé se faire f… ! je souris intérieurement.

- Je vois, encore une aventure qui va améliorer nos relations avec la Gendarmerie !

J'apprends que le plan « Rutter » attendu pour début juillet est reporté, puis finalement annulé. Les coefficients de marée et les conditions météorologiques, ne permettent plus un débarquement dans de bonnes conditions. Un « Rutter bis » est à l'étude sous le nom de « Jubilee ».

Le seul luxe que nous nous offrons le vendredi soir avec Mathilde, se résume à une séance cinématographique. Le grand Rex transformé en « Soldatenkino », par l'occupant pour ses troupes, nous devons nous contenter de la salle plus intimiste du Ciné phone Saint Antoine, où se projette « Les inconnus dans la maison », d'Henri Decoin.

Lundi 3 août, comme un coup de tonnerre nous apprenons par d'Autrevaux, que le Colonel Rivet, lassé des largesses de Laval vis-à-vis des Allemands, a donné sa démission samedi, à l'Amiral Darlan et au général Bridoux*, ministre de la guerre.

Pire même, le même jour Otto Abetz, par l'entremise de François de Brinon a demandé à Pierre Laval de mettre fin à l'activé du M.A. Concrètement notre service n'existe plus ! Heureusement que je suis toujours le bienvenu à l'Ambassade d'Allemagne !

Rivet, est convoqué ce jour même par Bridoux. Ce dernier ne fait aucune allusion à sa démission : (*Extrait de « le 2e bureau sous l'occupation » de Philip John Stead.*)

- Votre lettre m'a beaucoup intéressé. Je ne suis pas très bien informé en ce qui concerne votre Service ! Parlez moi un peu de lui !

Bridoux écoute religieusement, le colonel tout en prenant des notes, sans faire le moindre commentaire. Jeudi 6 août, Darlan en présence du général Revers*, convoque le Chef des Services Spéciaux. L'Amiral tout sourire se montre amical :

- Je vous remercie pour votre lettre, mais ce n'est pas d'elle dont je veux vous parler ! Je viens d'avoir avec le premier ministre (*Laval*), une « controverse amicale », au sujet des Services Secrets ! Nous avons demandé au Maréchal de trancher ! Ce dernier m'a donné raison ! Laval, voulait se débarrasser de vous pour la seconde fois, sous la pression des Allemands ! De plus j'ai demandé que me soit confiée la responsabilité des Services de Renseignements et j'ai esquissé un début de projet !

Darlan tend à Rivet une feuille de papier. Le Colonel se méfie, il rappelle à L'Amiral qu'il l'a « démissionné » le 27 mers dernier ! Il demande un temps de réflexion de 24 heures. L'Amiral, lui accorde sans sourciller. Après la réunion, le général Revers en profite et entraîne le Colonel dans son bureau, en lui conseillant fortement d'accepter :

- C'est la dernière chance qui nous soit offerte ! À mon sens vous devriez la jouer ! Ne sommes-nous pas à la veille de l'effondrement général ?

- Dois je comprendre mon général, que je peux compter sur votre appui ?

- Sans aucun doute !

Et voilà le B.M.A, notre M.A, continue de vivre, mais pour combien de temps ? Les jours de la zone libre ne sont-ils pas comptés ? À quand le retour de bâton d'Abetz et Laval ? Autant de questions, qui ne devraient pas tarder à trouver rapidement une réponse.

Vendredi 7 août, je reçois un message de Londres, pour me tenir prêt en qualité d'observateur, sur le déclenchement de « l'Opération Jubilee » fixé au 19 août. Dès le 16 au soir, les premiers chars du « Calgary Régiment » canadiens, doivent rejoindre leur port d'embarquement à Gosport.

J'entre en contact avec Henri Bourreau. Il tient d'un agent dieppois Georges Guibon*, que les troupes allemandes s'agitent plus que d'ordinaire. Ils posent des barbelés supplémentaires, dynamite un coin près du casino et multiplient exercices et manœuvres. Tout ce chambardement, modifie les données communiquées en mars dernier. Londres, n'a pas l'air plus inquiet sur Dieppe, que sur le reste du littoral. Le renforcement germanique, se fait de la Belgique à frontière espagnole, avec toutefois plus d'intensité entre Cherbourg et Dunkerque.

J'ai le souvenir de la petite phrase de Jacqueline, lorsque nous avons quitté le Vel d'hiv ensemble : « J'espère que tu ne vas pas faire la même c... qu'avec Monique ! » En conséquence, j'indique à Mathilde, que je suis contraint de partir en mission pour une dizaine de jours, sans plus de précision, mais qu'elle ne s'inquiète pas à mon sujet.

Pour la logistique, je me cale sur notre première expérience de février dernier à quelques nuances près. Il ne s'agit plus d'un « déplacement officiel », mais d'un simple « voyage de tourisme ». Pour le déroulement, je serai uniquement vêtu en civil. Le dispositif s'allège, sans la présence de « Maria la louve », avec seulement Henri Bourreau comme radio et pour point du chute sur Bracquemont, l'atelier de Svetislav Tsirich*.

Je profite du week-end du 15 août, pour m'installer sur place et faire mes premiers relevés à la jumelle. Incontestablement, les indications de Georges Guibon sont fiables. De l'intérieur, il est devenu quasiment impossible d'approcher la côte de près. Les points faibles que j'avais identifiés, au nord entre Belleville et Puys ont été renforcés. De toutes façons, un débarquement à cet endroit n'est pas envisageable, compte tenu de la configuration du terrain. Je fais passer par « Riton », mes derniers relevés, sachant très bien qu'il est déjà trop tard, pour modifier les plans d'action.

Le dispositif est conséquent, 6000 hommes sont mobilisés, dont 5000 font parties d'unités canadiennes. Les forces navales comprennent 8 destroyers, une canonnière 9 landing ships *(navires de débarquement LCA, LCM)* 12 flottilles de LCP, 2 flottilles de LCT pour le transport de chars, 7 chasseurs de sous-marins de la France Libre, plus une quarantaine de petites embarcations. Le soutien aérien, se fait par 63 escadrilles de chasseurs *(Spitfires et Hurricanes)* accompagnées de 11 escadrilles de bombardiers *(Douglas Boston et B17)*. Ils vont faire face, à environ 1500 hommes du 571e régiment de la Wehrmacht.

Londres s'est fendu pour nous de quelques indications. L'opération sera déclenchée, dans la nuit du 18 au 19 août à 4h50 du matin, une demi-heure avant le débarquement frontal sur la plage. Nous avons les indicatifs radios des destroyers, afin de pouvoir suivre et d'éventuellement intervenir en cas de besoin.

Le contact avec le destroyer « Le Calpe » est établi dès 3h45, 16 LCP du 3e commando, coupent la route d'un petit convoi allemand parti de Boulogne pour rejoindre Dieppe. Il s'en suit une confusion, nous demandant de garder le silence radio pour préserver le secret. Un premier « échange de feu » se déroule entre la Royale et la Kriegsmarine. La canonnière SGB 5, très endommagée, se retrouve privée de transmission, trois LCP sont coulés, pendant que quatre autres sont touchés, incapables de poursuivre leurs actions.

Pendant que les survivants essayent de rejoindre « Le Calpe », les sept LCP restants poursuivre leurs routes pour tenter le débarquement coûte que coûte. Un premier LCP, atteint la petite plage Belleville à 4h45, soit cinq minutes avant l'heure prévue, il débarque sans opposition. Notre refuge atelier se situe à moins de 5 km. Les hommes du capitaine Young* se heurtent aux barbelés, alors qu'ils n'ont ni cisaille ni bengalore *(charges explosives allongées dans un tube)*. Ils finissent néanmoins par atteindre le village de Berneval, sans éveiller les soupçons.

Au même moment « les Hurricanes » rentrent en action. Young avec son commando dont l'armement se réduit à des fusils et à des mitrailles « Sten », peut difficilement harceler la batterie côtière, située à proximité. Il attend vainement du renfort. Après avoir épuisé toutes leurs cartouches, ses hommes se replient pour être évacués avec un seul blessé léger. L'horloge indique midi.

À peine plus au sud, le 3e commando du « Royal Régiment of Canada » débarque au Puys, à deux kilomètres du promontoire de Bonsecours, avec pour mission de détruire la batterie de campagne et la défense antiaérienne. Le lieutenant-colonel Cato* dirige l'opération 554 hommes doivent acheminés en trois vagues successives. Compte tenu de l'étroitesse de la plage, la surprise est l'élément déterminant de la réussite de l'opération. Malheureusement le transfert des hommes du LSI dans les LCA, prend du retard.

La première vague, arrive à l'aube naissante avec 20 minutes de retard, ne surprenant en rien les défenses côtières. Une véritable hécatombe, décime les rangs canadiens. À 8 h 35, seuls 67 soldats reprennent le chemin de l'Angleterre. 227 y laissent la vie, les autres sont faits prisonniers.

Plus au sud à Varengeville, l'horaire est bien respecté. Lord Lovat* s'y colle, avec ses 252 commandos. Une partie des hommes doit faire une attaque frontale des 6 pièces de 155m/m, pendant qu'une autre dans une manœuvre de contournement, doit l'attaquer par l'arrière. Le major Mills-Robert*, mène 88 hommes en soutien de l'opération. Deux nids de mitrailleuses, sont rapidement neutralisés à la grenade.

Lovat et ses hommes dans le même temps, arrosent au mortier, la position de DCA. Un obus atteint le dépôt de munition de la batterie, pulvérisant l'ensemble. À 7h30, Lord Lovat prend la position, obtenant le seul succès de la journée, malgré la perte de 45 commandos.

Le débarquement sur Pourville, représente un avantage, car tout proche de Dieppe. L'effet de surprise, joue dans un premier temps, vite gommé par une erreur d'acheminement. Les troupes, débarquent sur la rive gauche de la Scie au lieu de la rive droite. Les objectifs, comprenant « La ferme des quatre vents » avec sa batterie de campagne et sa station radar à proximité, doivent être atteints en franchissant un pont, tenu en permanence par des mitrailleuses. Les premiers éléments qui tentent l'aventure sont fauchés par les tirs. Le lieutenant-colonel Merrill*, prend les choses en main et au prix d'une témérité incroyable, réussit à faire passer deux compagnies sur le versant opposé. La demi-heure perdue complique, fortement le bon déroulement de l'opération. Les défenses allemandes, séparant la vallée de la Scie à Dieppe sont toujours intactes. Les actions sur les flancs, n'ont pu diminuer l'ardeur des défenseurs, compliquant un peu plus l'attaque frontale, sur la plage de Dieppe.

Les troupes à terre ne peuvent plus désormais compter, que sur le bombardement de l'aéronavale, pour neutraliser l'artillerie ennemie. Neuf chars « Churchill » de 40 tonnes, profitent de l'attaque des Hurricanes, en débarquant sur la plage, pour leur baptême du feu. La chasse anglaise, ne se montre pas d'une efficacité décisive, face aux abris bétonnés protégeant la DCA. Au prix d'un combat intensif, les troupes du lieutenant-colonel Labatt*, finissent par prendre le casino.

Une deuxième vague, intervient à 5 h45 avec neuf autres chars, six restent bloqués sur la plage de galets. Néanmoins, le blindage des tanks permet de résister aux canons antichars de 37 et 47 m/m. La troisième vague débarque à 6h05 avec douze « Churchill ». Deux tombent de la rampe de débarquement et s'enfoncent en eau profonde.

Sur le total des 30 blindés, 14 seulement atteignent l'esplanade, pour pénétrer en ville et se diriger vers l'aérodrome de Saint Aubin.

En un heure « l'Essex Scottish », perd 30% de ses effectifs. Néanmoins, un détachement de 14 hommes mené par le capitaine Hill*, réussit à prendre le théâtre et à s'y retrancher. Du côté de l'état-major allemand et pour le général Haase*, les avis divergent. S'agit d'un raid de commandos ? D"une invasion ? Ou d'une attaque de diversion destinée, à cacher un mouvement d'une plus grande ampleur ?

Du côté allié, malgré les nombreux faits d'armes héroïques des troupes, il faut bien se rendre à l'évidence, « Jubilee » tourne à l'échec. Vers 9 heures l'ordre de rembarquer, commence à se propager. Si la RAF pendant 2 heures a gardé la maîtrise du ciel, la Luftwaffe conteste désormais sa supériorité. De plus des bombardiers Dornier 17, arrivent à la rescousse, pour s'occuper des embarcations. Confirmation, la quatrième vague des LCA, quitte son mouillage sans débarquer, pour faire demi-tour vers l'Angleterre.

Ultime baroud d'honneur, à 10h30, 24 B17 escortés par des Spitfires, bombardent le terrain d'Abbeville d'où s'envole la chasse allemande. Vers 12 H15, le dernier LCA quitte la plage de Pourville. Sur Dieppe, le front de mer, n'est plus qu'un champ de ruine, la Manufacture des tabacs se consume.

L'évacuation, se fait dans le plus grand désordre toujours sous le feu nourri de l'ennemi. 20% supplémentaires des troupes alliées vont y laisser la vie pendant l'opération. Les dieppois sont autorisés à sortir à partir de 16 heures, je fais de même de mon côté. On dénombre parmi la population 45 victimes. Dans mon rôle d'observateur, je n'ai pas eu l'impression d'être d'une grande utilité. Je m'efforce simplement de profiter de la confusion, pour faire quelques relevés et quelques photos, en vue d'une analyse ultérieure. À l'heure du bilan, les pertes sont lourdes. Sur les 5000 canadiens engagés près de 900 sont tués et 1900 sont faits prisonniers. La RAF, assurant la couverture aérienne a perdu 106 appareils, contre 170 aux allemands. Ces derniers, ne comptent que 314 tués, plus 294 blessés et 37 prisonniers, rapatriés en Angleterre.

Vendredi 21 août, alors que je me prépare à regagner Paris, Pétain félicite les allemands pour je cite : « avoir défendu le sol français durant le raid des Alliés sur Dieppe ! » Après l'armistice du 22 juin 1940, c'est le deuxième message du Maréchal, qui me reste en travers de la gorge.

Les collaborateurs de tous poils, profitent de l'aubaine. Le préfet Bouffe* apporte une somme de 100 000 francs, au nom du Président Laval pour venir au secours, des dieppois. Les autorités allemandes font de la surenchère, avec l'accord du Führer, un retour des prisonniers originaires de la région est organisé, « pour l'action et le contrôle des services publics sur la population dont la conduite disciplinée est à féliciter ! » Une liste de 1200 « pensionnaires » dans les stalags, doivent pouvoir en bénéficier.

Pour fêter l'événement, une cérémonie de bienvenue doit se dérouler le 11 septembre. Pour éviter des manifestations de joie trop exubérante pouvant dégénérer, les autorités allemandes demandent de délocaliser le rassemblement. La petite gare de Serqueux sert de point de rendez-vous.

Le comité de réception, est rehaussé par trois personnalités de Vichy, Benoist-Mechin* (*Secrétaire d'État, auprès de Philippe Pétain*), l'ambassadeur en charge des prisonniers Scapini* et François de Brinon, accompagné d'un représentant du Maréchal von Rundstedt. Avant le buffet d'accueil, discours et Marseillaise, sont au programme.

Dans ce premier convoi figure 500 soldats, un deuxième contingent de 316 trouffions en provenance de Compiègne, arrive le 22 octobre. Mais près de 400 familles, seront frustrées et déçues de ne pas retrouver, le père, le fils, ou l'époux attendu...

ÉPILOGUE : SAUVE QUI PEUT !

Lundi 23 août, me voilà de retour au bureau, Duval m'accueille avec une tête de six pieds de long.

- Je peux vous voir à l'écart Lieutenant !

Bernadette, lève les yeux d'un regard étonné. Pour que le Capitaine n'attende pas notre promenade digestive du midi, la nouvelle doit être d'importance. Il m'entraîne vers les toilettes, tout en s'assurant qu'aucune oreille indiscrète ne traîne.

- Le M.A va être dissous ! je le fixe d'un œil amusé.

- Quoi, encore ?

- Ne rigolez pas, cette fois c'est du sérieux ! C'est une question de jours, d'heure peut-être ! Rendez-vous ce soir « Chez Léa » avec d'Autrevaux, après la fermeture de 21 heures !

Nos échanges tout au long de la journée restent concis. Bernadette, sent bien que ce n'est pas le moment de nous brancher sur ses sujets inintéressants habituels. Nous arrivons boulevard Bel Air à l'heure précise. Léa, vire les derniers clients et nous installe à une table avec une bouteille de « gniole » et trois verres, avant de s'éclipser. D'Autrevaux prend la parole :

- Je pars demain pour Royat, à la demande de Paillole*, pour avoir de nouvelles instructions ! Duval cherche à en savoir, plus.

- Vous avez une idée de la teneur de l'entretien ?

- Si Paillole *(adjoint de Louis Rivet)*, nous convoque, ça signifie que le Colonel a été mis sur la touche ! une question me brûle les lèvres.

- Que pouvons-nous faire, en attendant ?

- Vous Lieutenant, vous me déménagez la radio des combles de la préfecture, pour la conserver chez vous ! Il va falloir faire un tri dans les dossiers du coffre, s'apprêter à en détruire certains et en déplacer d'autres ! Nous nous retrouvons, ici mercredi à la même heure !

Je crois bien que nous ne sommes pas loin d'avoir vider la bouteille d'alcool. Heureusement que la réunion se termine et que je suis à moins de 300 mètres de chez moi.

Mercredi 25 août, 21 heures, toujours chez Léa. D'Autrevaux, particulièrement nerveux prend la parole :

- Cette fois Messieurs, c'est fait le « Service des Menées Antinationales » n'existe plus ! on entendrait une mouche voler, Duval prend la parole

- Concrètement, que devenons nous ?

- Vous devez déménager vos bureaux de la préfecture pour le 31 août au plus tard !

- J'ai déjà récupéré le radio, mais ça ne laisse pas beaucoup de temps pour les dossiers !

- Oui, mais nous n'avons pas le choix ! me rétorque le commandant. Pour moi, ces changements sont insignifiants, je suis déjà dans la clandestinité !

- Et pour nous ? remarque Duval.

- Vous êtes mis en disponibilité ! Le commandant Paillole va reformer un service, le S.S.M (*Service de Sécurité Militaire*) dont vous allez faire partie ! tout ce remue-ménage me parait bien étrange.

- Quelle différence peut-on faire entre le B.M.A et le S.S.M ?

- Paillole a l'appui total du Général Revers* (*Chef d'État-Major de l'Amiral Darlan*) pour son projet ! Le S.S.M contrairement au M.A, n'est qu'un service semi-officiel, pour les allemands…il n'existe pas !

Une fois la séquence terminée, j'ai besoin de retrouver tous mes esprits, au milieu de cette nébuleuse.

Le lendemain sous le regard interloqué de Bernadette, je commence un sérieux tri des papiers du coffre. Je ne détruis sur place en les déchirant que les textes insignifiants. Je fais confiance à notre dévouée secrétaire, pour aller fouiller dans la poubelle et en reconstituer le contenu. Je finis par lui signifier, comme elle n'est toujours pas au courant, que notre « collaboration » sans jeu de mot, se termine en fin de semaine.

J'embarque tous les documents classés « top secret », soit pour les mettre à l'abri, soit pour les détruire chez moi. Tout est terminé le vendredi soir. Je viens de me payer un feu de poêle un 27 août. Le reste des papiers, part chez d'Autrevaux, après avoir transité par le bistrot de Léa.

Lundi 31 août, avec Duval, nous faisons une dernière fois le tour des bureaux de la Préfecture, pour faire nos adieux. J'avoue que ceux avec Bernadette, ne sont pas spécialement déchirants, elle va pouvoir se consacrer entièrement à la chasse aux juifs. Le lendemain je reçois un courrier de Vichy portant les signatures conjointes de Darlan et de Paillole. Ils me confirment « ma mise en disponibilité ». Je peux conserver mon appartement et ma voiture de fonction, néanmoins sauf ordre de mission contraire, je ne dois pas sortir du périmètre limité aux départements de la Seine, Seine et Oise, Seine et Marne. Autrement dit, finis les déplacements à Reims où Gisors.

Dès le mardi, Le groupe « Valmy », attaque à Paris à la grenade, un détachement de 36 soldats de la Wehrmacht. Au moins à partir d'aujourd'hui, je suis sûr de ne plus avoir l'ambassade sur le dos. Le reste de la semaine est d'un ennui sans nom. Le vendredi soir, je peux prendre tout mon temps pour aller chercher Mathilde à la gare afin de passer un week-end tranquille.

Le mois de septembre, s'écoule sans grand intérêt. Je suis toujours inactif et j'attends beaucoup d'une réunion plénière prévue à Royat où je suis convié avec Duval. Les intervenants sont en nombre, autour du Général Olleris* Chef adjoint de l'état-major et de mon « nouveau patron » le Commandant Paillole. Le général, insiste sur la nécessité pour les hommes de la sécurité militaire, de se montrer plus vigilants et plus prudents, dans le combat contre les allemands. Ils nous demandent de nous tenir prêts, aussi bien dans la lutte contre les Services Secrets de l'Ahbwer, que pour aider une proche action à venir des Alliés.

Paillole, nous prend ensuite à part avec Duval, pour nous en dire un peu plus. Il sait depuis quelques jours, sans en connaître la date exacte, que les Alliés vont débarquer en Afrique du Nord. Pour lui, la réplique allemande, va consister à envahir la zone libre. Ils nous ordonnent pour cette raison, de continuer notre travail de contre-espionnage clandestinement en territoire occupé. Il ajoute que la détérioration du pouvoir à Vichy, implique que le contre-espionnage devra s'opérer sans son appui. Le message se veut limpide : « démerdez-vous ! »

De retour à Paris et en l'absence de d'Autrevaux à Royat, nous décidons de débriefer tous les trois avec Duval « Chez Léa ». La « gniole, » coule à flot et permet de libérer les langues et les rancœurs. Je fais remarquer, que depuis que nous sommes devenus personnels « non grata » à la préfecture et à l'ambassade, je ne vois pas comment me procurer des renseignements.

D'Autrevaux, nous fait part d'une atmosphère de trahison et de suspicion flottant autour du Maréchal et de ses ministres.

Darlan se promène mystérieux et solitaire dans les jardins de Vichy, escorté de ses gardes du corps, pendant que Laval copine de plus en plus avec les force de l'Axe. Pour lui bientôt, nous n'aurons plus que trois options. Rejoindre un réseau de résistance, ou quitter la France, avec deux destinations possibles, l'Afrique du Nord ou l'Angleterre. Il nous demande de réfléchir et de prendre nos responsabilités.

Le temps de la réflexion venu, de retour à mon domicile, je ne mets que peu de temps, « pour prendre mes responsabilités ». En France, je serai près de ma famille et de Mathilde, sans vraiment pouvoir les rencontrer. La clandestinité, signifie un minimum de contacts extérieurs et une vie quasi-monacale. La chaleur d'Afrique du Nord est bien tentante, mais je n'ai aucun repaire, alors qu'en Angleterre sans parler de deuxième famille, retrouver Passy et la « France Libre » me motive davantage. Il ne reste plus qu'à organiser mon départ.

Mardi 6 octobre, je passe de chez moi un coup de fil à la poste de Tierceville :

- Bonjour Marie, Pierre à l'appareil, j'espère que tu vas bien ? Que dirais-tu de passer le week-end prochain à Paris, pour visiter la capitale ? « Maria la louve » se doute bien qu'il ne s'agit pas d'un séjour d'agrément.

- Oui, Pierre avec plaisir ! Je te rappelle pour te communiquer mon heure d'arrivée à la gare samedi !

Samedi 10 octobre, l'horloge de la gare Saint Lazare, indique 16 heures. Pour éviter des contrôles intempestifs, pour la première fois depuis mon déplacement à Royat, je suis en uniforme. De toutes les façons « Maria la Louve » est totalement inconnue sur Paris, il n'y a aucun risque de la compromettre.

Nous échangeons quelques banalités sur le quai et dans la « salle des pas perdus », avant de passer aux choses sérieuses une fois dans ma voiture. Je lui fais un topo détaillé de la situation et évoque la raison de mon départ.

- Très bien, tu t'es fixé un délai ?

- Le plus tôt possible !

- Écoute, ce n'est pas le genre d'action qui s'improvise ! Je vais mettre « Riton » dans la boucle pour qu'il prévienne Londres ! Un voyage en avion est à exclure, en cette saison ! Il faut trouver un embarcadère discret et un bateau de pêche !

De retour chez moi nous continuons la discussion :

- Comment nous nous organisons ce soir pour dormir ?

- Je vais prendre le canapé et je te laisse le lit ! Marie éclate de rire.

- Nous pouvons dormir ensemble ! Tu sais, je sais très bien me défendre ! Pour ma tenue de nuit, un de tes maillots de corps fera l'affaire !

En fouillant dans l'armoire, je découvre une nuisette laissée par Mathilde. Marie l'enfile, la situation devient cocasse, avec la différence de taille, le déshabillé lui arrive au ras des fesses et je ne sais pas comment elle va pouvoir en sortir, sans tout déchirer. Nous avons du mal à dormir, je continue de réfléchir sur mon départ :

- J'ai envie d'organiser ma « propre fausse mort » !

- Comment ça ?

- Si je disparais officiellement, je me crée une couverture supplémentaire, avec une fausse identité !

- Oui, mais concrètement comment fait-on ?

- Au moment de mon départ, nous faisons brûler ma voiture avec un corps ressemblant au mien, vêtu de mon uniforme et avec mes papiers sur lui ! Marie réfléchit un instant.

- Oui, ça semble possible ! Il suffirait que le docteur Morel nous trouve un cadavre non identifié à la morgue de Gisors ! Pourquoi ce stratagème ?

[237]

- Je suis déjà à moitié grillé, par l'Ambassade d'Allemagne et l'Ahbwer ! J'ai peur à un moment où un autre, qu'ils s'en prennent à ma famille ! Si officiellement, je suis mort, le problème est réglé !

Sur ces bonnes paroles, nous finissons par nous endormir. Je ramène tout naturellement Marie à Saint Lazare, le dimanche en fin d'après-midi. Pendant les jours qui suivent, l'attente devient longue. Plongé dans un bouquin, je reçois un coup de téléphone de « la Louve » une semaine plus tard, en début de soirée :

- Bonsoir Pierre ! Un petit voyage à Criel sur Mer au grand air, te ferait le plus grand bien !

- Oui bien sûr, à quelle date ?

- Le 11 novembre, nous pourrions nous retrouver la veille chez moi, je ne travaille pas un jour férié !

- Entendu je m'organise en conséquence !

Les trois semaines, nous séparant de ma croisière sur la Manche, me permet de programmer l'expédition. Je décide de ne mettre qu'un minimum de monde dans la combine. Il s'agit de faire table rase du passé, exit d'Autrevaux, Duval et Léa. Compte tenu de « ma mort programmée », seules Mathilde et Jacqueline doivent savoir.

Avant de les réunir, je décide de faire une course place Vendôme. Je ne vais pas partir comme un voleur, il faut que je scelle mon attachement, mon amour, envers Mathilde. Mon choix, se tourne vers une bague en or rose surmonté d'un petit diamant. Pas besoin de vous expliquer, que toutes mes économies y passent sans regret, les francs français, me deviendront totalement inutiles dans quelques jours. Pour le reste, j'ai prévu de rapatrier l'émetteur, avec un minimum de bagages.

Samedi 7 novembre, je vais passer mon dernier week-end en compagnie de Mathilde. Pour l'occasion j'ai demandé à Jacqueline de venir à mon domicile. Nous sommes tous les trois assis dans le canapé, l'heure est grave. Je me lève, j'ai du mal à trouver mes mots.

Tant bien que mal, je finis par tout leur avouer. Mathoche fond en larme dans les bras de Jacqueline, qui me fixe d'un regard incrédule. Instinctivement, je m'agenouille devant les filles, sort ma bague pour l'enfiler à l'annulaire de Mathilde. À présent, nous sommes tous les trois debout en cercle, nous prenant aux épaules, comme peuvent le faire les rugbymen, je ne lâche que deux mots : « Je reviendrai ! »

Un quai de gare, dégage toujours une impression de tristesse. Sur celui de la gare de l'Est, je suis seul au monde avec ma Mathoche. Le temps d'une dernière étreinte, alors que de grosses larmes coulent sur ses joues, je lui prends la main pour lui montrer sa bague : « Tu vois, je suis toujours là, à ton doigt et n'oublie jamais, je reviendrai ! »

En ce dimanche, je regagne tristement mon appartement. C'est à peine si j'ai pris connaissance du déclenchement de l'opération « Torch », où 100 000 soldats américains débarquent sur les plages algériennes et marocaines. Darlan, sur place au chevet de son fils, malade, ne tarde pas à retourner sa veste, en demandant aux troupes françaises de ne pas résister aux alliés. Autre son de cloche à Vichy, où Pétain rompt les relations diplomatiques avec Washington, par l'intermédiaire du chargé d'affaires Pinckney Tuck. Le Maréchal ordonne de rejeter les alliés à la mer.

Mardi 10 novembre, habillé en civil, je charge simplement la Simca, de deux valises, une contient l'émetteur, l'autre mes affaires personnelles. Je glisse également un vieil uniforme sur la banquette arrière. Je n'ai naturellement plus d'Ausweis, je croise les doigts pour que tout se passe normalement.

J'arrive en fin d'après-midi à l'hôpital de Gisors. Je demande à l'accueil le docteur Morel, qui se libère rapidement :

-   Bonjour lieutenant ! « Votre cadavre », vous attend à la morgue, Marie ne va pas tarder ! effectivement, elle arrive au même moment.

-   Salut Pierre ! Vite, il faut habiller le mort ! Nous n'avons pas de temps à perdre !

-   Tu trouves qu'il me ressemble ?

- Ce n'est pas frappant, mais une fois à moitié carbonisé, il devrait faire l'affaire ! Effectivement il est un peu plus petit et plus corpulent que moi.

- Bon maintenant, nous le mettons dans le coffre de la Simca, ce n'est pas avec la température ambiante, qu'il va se décomposer pendant la nuit ! Marie, peut se transformer au besoin « en animal à sang froid » et vous lancer ce type d'argument en pleine figure, avec une désinvolture…

De retour à la poste de Tierceville, elle me donne quelques explications sur la journée et surtout la soirée de demain. Le choix de Criel sur Mer pour l'embarquement, n'est pas dû au hasard. Les allemands, défendent moins cette zone marécageuse, protégée par des obstacles naturels, comme ses falaises et sa plage de galets.

Vendredi 11 novembre, avec Marie nous écoutons les informations de la TSF. Au Maroc le Général Noguès* commandant les troupes françaises, ordonne le cessez-le-feu face aux alliés. La réaction allemande se veut immédiate. Les troupes de l'Axe déclenchent l'opération « Attila » (*rebaptisée » « Anton », pour des raisons de susceptibilité),* avec envahissement immédiat de la zone libre. Hitler justifie cette décision, suite au refus de Pétain de laisser ses troupes occuper la Tunisie. Le Führer, considère que les alliés vont profiter de leurs nouvelles bases d'Afrique du Nord, pour envahir la Corse et attaquer le sud de la France.

Toutes ces péripéties, ont au moins le mérite de faire diversion sur la partie nord et de nous faciliter la tâche. Par mesure de précaution, nous quittons Tierceville, pour nous rendre à Criel avant le couvre-feu. La ferme « des passeurs » nous attend. Auparavant, Marie a pris soin d'embarquer un bidon d'essence, pour embraser la voiture, après mon départ.

Sur place, je ne vais pas voyager seul. Un pilote de Spitfire a été récupéré par la résistance et doit rejoindre la mère patrie. La nuit tombe, nous devons attendre minuit pour avoir le bon coefficient de marée. La météo n'est pas très favorable, avec du vent et une pluie fine, froide et pénétrante.

Le chalutier doit d'abord longer la falaise, pour passer inaperçu, avant de se rapprocher au maximum de la plage où un canot nous attend, pour pouvoir rejoindre la bateau de pêche. Arrive le moment des adieux. Je prends Marie dans mes bras :

- Tu vas t'en sortir avec la voiture ?

- Ne t'inquiète pas je gère !

- Merci pour tout ! Salut ma cocotte !

- Salut p'tit bourge ! nos lèvres finissent par se rencontrer.

Dans la chaloupe au milieu de la houle, nous finissons tant bien que mal à rejoindre l'embarcation principale. Nous sommes hissés par les marins à son bord. Je lance un dernier regard sur la côte normande qui s'éloigne. Le pilote anglais semble percevoir mon désarroi :

- Are you all right ?

- Yes, I will come-back ! *(Oui ! je reviendrai !)*

FIN

LISTE DES PRINCIPALES ABREVIATIONS

- A.E.F :   Afrique Équatorialle Française.
- B.C.R.A. :   Bureau Central de Renseignements et d'action.
- B.M.A :   Bureau des Menées Antinationales.
- F.N.F.L :   Force Nationale Française Libre.
- L.C.A :   *(Assaut de péniche de débarquement).*
- L.C.M :   *(Matériel de péniche de débarquement).*
- L.C.P :   *(Barge pour le personnel).*
- L.C.T :   *(Transport de péniche de débarquement).*
- L.V.F :   Légion des Volontaires Français.
- M.A :   Contraction Familière du B.M.A.
- N.K.V.D :   Commissariat du Peuple aux Affaires Intérieures.
- P.P.F :   Partie Populaire Français.
- S.F.I.O :   Section Française de l'International Ouvrière.
- S.O.L :   Service d'Ordre Légionnaire.
- S.S.M :   Service de Sécurité Militaire.
- S.T.O :   Service du Travail Obligatoire.

OUVRAGES DE REFERENCE

- Chronique de la Seconde Guerre *(Jacques Legrand SA 1990)*.

- « A la Une », les événements qui ont fait la première page des grands quotidiens, de juillet 1940 à décembre 1942. *(Éditions Atlas 1979)*.

- Le Colonel Passy et les Services Secrets de la France Libre par Guy Perrier *(Éditions Hachette 1999)*.

- Les Services Secrets de la France Libre par Sébastien Albertelli *(Éditions Nouveau Monde 2012)*.

- Le 2e Bureau sous l'occupation par Philip John Stead *(Éditions Fayard 1966)*.

- Les Services Secrets Français dans la seconde guerre mondiale par Yves Bonnet *(Éditions Ouest France 2013)*.

- Vichy et la chasse aux espions nazis par Simon Kitson (Éditions *Autrement 2005)*.

- Dieppe août 1942 opération Jubilée par le Général J. Delmas *(Combats et Opérations Hors-Série d'août 2012)*.

- Reims, vitesse champagne et passion par Dominique Dameron-Deraux, Cyrille et Jean Pierre Mélin *(L'Atelier graphique de Reims 1998)*.

- Le fim « La Rafle » de Jocelyne Bosch de 2010.

REMERCIEMENT

Françoise Robin Guadagnini : analyse et correction du texte.

TABLE DES MATIERES